RAINER MARIA RILKE
(1875-1926)

RENÉ KARL WILHELM JOHANN JOSEF MARIA RILKE nasceu em Praga, então parte do Império Austro-Húngaro, a 4 de dezembro de 1875, filho de Josef Rilke (1838-1906), funcionário ferroviário, e de Sophie Entz (1851-1931), filha de uma rica família pequeno-burguesa. A infância de René é cheia de conflitos emocionais e traumas que o marcam para toda a vida: até os cinco anos, sua mãe vestia-o com roupas de menina, numa tentativa de compensar a morte de uma filha recém-nascida. Em 1886, dois anos após a separação dos pais, Rilke ingressa na carreira militar, mas abandona-a cinco anos depois por razões de saúde. Em 1894 escreve *Leben und Lieder* (*Vida e canções*), seu primeiro livro de poemas, e no ano seguinte é admitido na universidade, onde estuda literatura, história da arte e filosofia. Nessa época escreve *Larenopfer* (*Oferenda aos lares*), também de poemas. Em 1897 conhece a intelectual e escritora Lou Andréas-Salomé (1861-1937), por quem se apaixona, e escreve o livro de poemas *Traum-gekrönt* (*Coroado de sonhos*) – que, como suas outras primeiras incursões líricas, é de inspiração neorromântica. Salomé é casada, e o relacionamento amoroso dos dois termina após três anos. Continuam amigos e confidentes, e é por sugestão de Salomé que René troca seu primeiro nome para Rainer.

Em 1898 Rilke escreve os poemas de *Advento* e, nos anos seguintes, *Das Buch vom mönchischen Leben* (*O livro da vida monástica*) – que se torna a primeira das três partes de uma obra maior, intitulada *Das Stundenbuch* (*O livro das horas*) – e o livro de prosa *Geschichten vom Lieben Gott* (*Histórias do bom Deus*). Em 1901 casa-se com Clara Westhoff (1878-1954), aluna do escultor Auguste Rodin, e nasce a única filha do casal, Ruth. Escreve *Das Buch von der Pilgerschaft* (*O livro da peregrinação*), segunda parte de *O livro das horas*, que, assim como *O livro da vida monástica*, é dominado pelo pressentimento de um Deus ainda por vir. Os versos desses livros, comparados com sua produção lírica anterior, são mais objetivos e concretos. Em 1902 Rilke ~~viaja sozinho~~ para Paris, a fim de escr ~~~~ s seguintes, a capital fran ~~~~ r, onde trava contato com ~~~~ s

vivências que inspiraram o romance *Die Aufzeichnungen des Malte Laurids Brigge* (Os *cadernos de Malte Laurids Brigge*), terminado em 1910. Os trabalhos literários mais importantes desse período são *Das Buch von der Armut und vom Tode* (*O livro da pobreza e da morte*), 1903; *Das Buch der Bilder* (*O livro das imagens*), terminado em 1906; *Neue Gedichte* (*Novos poemas*), 1907; *Der Neuen Gedichte Anderer Teil* (*Outra parte dos novos poemas*), 1908; *Requiem*, do mesmo ano, e *Mir zur Feier (Para celebrar-me)*, 1909. A partir de outubro de 1911, Rilke passa alguns meses no castelo Duíno, perto de Trieste. Lá escreve as *Duineser Elegien* (*Elegias de Duíno*) e *Das Marienleben* (*A vida de Maria*). Durante a Primeira Guerra Mundial, se estabelece em Munique. Chega a ser recrutado pelo exército, mas consegue uma dispensa. Fixa residência no castelo de Muzot, no cantão de Valais, Suíça, em 1921, e lá reencontra a inspiração que lhe fugira durante quase toda a década anterior. Em meio a um período de intensa criatividade artística, Rilke escreve *Die Sonette an Orpheus* (*Sonetos a Orfeu*), considerado o ponto alto de sua obra poética. Uma série de problemas de saúde obriga o poeta a internar-se várias vezes em um sanatório perto de Montreux. Passa algumas temporadas em Paris, na tentativa de recobrar a saúde por meio de uma mudança de clima. Em 1926 escreve, em francês, os poemas de *Vergers (Pomares)* e *Les Quatrains Valaisans (Os quartetos de Valais)*. É diagnosticada leucemia, e Rilke morre em seguida no sanatório Valmont, na Suíça. Ele é enterrado no cemitério de Viège, no dia 2 de janeiro de 1927. O epitáfio de Rilke, escrito por ele próprio, dizia: "*Rose, oh reiner Widerspruch, Lust,/ Niemandes Schalaf zu sein unter soviel/Lidern*". (Rosa, ó pura contradição, alegria/ De ser o sono de ninguém sob tantas/ Pálpebras.) Postumamente, foram publicados os volumes de poemas *Les Roses (As rosas)* e *Les Fenêtres (As janelas)*.

Livros do autor na Coleção **L&PM** POCKET:

Os cadernos de Malte Laurids Brigge
Cartas a um jovem poeta

RAINER MARIA RILKE

Os cadernos de
Malte Laurids Brigge

Tradução e notas de RENATO ZWICK

www.lpm.com.br

Coleção **L&PM** POCKET, vol. 809

Texto de acordo com a nova ortografia.
Título original: *Die Aufzeichnungen des Malte Laurids Brigge*

Primeira edição na Coleção **L&PM** POCKET: agosto de 2009
Esta reimpressão: abril de 2024

Tradução: Renato Zwick
Capa: Ivan Pinheiro Machado. *Ilustração*: *A menina do turbante* (ou *A
    menina do brinco de pérola*), c.1665, óleo sobre tela de Jan Vermeer
    (Haia, Mauritshuis Museum).
Preparação: Jó Saldanha
Revisão: Lia Cremonese

CIP-Brasil. Catalogação-na-Fonte
Sindicato Nacional dos Editores de Livros, RJ.

R43c

Rilke, Rainer Maria, 1875-1926
    Os cadernos de Malte Laurids Brigge / Rainer Maria Rilke; tradução e
notas de Renato Zwick. – Porto Alegre, RS: L&PM, 2024.
    208p. – (L&PM POCKET ; v. 809)

    Tradução de: *Die Aufzeichnungen des Malte Laurids Brigge*
    ISBN 978-85-254-1931-6

    1. Romance alemão. I. Zwick, Renato. II. Título. III. Série.

09-3804.   CDD: 833
                                CDU: 821.112.2-3

© da tradução, L&PM Editores, 2009

Todos os direitos desta edição reservados a L&PM Editores
Rua Comendador Coruja, 314, loja 9 – Floresta – 90.220-180
Porto Alegre – RS – Brasil / Fone: 51.3225.5777

PEDIDOS & DEPTO. COMERCIAL: vendas@lpm.com.br
FALE CONOSCO: info@lpm.com.br
www.lpm.com.br

Impresso no Brasil
Outono de 2024

Primeira Parte

11 de setembro, Rue Toullier

É para cá, então, que as pessoas vêm para viver; eu diria, antes, que aqui se morre. Estive fora. Eis o que vi: hospitais. Vi um homem que cambaleou e caiu. As pessoas se aglomeraram em torno dele, o que me poupou do resto. Vi uma mulher grávida. Ela se arrastava pesadamente ao longo de um muro alto e quente, que apalpava vez por outra como que para se convencer de que ainda estava ali. Sim, ainda estava. Atrás dele? Procurei em meu mapa: Maison d'accouchement.[1] Ótimo. Irão assisti-la no parto – lá podem fazê-lo. Mais adiante, na Rue Saint-Jacques, um grande edifício com uma cúpula. O mapa indicava Val de Grâce, Hôpital Militaire. Eu não precisava realmente saber disso, mas não faz mal. A ruela começou a cheirar de todos os lados. Até onde se podia distinguir, o cheiro era de iodofórmio, gordura de batatas fritas, medo. Todas as cidades cheiram no verão. Vi depois uma casa singularmente cega pela catarata; não pude encontrá-la no mapa, mas, sobre a porta, ainda razoavelmente legível, constava: Asyle de nuit.[2] Ao lado da entrada estavam os preços. Li-os. Não eram caros.

E o que mais? Uma criança num carrinho de bebê parado: era gorda, esverdeada e tinha um eczema bem nítido na testa. O eczema parecia estar sarando e não doer. A criança

---

1. Maison d'accouchement: maternidade. Em francês no original. (N.T.)
2. Asyle de nuit: albergue noturno para mendigos. Em francês no original. (N.T.)

dormia, a boca estava aberta, inspirava iodofórmio, batatas fritas, medo. Simplesmente era assim. O principal era que se estava vivo. Isso era o principal.

Por que não posso deixar de dormir com as janelas abertas? Bondes disparam barulhentos pelo meu quarto. Automóveis avançam em minha direção. Uma porta bate. Em algum lugar, uma vidraça cai no chão tilintando, ouço seus cacos grandes gargalharem, as estilhas pequenas rirem baixinho. Depois, de súbito, um ruído mais abafado e mais contido, vindo do outro lado, do interior do prédio. Alguém sobe as escadas. Vem, vem sem parar. Fica aí, fica aí por um longo tempo, segue adiante. E novamente a rua. Uma mocinha grita: *Ah tais-toi, je ne veux plus.*[3] O elétrico chega correndo, todo agitado, passa, passa por tudo. Alguém chama. Pessoas correm, ultrapassam umas às outras. Um cão late. Que alívio: um cão. Por volta do amanhecer, até um galo canta, e isso é um reconforto sem limites. Então adormeço subitamente.

Esses são os ruídos. Mas aqui há algo que é mais terrível: o silêncio. Acho que em grandes incêndios sobrevém às vezes um momento assim, de tensão máxima; os jatos de água perdem a força, os bombeiros não sobem mais, ninguém se mexe. Em silêncio, uma cornija negra se desloca para frente, e uma parede alta, atrás da qual sobem as chamas, se inclina, em silêncio. Tudo está parado e espera de ombros encolhidos, testas franzidas, pelo baque medonho. Assim é o silêncio daqui.

Aprendo a ver. Não sei a razão, tudo cala mais fundo em mim e não se detém onde sempre costumava se extinguir. Tenho

_____

3. *Ah tais-toi, je ne veux plus*: cale a boca, não quero mais. Em francês no original. (N.T.)

um âmago que desconhecia. Tudo deságua nele, agora. Não sei o que se passa lá.

Hoje escrevi uma carta, e, ao fazê-lo, me ocorreu que faz apenas três semanas que estou aqui. Três semanas em outro lugar – no campo, por exemplo – poderiam ser como um dia; aqui, são anos. Não quero mais escrever cartas. Por que deveria dizer a alguém que estou me modificando? Se me modifico, deixo de ser aquele que era e passo a ser algo diferente do que até agora fui, e então é evidente que deixo de ter conhecidos. E a pessoas estranhas, a pessoas que não me conhecem, é impossível escrever.

Será que eu já disse? Aprendo a ver. Sim, estou começando. Ainda é difícil. Mas quero aproveitar o meu tempo.

Eu nunca tinha percebido, por exemplo, que existam tantos rostos. Há um número imenso de pessoas, mas o número de rostos é muito maior, pois cada uma delas possui vários. Há pessoas que ostentam um rosto por anos a fio, e, obviamente, ele se gasta, fica sujo, rompe-se nos vincos, alarga-se como as luvas que usamos durante a viagem. São pessoas parcimoniosas, simples; não o trocam, nem sequer mandam limpá-lo. Esse é bom o bastante, dizem elas, e quem poderá lhes provar o contrário? Pergunta-se, todavia, visto que possuem vários rostos: o que fazem com os outros? Elas os guardam. Seus filhos devem usá-los. Mas também acontece de seus cães saírem com eles por aí. E por que não? Rosto é rosto.

Outras pessoas trocam os seus rostos extraordinariamente depressa, um após o outro, e os gastam pelo uso. Parece-lhes, de início, que os teriam para sempre, porém, mal chegam aos quarenta, e eis o último. Isso tem, é claro, a sua tragicidade. Elas não estão acostumadas a poupar rostos, o último se gastou em oito dias, tem buracos, está fino como papel em muitas partes, e então, pouco a pouco, revela o que há por detrás dele, o não-rosto, e elas andam com esse não-rosto por aí.

Mas a mulher, a mulher: ela tinha caído inteiramente em si mesma, em suas mãos, diante de si. Foi na esquina da Rue Notre-Dame-des-Champs. Tão logo a vi, comecei a andar sem ruído. Quando pessoas pobres refletem, não se deve perturbá-las. Talvez lhes ocorra alguma ideia.

A rua estava vazia demais, o seu vazio se aborrecia, tomou o passo debaixo de meus pés e bateu com ele em volta, lá e aqui, como se fosse com um tamanco. A mulher se assustou e emergiu de si mesma, de modo rápido demais, brusco demais, de tal maneira que o rosto ficou nas duas mãos. Pude ver como jazia nelas, sua forma côncava. Custou-me um esforço indescritível deter-me nessas mãos e não olhar para o que tinha sido arrancado. Apavorei-me de ver um rosto por dentro, mas tive ainda mais medo da cabeça sem rosto, despida e esfolada.

Tenho medo. Tão logo se tenha medo, é preciso fazer alguma coisa contra ele. Seria muito indigno ficar doente aqui, e se ocorresse a alguém me levar para o Hôtel-Dieu[4], lá eu certamente morreria. É um hotel agradável, muito frequentado. Mal se pode contemplar a fachada da catedral de Paris sem o risco de ser atropelado por um dos muitos veículos que, tão rápido quanto possível, atravessam a ampla praça com destino a ele. Trata-se de pequenos ônibus que estridulam sem cessar, e mesmo o duque de Sagan teria de mandar o seu coche parar se um desses pequenos moribundos metesse na cabeça que deve ir imediatamente ao hotel de Deus. Os moribundos são teimosos, e Paris inteira para quando madame Legrand, *brocanteuse*[5] da Rue des Martyrs, se dirige

---

4. Hôtel-Dieu: grande hospital parisiense nas proximidades da catedral de Notre-Dame. (N.T.)

5. *Brocanteuse*: vendedora de objetos usados. Em francês no original. (N.T.)

a alguma parte da Cité. É de se notar que esses veículos pequenos e endemoniados possuem janelas de vidro fosco incomumente sugestivas, atrás das quais se podem imaginar as mais esplêndidas agonias; basta a fantasia de uma *concierge*[6] para tanto. Caso se tenha mais imaginação, e ela enverede em outras direções, as conjecturas são praticamente infinitas. Mas também vi chegarem fiacres abertos, fiacres de aluguel com a capota abaixada que cobravam a tarifa normal: dois francos, eis o que custa a hora da morte.

Esse distinto hotel é muito antigo; já na época do rei Clóvis[7] se morria nele em algumas camas. Agora se morre em 559 camas. De um modo industrial, obviamente. Com uma produção tão grande, a morte individual não é tão bem-feita, mas isso também não importa. O que conta é a quantidade. Quem hoje ainda dá alguma coisa por uma morte bem acabada? Ninguém. Mesmo os ricos, que poderiam se permitir uma morte minuciosa, começam a se tornar descuidados e indiferentes; o desejo de ter uma morte própria se torna cada vez mais raro. Mais um pouco, e será tão raro quanto uma vida própria. Deus, tudo está aí. A pessoa chega, encontra uma vida, pronta, e é só vesti-la. A pessoa quer ir embora ou é obrigada a tanto: bem, nenhum esforço: *Voilà votre mort, monsieur.*[8] As pessoas morrem do jeito que der; morrem a morte que cabe à doença que têm (pois, desde que todas as doenças são conhecidas, também se sabe que os diferentes epílogos letais cabem às doenças e não às pessoas; e o doente, por assim dizer, não tem nada a fazer).

Nos sanatórios, onde as pessoas morrem com tanto gosto e com tanta gratidão aos médicos e enfermeiras,

---

6. *Concierge*: a responsável pela portaria; porteira. Em francês no original. (N.T.)

7. Clóvis (466-511): fundador do império franco. (N.T.)

8. *Voilà votre mort, monsieur*: eis vossa morte, senhor. Em francês no original. (N.T.)

morre-se uma das mortes empregadas pelo estabelecimento; isso é visto com bons olhos. Mas quando se morre em casa, é natural escolher aquela morte polida das altas rodas, com a qual, por assim dizer, o sepultamento já começa como algo de primeira classe e é acompanhado de todos os seus magníficos rituais. Então os pobres ficam parados diante da casa e olham até se fartar. A morte deles, obviamente, será banal, sem quaisquer cerimônias. Eles ficam contentes quando encontram uma que lhes sirva mais ou menos. Ela deve ser folgada: a gente sempre cresce mais um pouquinho. As coisas só se complicam quando não se consegue abotoá-la sobre o peito ou quando ela sufoca.

Quando penso em minha casa, onde agora não há mais ninguém, acho que no passado deve ter sido diferente. Outrora se sabia (ou talvez se suspeitasse) que se tinha a morte dentro de si da mesma maneira que o fruto tem os seus grãos. As crianças tinham uma morte pequena dentro de si, e os adultos, uma grande. As mulheres a traziam no seio, e os homens, no peito. Ela era uma *posse*, e isso conferia à pessoa uma dignidade peculiar e um orgulho calado.

Em meu avô, o velho camareiro da corte Brigge, ainda se percebia que levava uma morte dentro de si. E que morte: dois meses inteiros, e tão ruidosa que era ouvida até além das muralhas exteriores.

A vasta e antiga casa senhorial era muito pequena para essa morte; parecia que novas alas teriam de ser construídas, pois o corpo do camareiro da corte ficava cada vez maior e queria ser levado de um aposento a outro sem parar, encolerizando-se terrivelmente quando o dia ainda não chegara ao fim e não havia mais nenhum quarto em que já não tivesse estado. Então o séquito inteiro de serviçais, donzelas e cães, que ele sempre tinha à sua volta, subia as escadas e, precedido pelo mordomo, entrava no quarto mortuário de sua saudosa mãe, quarto que fora conservado exatamente no mesmo estado em que ela o deixara 23 anos antes, e no qual ninguém jamais tivera permissão de entrar. Agora ele era invadido pelo bando inteiro. As cortinas eram abertas e a luz robusta de uma tarde de verão investigava todos os objetos tímidos e assustadiços, fazendo meia-volta, sem jeito, nos espelhos arregalados. E as pessoas faziam a mesma coisa. Havia damas da corte que, de tanta curiosidade, não sabiam o que tocar primeiro, jovens criados que olhavam tudo embasbacados e vassalos mais antigos que andavam em torno e buscavam se lembrar de tudo que tinham lhes contado sobre esse quarto fechado em que agora, contentes, se achavam.

Mas eram os cães, sobretudo, que pareciam achar extremamente estimulante ficar num quarto em que todas as coisas tinham cheiro. Os grandes e esbeltos galgos russos corriam ocupados de um lado para o outro atrás das poltronas, atravessavam o aposento com movimentos oscilantes, em largos passos de dança, erguiam-se como cães heráldicos e olhavam para dentro do pátio à direita e à esquerda, as patas esbeltas apoiadas sobre o parapeito branco-dourado, as caras afiladas, tensas, e as testas retraídas. Pequenos bassês de um amarelo cor de luva, com cara de que estava tudo na mais perfeita ordem, sentavam-se sobre a ampla cadeira estofada, forrada de seda, junto à janela, e um perdigueiro de pelo áspero e aparência ranzinza esfregava suas costas na quina de uma mesa de pernas douradas sobre cujo tampo pintado as xícaras de Sèvres tremelicavam.

Sim, foi um tempo medonho para essas coisas ausentes e sonolentas. Acontecia de pétalas de rosa cambalearem para fora de livros que alguma mão apressada tinha aberto desajeitadamente e serem pisoteadas; objetos pequenos e frágeis eram segurados e, depois de logo terem se quebrado, postos de volta às pressas; muitas coisas entortadas também eram metidas atrás das cortinas ou simplesmente atiradas atrás da rede dourada do anteparo da lareira. E, de tempos em tempos, alguma coisa caía, caía dissimuladamente no tapete, caía sonoramente no parquê duro, mas, tanto neste quanto naquele, se espatifava, estourava com estrépito ou se quebrava quase sem ruído, pois essas coisas, mimadas como eram, não suportavam a menor queda.

E tivesse ocorrido a alguém perguntar pela causa de tudo isso, pelo que invocara toda a plenitude do ocaso sobre esse quarto protegido com temor, haveria apenas *uma* resposta: a morte.

A morte do camareiro da corte Christoph Detlev Brigge em Ulsgaard. Pois ele estava deitado, imenso, brotando para fora de seu uniforme azul-escuro, no meio do soalho, e não se mexia. Em seu rosto grande, estranho, que ninguém mais reconhecia, os olhos estavam fechados: ele não via o que acontecia. Procuraram, de início, deitá-lo sobre a cama, mas ele se recusou, pois detestava camas desde as primeiras noites em que a sua doença começara a crescer. A cama ali em cima também se mostrara muito pequena, e não restara outra coisa senão deitá-lo dessa maneira sobre o tapete, pois se recusara a descer.

Agora estava ali deitado, e se podia pensar que tinha morrido. Os cães, visto que aos poucos começara a anoitecer, se esgueiraram um após o outro pela porta entreaberta, apenas o de pelo áspero e cara ranzinza se sentara junto ao seu senhor, uma de suas patas dianteiras, largas e hirsutas, sobre a mão grande e cinzenta de Christoph Detlev. A maior parte dos criados também tinha saído, e agora eles estavam parados no corredor branco, que era mais claro do que o quarto, mas aqueles que continuavam lá dentro olhavam por vezes furtivamente para o grande monte que escurecia no meio do quarto, desejando que não fosse mais do que um traje grande sobre uma coisa deteriorada.

Mas havia algo mais. Havia uma voz, a voz que há apenas sete semanas era desconhecida de todos: pois essa não era a voz do camareiro da corte. Essa voz não pertencia a Christoph Detlev, essa voz pertencia à morte de Christoph Detlev.

A morte de Christoph Detlev já habitava há muitos e muitos dias em Ulsgaard, falava com todos e fazia exigências. Exigia ser carregada, exigia o quarto azul, exigia o salão pequeno, exigia a sala. Exigia os cães, exigia que se risse, falasse, tocasse música, ficasse em silêncio ou tudo ao mesmo tempo. Exigia a presença de amigos, mulheres e falecidos, e exigia inclusive morrer: exigia. Exigia e gritava.

Pois quando a noite havia chegado e os membros da criadagem esgotada que não tinham vigília a cumprir procuravam adormecer, a morte de Christoph Detlev gritava, gritava e gemia, berrava por tanto tempo e com tanta insistência que os cães, que de início a acompanhavam uivando, emudeciam e não ousavam se deitar, mas, em pé sobre suas pernas longas, delgadas e trêmulas, tinham medo. E quando as pessoas ouviam no povoado, através da noite estival dinamarquesa, vasta e prateada, que a morte berrava, punham-se de pé como faziam quando havia temporal, vestiam-se e ficavam sentadas em torno da candeia até que tudo tivesse passado. E as mulheres que estavam próximas de dar à luz eram alojadas nos quartos mais afastados e atrás dos tabiques mais espessos; mas elas a ouviam, ouviam-na como se estivesse em seus próprios corpos, e imploravam para que também as deixassem levantar, e iam, brancas e grandes, sentar-se junto aos outros com seus rostos apagados. E as vacas que pariam nessa época estavam desamparadas e ficavam trancadas, e, de uma delas, arrancaram o feto morto e todas as entranhas quando ele não quis sair de maneira alguma. E todos faziam mal o seu trabalho cotidiano e esqueciam-se de recolher o feno porque durante o dia receavam a noite e porque estavam tão fatigados das tantas vigílias e de levantar assustados que não podiam se lembrar de nada. E quando, no domingo, iam à igreja, branca e sossegada, oravam pedindo para que não houvesse mais nenhum senhor em Ulsgaard: pois esse senhor era terrível. E o que todos pensavam e oravam, o pastor dizia em alta voz de cima do púlpito, pois também ele não tinha mais noites e não podia compreender Deus. E também o dizia o sino, que agora tinha um rival apavorante que ressoava a noite inteira e contra o qual, mesmo que começasse a repicar a todo metal, nada podia. Sim, diziam-no todos, e havia um jovem que tinha sonhado que entrara no castelo e matara o senhor com o forcado do estrume, e as pessoas estavam tão irritadas, tão acabadas, tão exaltadas, que todas prestavam atenção nele enquanto contava seu sonho e, inteiramente sem se darem conta, mediam-no para ver se estaria à altura de semelhante ato. Era isso que as pessoas sentiam e era assim que falavam por toda a região em que, havia apenas algumas semanas, o camareiro da corte era amado e lastimado. Mas ainda que as pessoas assim falassem, nada mudou. A morte de Christoph Detlev, que morava em Ulsgaard, não se deixou coagir. Ela tinha vindo para ficar dez semanas, e as cumpriu. E durante esse tempo, foi mais senhoril do que Christoph Detlev Brigge jamais o fora, ela foi qual uma rainha, chamada, depois e para sempre, de *a terrível*.

Essa não foi a morte de um hidrópico qualquer, essa foi a morte maléfica, principesca, que o camareiro da corte levara durante toda a sua vida dentro de si e alimentara com seu próprio sangue. Todo o excesso de orgulho, vontade e força senhoril que ele próprio não pudera consumir em seus dias tranquilos passara para a sua morte, a morte que agora se encontrava em Ulsgaard e esbanjava.

Com que expressão o camareiro da corte Brigge não teria encarado aquele que lhe pedisse para morrer outra morte que não essa! Ele morreu a sua morte difícil.

E se penso nos outros que vi ou dos quais ouvi: é sempre a mesma coisa. Todos tiveram uma morte própria. Esses homens que a levavam por dentro da armadura qual uma prisioneira, essas mulheres que ficavam muito velhas e pequenas e então faleciam numa cama imensa, como se fosse num palco, diante de toda a família, da criadagem e dos cães, de modo discreto e senhoril. Até as crianças, mesmo as bem pequenas, não tinham uma morte infantil qualquer;

elas se continham e morriam aquilo que já eram e aquilo que teriam sido.

E que melancólica beleza isso não conferia às mulheres quando estavam grávidas e ficavam de pé, e em seus corpos grandes, sobre os quais as mãos magras ficavam involuntariamente pousadas, havia *dois* frutos: uma criança e uma morte. Não provinha o sorriso denso, quase nutritivo em seus rostos inteiramente esvaziados, do fato de às vezes pensarem que ambos os frutos cresciam?

Fiz algo contra o medo. Fiquei sentado, escrevendo, a noite inteira, e agora estou tão cansado quanto estaria depois de uma longa caminhada pelos campos de Ulsgaard. É difícil imaginar que tudo aquilo não é mais, que pessoas desconhecidas morrem na casa senhorial vasta e antiga. Pode ser que em cima, no quarto branco do frontão, durmam agora as criadas, durmam o seu sono úmido, pesado, desde o anoitecer até a manhã.

E não temos nada nem ninguém e andamos pelo mundo com uma mala e uma caixa de livros e, no fundo, sem curiosidade. Que vida é essa, afinal: sem casa, sem coisas herdadas, sem cães? Tivéssemos ao menos nossas lembranças. Mas quem as tem? Se a infância aí estivesse, ela está como que soterrada. Talvez se deva ser velho para poder ter acesso a tudo isso. Consigo muito bem imaginar a velhice.

Hoje tivemos uma bela manhã outonal. Caminhei pelas Tulherias. Tudo que estava a leste, diante do sol, ofuscava. O que era tocado pela luz se achava coberto pela neblina como se fosse por uma cortina cinza-clara. Cinzentas contra o fundo cinza, as estátuas tomavam sol nos jardins ainda não desvelados. Flores isoladas nos longos canteiros se levantavam e diziam com uma voz assustada: vermelho. Então um homem muito alto e esbelto dobrou a esquina, vindo dos Champs-Elysées; tinha uma muleta, mas não a usava mais sob o braço – segurava-a diante de si, leve, e de vez em quando a batia no chão firme e sonoramente como um caduceu. Ele não pôde conter um sorriso de alegria e sorriu para todos que passavam, para o sol, para as árvores. Seu passo era tímido como o de uma criança, mas singularmente leve, cheio de lembranças de caminhadas de outrora.

Do que não é capaz uma lua tão pequena! Há dias em que tudo é luminoso à nossa volta, leve, apenas indicado na luz clara e, contudo, nítido. Mesmo o que está mais próximo tem tons de distância, é algo que foi tomado e apenas é mostrado, em que não é permitido tocar; e aquilo que tem relação com a distância: o rio, as pontes, as longas ruas e as praças que se esbanjam, tudo isso absorveu a distância por detrás de si, está pintado sobre ela como se fosse sobre seda. Não se consegue dizer o que poderá ser um veículo verde-claro sobre a Pont-Neuf ou algum tom vermelho que não pode ser detido, ou mesmo um cartaz na parede corta-fogo de um grupo de casas cinza-pérola. Tudo está simplificado, colocado em alguns planos corretos, claros, como o rosto num retrato de Manet.[9] E nada é insignificante ou supérfluo. Os buquinistas[10] do cais abrem suas caixas e o amarelo fresco ou gasto dos livros, o marrom arroxeado dos volumes, o verde mais intenso de uma pasta: tudo está em ordem, é válido, toma parte e forma uma completude em que nada falta.

Embaixo, a seguinte composição: um carrinho de vendedor ambulante empurrado por uma mulher; sobre ele, na parte da frente, ao comprido, um realejo. Atrás, atravessado, um cesto em que uma criança bem pequena está parada sobre as pernas firmes, contente sob sua touca, resistindo a que a coloquem sentada. De vez em quando, a mulher gira a manivela.

9. Edouard Manet (1832-1883): pintor impressionista francês. (N.T.)
10. Buquinista: vendedor de livros usados. (N.T.)

A pequena, então, logo se levanta novamente em seu cesto batendo os pés, e uma garotinha com um vestido verde de domingo dança e toca pandeiro para as janelas acima.

Acho que deveria começar a fazer alguma coisa, agora que estou aprendendo a ver. Tenho 28 anos e não aconteceu praticamente nada. Recapitulemos: escrevi um estudo, ruim, sobre Carpaccio[11], um drama intitulado *Casamento* e que quer demonstrar algo falso com recursos ambíguos, e versos. Ah, mas versos escritos cedo não são grande coisa! Deveríamos esperar para escrever, e juntar senso e doçura por uma vida inteira, longa, se possível, e então, bem no fim, talvez pudéssemos escrever dez linhas que fossem boas. Pois versos não são, como pensam as pessoas, sentimentos (deles temos o bastante na juventude) – são experiências. Por causa de um único verso é preciso ver muitas cidades, pessoas e coisas, é preciso conhecer os animais, é preciso sentir como os pássaros voam e saber com que gestos as pequenas flores se abrem pela manhã. É preciso ser capaz de recordar caminhos em regiões desconhecidas, encontros inesperados e despedidas que vemos se aproximar por longo tempo – dias de infância, ainda inexplicados, os pais que tínhamos de magoar quando nos traziam um presente e não o entendíamos (era um presente para outro...), doenças de infância que começam tão estranhamente, com tantas metamorfoses profundas e difíceis, dias em quartos quietos e reservados, e manhãs junto ao mar, sobretudo o mar, os mares, as noites de viagem que passavam ruidosamente e voavam com todas as estrelas – e ainda não é o bastante se precisamos pensar em tudo isso. É preciso ter lembranças de muitas noites de amor, todas diferentes entre si, de gritos de mulheres dando à luz e de parturientes leves, brancas, a dormir, que se fecham. Mas também é preciso ter estado junto a moribundos, é preciso ter estado sentado junto a mortos no quarto com a

---

11. Vittore Carpaccio (1455-1525): pintor renascentista italiano. (N.T.)

janela aberta e os ruídos intermitentes. Mas ainda não basta ter recordações. É preciso ser capaz de esquecê-las quando são muitas, e é preciso ter a grande paciência de esperar que retornem. Pois elas ainda não *são* as recordações mesmas. Apenas quando elas se tornam sangue em nós, olhar e gesto, anônimas e indistinguíveis de nós mesmos, só então poderá acontecer que numa hora muito rara se levante e saia do meio delas a primeira palavra de um verso.

Todos os meus versos, porém, surgiram de outro modo, e portanto não são versos. E quando escrevi o meu drama, como me enganei. Fui um imitador e um louco por precisar de um terceiro para narrar o destino de duas pessoas que tornavam as coisas difíceis uma para a outra? Como caí fácil na armadilha. Eu deveria ter sabido, contudo, que esse terceiro que anda por todas as vidas e literaturas, esse fantasma de um terceiro que nunca existiu, não significa nada, eu deveria ter sabido que é preciso negá-lo. O lugar dele é entre os subterfúgios da natureza, sempre empenhada em desviar a atenção do homem de seus mais profundos segredos. Ele é o biombo atrás do qual se passa um drama. É o barulho no acesso à quietude muda de um conflito verdadeiro. Poderíamos dizer que até agora foi difícil demais para todos falar dos dois que se encontram em questão; o terceiro, exatamente por ser tão irreal, é a parte mais fácil da tarefa; todos foram capazes de criá-lo. Já no início de seus dramas se percebe a impaciência de chegar ao terceiro; mal podem esperá-lo. Tão logo esteja presente, tudo está bem. Mas como é tedioso quando se atrasa, não pode acontecer absolutamente nada sem ele, tudo fica parado, se paralisa, espera. Sim, e o que fazer se as coisas ficarem assim, nesse estancar e nesse aguardar? O que fazer, senhor dramaturgo, e você, público que conhece a vida, o que fazer se esse querido bon-vivant ou esse jovem pretensioso que fecha todos os casamentos como uma chave falsa tiver desaparecido? O que fazer, por exemplo, se o diabo o tiver carregado? Façamos essa suposição. Percebe-se, de repente, o vácuo artificial dos teatros, eles são cimentados como buracos perigosos e apenas as traças dos camarotes cambaleiam pelo espaço vazio, sem consistência. Os dramaturgos não gozam mais de seu bairro de mansões. A serviço deles, todas as delegacias de polícia procuram em partes remotas do mundo pelo insubstituível, por aquele que era a própria ação.

E, enquanto isso, eles vivem entre as pessoas, não esses "terceiros", mas os dois dos quais haveria inacreditavelmente tanto para dizer, dos quais jamais se disse algo, embora sofram e ajam e não saibam como se livrar das dificuldades.

É ridículo. Estou aqui sentado em meu quartinho, eu, Brigge, que completei 28 anos e sou desconhecido de todos. Estou aqui sentado e não sou nada. E, contudo, esse nada começa a pensar e pensa, no quinto andar, numa cinzenta tarde parisiense, estes pensamentos:

É possível, pensa ele, que ainda não tenhamos visto, conhecido e dito nada de real e de importante? É possível que tenhamos tido um tempo de milênios para ver, refletir e anotar, e que tenhamos deixado os milênios passar como um intervalo entre as aulas em que comemos um pão com manteiga e uma maçã?

Sim, é possível.

É possível que apesar de invenções e de progressos, apesar da cultura, da religião e da filosofia tenhamos ficado na superfície da vida? É possível que tenhamos recoberto inclusive essa superfície, que, em todo o caso, já teria sido alguma coisa, com um tecido inacreditavelmente aborrecido, de tal maneira que ela tenha a aparência dos móveis dos salões durante as férias de verão?

Sim, é possível.

É possível que toda a história universal tenha sido mal-entendida? É possível que o passado seja falso porque sempre falamos de suas massas, exatamente como se alguém falasse sobre uma aglomeração de pessoas em vez de dizer algo acerca do indivíduo em volta do qual estavam paradas, e isso porque ele era estranho e morreu?

Sim, é possível.

É possível que acreditássemos na necessidade de recuperar aquilo que aconteceu antes de nascermos? É possível que tivéssemos de lembrar a cada indivíduo que ele se originou de todos que vieram antes dele, que soubesse disso, portanto, e não se deixasse convencer pelos outros que tivessem um conhecimento diferente?

Sim, é possível.

É possível que todas essas pessoas conheçam com perfeita exatidão um passado que nunca existiu? É possível que todas as realidades nada sejam para elas, que suas vidas transcorram sem estar ligadas a nada, tal como um relógio num quarto vazio...?

Sim, é possível.

É possível não saber nada das mocinhas, que, no entanto, vivem? É possível dizer "as mulheres", "as crianças", "os rapazes" e não suspeitar (não suspeitar apesar de toda educação) que faz muito tempo que essas palavras não têm mais plural, mas apenas incontáveis singulares?

Sim, é possível.

É possível que existam pessoas que digam "Deus" e pensem que se trata de algo comum a todos? – Veja, porém, dois escolares: um deles compra um canivete e o seu colega compra um igualzinho no mesmo dia. Depois de uma semana, eles mostram um ao outro os dois canivetes e percebem que eles se parecem apenas remotamente – tão diferentes se tornaram em mãos diferentes. (Sim, diz a mãe de um deles ao ver isso: por que vocês logo precisam gastar tudo?) Pois bem: é possível acreditar que se possa ter um deus sem fazer uso dele?

Sim, é possível.

Porém, se tudo isso é possível, se tiver apenas uma centelha de possibilidade – então, por tudo que há de sagrado neste mundo, algo tem de acontecer. A primeira pessoa a ter esses pensamentos inquietantes tem de começar a fazer um pouco daquilo que foi negligenciado; por mais que seja apenas uma qualquer, de modo algum a mais indicada: simplesmente não há outra. Esse jovem e insignificante estrangeiro, Brigge, terá de se sentar no quinto andar e escrever, dia e noite: ele terá de escrever, é assim que isso acaba.

Eu deveria ter então doze anos, no máximo treze. Meu pai tinha me levado junto com ele para Urnekloster. Não sei o que o levava a visitar o seu sogro. Os dois homens não tinham se visto por anos a fio, desde a morte de minha mãe, e meu pai jamais estivera no velho castelo em que o conde Brahe se retirara apenas tardiamente. Jamais voltei a ver a estranha residência, que, quando meu avô morreu, passou para mãos alheias. Tal como a reencontro em minha lembrança infantilmente elaborada, ela não constitui uma construção; em mim ela é inteiramente dividida; ali um quarto, lá um quarto e aqui um pedaço de corredor que não liga esses dois quartos, mas que está guardado à parte, como fragmento. Desse modo, tudo está disperso em mim – os quartos, as escadarias que desciam de forma tão intrincada, e outras escadas estreitas, espiraladas, em cuja escuridão se andava como o sangue nas veias; os quartos da torre, os balcões suspensos no alto, os terraços inesperados para os quais se era compelido a sair através de uma pequena porta: tudo isso ainda está em mim e nunca cessará de estar. É como se a imagem dessa residência houvesse caído em mim de uma altura infinita e se espatifado no meu chão.

Inteiramente conservada em meu coração, assim me parece, está apenas a sala em que costumávamos nos reunir para o jantar, toda noite às sete horas. Nunca vi esse cômodo durante o dia, nem sequer me lembro se tinha janelas e para onde elas davam; toda vez que a família entrava, as velas ardiam nos pesados castiçais, e as horas do dia e tudo que se tinha visto fora era esquecido em alguns minutos. Esse cômodo alto, abobadado segundo presumo, era mais forte

do que tudo; com sua altura sombria, com seus cantos jamais inteiramente iluminados, ele sugava da pessoa todas as
imagens, sem oferecer um substituto determinado em troca.
Ficava-se lá sentado como que dissolvido; inteiramente sem
vontade, sem sentidos, sem desejos, sem defesa. Ficava-se
como um lugar vazio. Recordo-me que, de início, esse estado
aniquilador quase me provocava mal-estar, uma espécie de
enjoo que eu apenas superava ao esticar minha perna até tocar
com o pé o joelho de meu pai, sentado à minha frente. Apenas
mais tarde me dei conta de que ele parecia compreender, ou
pelo menos tolerar, esse comportamento estranho, embora
nossa relação fosse quase fria e semelhante gesto não fosse
explicável a partir dela. Entretanto, foi esse contato silencioso que me deu forças para suportar as longas refeições.
E depois de algumas semanas de padecimento obstinado,
eu tinha, com a adaptação quase ilimitada da criança, me
habituado de tal forma ao caráter sinistro desses encontros
que não me custava mais qualquer esforço ficar por duas
horas sentado à mesa; agora elas até passavam relativamente
depressa porque eu me ocupava em observar os presentes.

Meu avô os chamava de *família*, e eu também ouvia os
outros empregarem essa denominação, que era inteiramente
arbitrária. Pois embora essas quatro pessoas tivessem entre
si relações distantes de parentesco, de modo algum tinham
afinidades. O tio, que estava sentado ao meu lado, era um
homem velho cujo rosto duro e tostado mostrava algumas
manchas negras, consequência, como soube, da explosão de
uma carga de pólvora; rabugento e descontente como era, ele
se reformou na função de major e agora fazia experiências
alquímicas em um cômodo do castelo que eu desconhecia,
além de estar, conforme ouvi os criados dizerem, em contato
com uma penitenciária que, uma ou duas vezes por ano,
lhe enviava cadáveres com os quais passava trancado dias
e noites, dissecando-os e preparando-os de uma maneira
misteriosa que fazia com que resistissem à decomposição.
Diante dele ficava o lugar da senhorita Mathilde Brahe. Era

uma moça de idade indefinida, prima distante de minha mãe, e de quem nada se sabia a não ser que mantinha uma correspondência muito intensa com um espírita austríaco que se chamava barão Nolde, a quem era completamente submissa, a ponto de não dar o menor passo sem primeiro buscar sua aprovação, ou antes, algo como a sua benção. Naquele tempo ela era extraordinariamente forte, de uma abundância mole e preguiçosa, como que vazada com descuido em seus vestidos soltos e claros; seus movimentos eram cansados e indecisos, e seus olhos estavam sempre marejados. E, apesar disso, havia algo nela que lembrava minha mãe delicada e esbelta. Encontrei no rosto dela, quanto mais a observava, todos os traços finos e silenciosos do rosto de minha mãe, dos quais, desde sua morte, jamais pudera me lembrar direito; apenas depois de ver Mathilde Brahe todos os dias voltei a saber que aparência tinha a falecida; sim, talvez eu o soubesse pela primeira vez. Apenas agora, formada de centenas e centenas de detalhes, compunha-se em mim uma imagem da morta, aquela imagem que me acompanha por toda parte. Mais tarde, ficou claro para mim que no rosto da senhorita Brahe se encontravam realmente todos os detalhes que determinavam os traços de minha mãe – eles apenas estavam desagregados, distorcidos e não tinham mais relação entre si, como se um rosto estranho tivesse se interposto entre eles.

Ao lado dessa dama estava sentado o filhinho de uma prima, um garoto que talvez tivesse a minha idade, mas era menor e mais fraco. De uma gola pregueada se elevava o seu pescoço fino e pálido, que desaparecia sob um queixo longo. Seus lábios eram finos e firmemente fechados, as narinas tremiam levemente e apenas um de seus belos olhos castanho-escuros se movia. Por vezes, esse olho me encarava quieto e triste, enquanto o outro fitava sempre o mesmo canto, como se tivesse sido vendido e não entrasse mais em questão.

À cabeceira da mesa ficava a imensa poltrona de meu avô, na qual um criado, que só tinha essa função, o ajudava a se sentar, e da qual o ancião ocupava apenas um espaço diminuto. Havia pessoas que chamavam esse velho senhor, surdo e imperioso, de excelência ou de marechal da corte, outros lhe davam o título de general. E, sem dúvida, ele possuía essas honrarias todas, mas fazia tanto tempo que ocupara cargos que essas designações agora mal podiam ser compreendidas. Parecia-me que nenhum nome determinado podia se ligar à sua personalidade, em certos momentos tão nítida, mas que sempre voltava a se diluir. Jamais pude me decidir a chamá-lo de avô, embora ele tivesse sido amistoso comigo algumas vezes, inclusive me chamando para junto de si, e tentando, ao fazê-lo, dar uma entonação jocosa ao meu nome. De resto, a família inteira se comportava diante do conde com um misto de respeito e medo, e apenas o pequeno Erik vivia numa certa familiaridade com o idoso dono da casa; vez por outra, seu olho móvel lhe dirigia rápidos olhares de cumplicidade que eram correspondidos pelo avô com a mesma rapidez; às vezes, também se podia vê-los surgirem durante as longas tardes na extremidade da comprida galeria e observar como caminhavam de mãos dadas, sem falar, ao longo dos velhos retratos escuros, manifestamente se entendendo de uma outra maneira.

Eu passava quase o dia inteiro no parque e lá fora nos bosques de faias, ou então na charneca; e, por felicidade, havia cães em Urnekloster que me acompanhavam; aqui e ali havia uma casa de arrendatário ou uma quinta onde eu podia conseguir leite, pão e frutas, e acredito que gozei minha liberdade sem grandes preocupações, sem me deixar atemorizar, ao menos nas semanas seguintes, pelo pensamento nas reuniões noturnas. Eu não conversava com quase ninguém, pois gostava de estar sozinho; apenas com os cães eu tinha breves diálogos vez por outra: com eles eu me entendia perfeitamente. O mutismo, aliás, era uma espécie de característica familiar; eu o conhecia de meu pai, e não me causou admiração que não se falasse quase nada durante o jantar.

Nos primeiros dias após a nossa chegada, contudo, Mathilde Brahe se comportou de maneira extremamente loquaz. Ela perguntou a meu pai acerca de antigos conhecidos em cidades estrangeiras, recordou-se de impressões remotas e chegou a se comover até às lágrimas ao se lembrar de amigas falecidas e de um certo jovem de quem deu a entender que a amara sem que ela tivesse podido corresponder à sua afeição insistente e desesperada. Meu pai prestava atenção cortesmente, assentia vez por outra com a cabeça, concordando, e respondia apenas o mais necessário. O conde, à cabeceira da mesa, sorria constantemente com os lábios puxados para baixo, seu rosto parecendo maior do que o normal; era como se usasse uma máscara. De resto, às vezes ele próprio tomava a palavra, sem dirigir sua voz a ninguém em especial, mas, embora ela fosse muito baixa, podia ser ouvida em toda a sala; ela tinha algo do funcionamento uniforme e indiferente de um relógio; o silêncio em torno dela parecia ter uma ressonância própria, vazia, sempre a mesma para cada sílaba.

O conde Brahe julgava ser uma gentileza especial em relação ao meu pai falar de sua falecida esposa, minha mãe. Ele a chamava de condessa Sibylle, e todas as suas frases terminavam como se perguntasse por ela. Parecia-me, não sei por que, se tratar de uma mulher bem jovem vestida de branco que a qualquer momento poderia entrar na sala. Eu também o ouvia falar no mesmo tom de "nossa pequena Anna Sophie". E quando, certo dia, fiz perguntas sobre essa senhorita que parecia ser especialmente querida de meu avô, soube que se referia à filha do grão-chanceler Conrad Reventlow, outrora esposa morganática[12] de Frederico IV e que há quase um século e meio descansava em Roskilde.[13] A ordem cronológica não representava absolutamente nenhum papel para ele; a morte era um pequeno incidente que ele

12. Esposa morganática: esposa de condição social inferior à do marido nobre. (N.T.)

13. Roskilde: na catedral de Roskilde encontram-se sepultados os membros da casa real dinamarquesa. (N.T.)

ignorava de todo; uma vez gravadas em sua memória, as pessoas existiam, e suas mortes não poderiam mudar isso o mínimo que fosse. Muitos anos mais tarde, depois da morte do velho senhor, as pessoas contavam que ele também tomava o futuro por algo presente com a mesma teimosia. Ele teria, em dada ocasião, falado a certa jovem senhora sobre os filhos dela, em especial das viagens de um desses filhos, enquanto a jovem dama, no terceiro mês de sua primeira gravidez, quase a desmaiar de horror e medo, estava sentada ao lado do velho que falava sem parar.

Mas aconteceu que comecei a rir. Sim, ri alto e não pude me acalmar. Certa noite, Mathilde Brahe não apareceu. Contudo, ao chegar ao lugar dela, o velho criado, quase completamente cego, ficou segurando a travessa para que ela se servisse. Permaneceu assim por um momento; depois seguiu adiante, satisfeito, digno, como se tudo estivesse em ordem. Eu tinha observado essa cena e de modo algum a achara engraçada no momento em que a vi. Mas pouco depois, exatamente quando levava um bocado à boca, o riso me subiu com tanta rapidez à cabeça que me engasguei e fiz uma grande barulheira. E embora essa situação me incomodasse, embora eu me esforçasse de todas as maneiras possíveis para ficar sério, o riso voltava de maneira intermitente e me tinha inteiramente em seu poder.

Meu pai, como que para encobrir meu comportamento, perguntou com sua voz lenta e baixa:

– Mathilde está doente?

O avô sorriu ao seu modo e então respondeu com uma frase a que, ocupado comigo mesmo, não dei atenção, e que era mais ou menos a seguinte: não, ela apenas não deseja encontrar Christine. Assim, eu também não vi como consequência dessas palavras que meu vizinho, o major moreno, se levantasse e, com uma desculpa murmurada de maneira ininteligível e uma reverência diante do conde, deixasse a sala. Apenas me chamou a atenção que junto à porta, às costas do dono da casa, ele se virasse e fizesse sinais e gestos ao pequeno Erik e, de súbito, para meu grande espanto, também a mim, como se nos exortasse a segui-lo. Fiquei tão surpreendido que o meu riso deixou de me atormentar. De resto, não dei maior atenção ao major; ele me era desagradável, e também percebi que o pequeno Erik não o tinha em boa conta.

A refeição se arrastava como sempre, e tínhamos acabado de chegar à sobremesa quando meu olhar foi agarrado e puxado por um movimento que acontecia no fundo da sala, na penumbra. Lá se abrira pouco a pouco uma porta que, como eu achava, se encontrava sempre fechada e que, segundo me tinham dito, levava ao mezanino, e agora, enquanto olhava na direção dela com um sentimento de curiosidade e sobressalto, inteiramente novo para mim, uma dama esbelta, com roupas claras, atravessou o vão escuro e veio lentamente em nossa direção. Não sei se fiz um movimento ou se emiti um som; o barulho de uma cadeira caindo me obrigou a desviar o olhar da estranha figura, e vi meu pai, que se levantara de um salto, o rosto pálido de morte, mãos pendentes e fechadas, ir em direção à dama. Enquanto isso, sem se deixar impressionar de forma alguma por essa cena, ela vinha passo a passo em nossa direção, e já não estava mais longe do lugar do conde quando este se levantou bruscamente, tomou meu pai pelo braço, levou-o de volta à mesa e o segurou, enquanto a dama desconhecida, de maneira lenta e impassível, atravessava passo a passo a sala agora sem obstáculos, num silêncio indescritível apenas perturbado por um copo que tinia trêmulo em algum lugar, e desapareceu por uma porta da parede oposta da sala. Nesse momento, percebi que foi o pequeno Erik, com uma profunda reverência, quem fechou essa porta atrás da desconhecida.

Fui o único que ficou sentado à mesa; tinha me tornado tão pesado em minha cadeira que me parecia que jamais poderia levantar sozinho outra vez. Por um momento, olhei sem ver. Então me lembrei de meu pai e observei que o velho ainda o segurava pelo braço. Agora o rosto de meu pai estava enfurecido, sanguíneo, mas o avô, cujos dedos envolviam o braço de meu pai qual uma garra branca, sorria o seu sorriso mascarado. Depois o ouvi dizer alguma coisa, sílaba por sílaba, sem que eu pudesse compreender o sentido de suas palavras. No entanto, elas impressionaram vivamente o meu ouvido, pois há mais ou menos dois anos eu as encontrei no fundo de minha memória, e desde então sei quais foram. Ele disse:

– És brusco, senhor camareiro da corte, e descortês. Por que não deixas as pessoas tratarem de seus assuntos?

– Quem é ela? – gritou meu pai enquanto ele falava.

– Alguém que, sem dúvida, tem o direito de estar aqui. Não é uma desconhecida. É Christine Brahe.

Então se fez outra vez aquele silêncio estranhamente tênue, e o copo voltou a tremelicar. Depois, porém, meu pai se soltou com um movimento repentino e se precipitou sala afora.

Eu o ouvi caminhar durante a noite inteira de um lado para o outro em seu quarto, pois também não pude dormir. Mas de súbito, por volta do amanhecer, acordei de um estado semelhante ao sono e vi, com um horror que me paralisou até a medula, uma coisa branca sentada na minha cama. Meu desespero enfim me deu forças para meter a cabeça embaixo do cobertor, e ali comecei a chorar de medo e de desamparo. De repente, ficou frio e claro acima de meus olhos chorosos; eu os apertei sobre as lágrimas para não precisar ver nada. Mas a voz que então se dirigiu a mim de bem perto chegou tépida e adocicada ao meu rosto, e eu a reconheci: era a voz de Mathilde. Logo me acalmei, e, no entanto, mesmo quando eu já estava bem quieto, deixei que ela continuasse a me consolar; eu sentia, é verdade, que essa bondade era muito molenga, mas eu a desfrutei e achava que de algum modo a tinha merecido.

– Tia – eu disse por fim e tentei reunir em seu rosto diluído os traços de minha mãe –, tia, quem era a dama?

– Oh – respondeu a senhorita Brahe com um suspiro que me pareceu engraçado –, uma infeliz, minha criança, uma infeliz.

Na manhã desse dia percebi alguns criados ocupados com embrulhos em um dos quartos. Pensei que partiríamos, achei inteiramente natural que partíssemos. Talvez também fosse essa a intenção de meu pai. Eu nunca soube o que o levou a continuar em Urnekloster depois daquela noite. Mas não partimos. Ainda permanecemos oito ou nove semanas naquela casa, suportamos o peso de sua estranheza e vimos Christine Brahe mais três vezes.

Eu nada sabia de sua história naquela época. Não sabia que ela tinha morrido há muito, muito tempo em seu segundo parto, quando dera à luz um menino que cresceu para ter um destino amedrontador e cruel – eu não sabia que ela era uma morta. Mas meu pai sabia. Quis ele, que era passional e aspirava à coerência e à clareza, se obrigar a suportar essa aventura com sangue-frio e sem fazer perguntas? Eu via, sem compreender, como lutava consigo mesmo; eu vivenciei, sem entender, como enfim se dominou.

Isso aconteceu quando vimos Christine Brahe pela última vez. Nessa ocasião, a senhorita Mathilde também viera jantar, mas estava diferente do habitual. Assim como nos primeiros dias depois de nossa chegada, ela falou sem parar e sem um nexo determinado, confundindo-se constante-mente, ao mesmo tempo em que havia nela uma inquietação corporal que a obrigava, sem cessar, a arrumar alguma coisa no cabelo ou no vestido – até que, de repente, com um grito alto e queixoso, se levantou num salto e sumiu.

No mesmo instante, meu olhar se dirigiu involunta-riamente para certa porta e, de fato: Christine Brahe entrou. O meu vizinho, o major, fez um movimento brusco, breve, que se reproduziu em meu corpo, mas, evidentemente, ele não tinha mais forças para se erguer. Seu rosto moreno, velho e manchado se voltou de um a outro, boquiaberto, a língua se movendo atrás dos dentes estragados; então, de repente, esse rosto se fora, sua cabeça cinzenta jazia sobre a mesa e seus braços jaziam como que aos pedaços em cima e embaixo dela, e, de algum lugar, surgiu uma mão manchada, murcha, que tremia.

E agora Christine Brahe passava diante de nós, passo a passo, devagar como uma doente, através de um silêncio indescritível em que ressoou apenas um único som gemente que lembrava o de um cão velho. Mas então, detrás do grande cisne prateado cheio de narcisos, surgiu à esquerda a grande máscara do velho com o seu sorriso descolorido. Ele ergueu sua taça de vinho na direção de meu pai. E então vi meu pai, exatamente quando Christine Brahe passava por detrás de sua cadeira, pegar sua taça e, como se fosse algo muito pesado, levantá-la um palmo acima da mesa.

E partimos ainda naquela noite.

Bibliothèque Nationale

Estou sentado e leio um poeta. Há muitas pessoas no salão, mas não as notamos. Elas estão nos livros. Às vezes se movem nas páginas como se estivessem dormindo e se virassem entre dois sonhos. Ah, como é bom estar entre pessoas que leem. Por que não são sempre assim? Você pode se aproximar de uma delas e tocá-la de leve: ela não sente nada. E se, ao levantar, você encosta um pouco em seu vizinho e se desculpa, ele inclina a cabeça para o lado em que ouviu a sua voz, seu rosto se volta na sua direção e não o vê, e seu cabelo é como o cabelo de alguém que dorme. Como isso faz bem. E estou sentado e tenho um poeta. Que sorte. Agora talvez haja trezentas pessoas lendo no salão; mas é impossível que cada uma tenha um poeta. (Sabe Deus o que elas têm.) Não existem trezentos poetas. Mas, veja que sorte, eu, talvez o mais miserável desses leitores, um estrangeiro: eu tenho um poeta. Embora eu seja pobre. Embora minha roupa, que uso diariamente, comece a ficar puída, embora se possa objetar isso ou aquilo contra os meus sapatos. Meu colarinho, sem dúvida, está limpo, minhas roupas também, e eu poderia, como estou, ir a uma confeitaria qualquer, quem sabe nos grandes bulevares, e poderia, sem receio, pegar um pedaço num prato de bolos. Isso não chamaria a atenção de ninguém, eu não seria censurado e não me mandariam sair, pois, em todo o caso, é uma mão da boa sociedade, uma mão que é lavada de quatro a cinco vezes por dia. Sim, não há nada sob as unhas, não há tinta de escrever nos dedos, e os pulsos, em especial, estão impecáveis. Pessoas pobres não se lavam até ali, isso é coisa sabida. Pode-se, assim, tirar certas conclusões sobre seu asseio. E elas também são tiradas. São tiradas nos estabelecimentos. Mas há algumas criaturas, no Boulevard Saint-Michel, por exemplo, e na Rue Racine, que não se deixam enganar, que fazem pouco dos pulsos. Elas olham para mim e sabem. Sabem que, no fundo, sou uma delas, que estou apenas representando um pouco de comédia. Afinal de contas, é carnaval. E elas não querem estragar minha brincadeira; apenas sorriam um pouquinho e piscam os olhos. Ninguém viu. De resto, me tratam como a um cavalheiro. Basta que haja alguém nas proximidades e até se mostram subservientes. Agem como se eu estivesse usando peles e houvesse uma carruagem à minha espera. Às vezes lhes dou dois *sous*[14] e tremo, porque poderiam recusá-los; mas elas os aceitam. E tudo estaria em ordem se outra vez não tivessem piscado e sorrido um pouco. Quem são essas pessoas? O que querem de mim? Esperam por mim? Pelo que me reconhecem? Minha barba, é verdade, tem uma aparência um tanto descuidada e lembra um pouco, bem pouquinho, suas barbas doentes, velhas, descoradas, que sempre me causaram impressão. Não tenho, porém, o direito de descuidar da minha barba? Muitos homens ocupados o fazem e a ninguém ocorre contá-los de imediato entre os repudiados por isso. Pois é claro para mim que

---

14. *Sou*: antiga moeda francesa de cinco centavos. Em francês no original. (N.T.)

eles são os repudiados, não apenas mendigos; não, eles não são propriamente mendigos, é preciso fazer distinções. São restos, cascas de homens que o destino cuspiu fora. Úmidos do cuspe do destino, grudam numa parede, num poste, numa coluna para cartazes ou escorrem lentamente ruela abaixo deixando um rastro escuro, sujo, atrás de si. Que diabo queria de mim aquela velha que, com uma gaveta de mesinha de cabeceira em que alguns botões e algumas agulhas rolavam de um lado para o outro, se arrastara para fora de algum buraco? Por que andava sempre ao meu lado e me observava? Como se tentasse me reconhecer com seus olhos remelentos em que um doente parecia ter cuspido muco verde nas pálpebras sanguinolentas. E aquela mulher pequena e pálida, que ficou um quarto de hora parada ao meu lado diante de uma vitrine enquanto me mostrava um lápis velho, longo, que empurrava de maneira infinitamente lenta para fora de suas mãos fechadas, maltratadas? Agi como se observasse as coisas expostas e não percebesse nada. Mas ela sabia que eu a tinha visto, sabia que eu estava parado e pensava sobre o significado do que ela fazia. Pois entendi bem que não era o lápis que estava em questão: senti que era um sinal, um sinal para iniciados, um sinal que os repudiados conhecem; suspeitei que ela me desse a entender que eu devia ir a algum lugar ou fazer alguma coisa. E o mais estranho era que eu não conseguia me livrar da sensação de que havia realmente um certo acordo ao qual esse sinal dizia respeito, e que essa cena, no fundo, era algo que eu deveria ter esperado.

Isso foi há duas semanas. Mas agora quase não passa um dia sem um encontro desses. Não apenas nas horas crepusculares; ao meio-dia, nas ruas mais movimentadas, acontece que surja subitamente um homenzinho ou uma velha, acene com a cabeça, me mostre alguma coisa e desapareça, como se tudo o que fosse necessário tivesse sido feito. É possível que um dia tenham a ideia de ir até o meu quarto; sabem, certamente, onde moro, e haverão de dar um jeito de não serem barrados pelo porteiro. Mas aqui, meus caros, aqui estou a salvo de vocês. É preciso ter um cartão especial para poder entrar neste salão. Esse cartão é a vantagem que tenho sobre vocês. Ando com certo receio pelas ruas, como se pode imaginar, mas enfim estou diante de uma porta de vidro, abro-a como se estivesse em casa, mostro meu cartão na próxima porta (exatamente como vocês me mostram suas coisas, só que com a diferença de que sou compreendido e se entende o que quero dizer...) e então estou entre esses livros, fui arrebatado de vocês como se tivesse morrido, e estou sentado e leio um poeta.

Vocês não sabem o que é isso, um poeta? – Verlaine... Não? Nenhuma lembrança? Não. Não o distinguiram entre aqueles que vocês conhecem? Vocês não fazem distinções, eu sei. Mas é outro poeta que leio, um poeta que não mora em Paris, um poeta completamente diferente.[15] Um poeta que possui uma casa tranquila nas montanhas. Um poeta que soa como um sino no ar puro. Um poeta ditoso que fala de suas janelas e das portas de vidro da sua estante de livros que refletem de maneira pensativa uma distância querida, solitária. É exatamente o poeta que eu queria ter me tornado; pois ele sabe tanto sobre as mocinhas, e eu também teria sabido muito sobre elas. Ele sabe sobre mocinhas que viveram há cem anos; não faz mal que estejam mortas, pois ele sabe tudo. E isso é o principal. Ele pronuncia seus nomes, esses nomes silenciosos, escritos de maneira esbelta com as curvas antiquadas nas letras longas, e os nomes adultos de suas namoradas mais velhas, nos quais já ressoa um pouquinho de fatalidade, um pouquinho de desilusão e morte. Numa gaveta de sua escrivaninha de mogno talvez estejam as cartas empalidecidas delas, as folhas soltas de seus diários em que constam aniversários, excursões de verão, aniversários. Ou pode ser que na cômoda abaulada no fundo de seu quarto haja uma gaveta em que estejam guardados os seus vestidos

---

15. "Mas é outro poeta que leio, um poeta que não mora em Paris, um poeta completamente diferente": provável alusão a Francis Jammes (1868-1938). (N.T.)

de primavera; vestidos brancos usados pela primeira vez por volta da Páscoa, vestidos de tule sarapintado, na verdade próprios para o verão, pelo qual não puderam esperar. Oh, que destino feliz ficar sentado no quarto silencioso de uma casa herdada, apenas entre coisas quietas, sedentárias, e ouvir lá fora, no pequeno jardim verde-claro, os primeiros chapins a ensaiar seu canto e, à distância, o relógio do povoado. Ficar sentado e olhar para uma faixa quente de sol da tarde e saber muitas coisas sobre mocinhas do passado e ser um poeta. E pensar que eu também teria me tornado um poeta assim se eu pudesse morar em algum lugar, em algum lugar no mundo, em uma das muitas casas de campo fechadas com que ninguém se preocupa. Eu teria precisado de um único quarto (o quarto claro no frontão). Eu teria vivido lá dentro com as minhas coisas velhas, os retratos de família, os livros. E eu teria tido uma poltrona e flores e cães e uma bengala robusta para os caminhos pedregosos. E nada mais. Apenas um livro com encadernação em couro amarelo, amarfinado, com uma velha estampa florida como folha de guarda: nesse livro eu teria escrito. Teria escrito muito, pois teria tido muitas ideias e recordações de muitas pessoas.

Mas as coisas aconteceram de outro modo, sabe Deus por quê. Meus móveis velhos apodrecem num celeiro em que tive de colocá-los, e eu próprio, sim, meu Deus, eu não tenho teto nenhum sobre mim, e a chuva cai em meus olhos.

Às vezes passo diante de pequenas lojas na Rue de Seine, por exemplo. Negociantes de coisas velhas ou pequenos alfarrabistas ou vendedores de gravuras em cobre com vitrines abarrotadas. Jamais alguém entra em seus estabelecimentos; é manifesto que não fazem negócios. Quando olhamos para dentro, porém, eles estão sentados, estão sentados e leem sem preocupações; não se preocupam com o amanhã, não se inquietam com o sucesso, têm um cão, que fica sentado diante deles, bem-disposto, ou um gato que torna o silêncio ainda maior ao passar pelas fileiras de livros como se apagasse os nomes das lombadas.

Ah, se isso bastasse: às vezes, gostaria de comprar uma dessas vitrines repletas e me sentar atrás dela com um cão durante vinte anos.

É bom dizer em voz alta: "Não aconteceu nada". Mais uma vez: "Não aconteceu nada". Isso ajuda?

Não foi realmente uma infelicidade o meu fogão ter fumegado outra vez e eu ter sido obrigado a sair. Não significa nada que eu me sinta fraco e resfriado. É minha própria culpa que eu tenha caminhado o dia inteiro de um lado para o outro pelas ruelas. Eu poderia ter ficado sentado no Louvre. Ou não, isso eu não teria feito. Lá há certas pessoas que querem se aquecer. Elas ficam sentadas nos bancos de veludo e seus pés ficam uns ao lado dos outros como grandes botas vazias sobre as grades dos aquecedores. São homens extremamente modestos que ficam gratos quando os funcionários de uniformes escuros cheios de insígnias os toleram. Mas quando entro, eles sorriem. Sorriam e acenam de leve com a cabeça. E quando caminho de um lado para o outro diante dos quadros, ficam de olho em mim, sempre de olho, sempre a me observar com esses olhos revolvidos e turvos. Foi bom, assim, que eu não tenha ido ao Louvre. Caminhei o tempo inteiro. Sabem os céus por quantas cidades, bairros, cemitérios, pontes e passagens. Vi, em algum lugar, um homem que empurrava um carrinho de verduras. Ele gritava: *Chou-fleur, chou-fleur,* o *fleur* com um *eu* peculiarmente sombrio. Ao seu lado caminhava uma mulher tosca e feia que o cutucava de vez em quando. E quando ela o cutucava, ele gritava. Às vezes também gritava por conta própria, mas então havia sido à toa e logo depois tinha de gritar outra vez, pois se encontravam diante da casa de um comprador. Já disse que ele era cego? Não? Pois era cego. Era cego e gritava. Minto quando digo isso, deixo de mencionar o carrinho que ele empurrava, ajo como se não tivesse percebido que ele gritava *couve-flor*. Mas isso é importante? E mesmo que fosse, o que interessa não é o que a coisa toda foi para mim? Vi um velho que era cego e gritava. Vi isso. Vi.

Alguém acreditará que existam casas assim? Não, dirão que minto. Desta vez é verdade; não omito nada e, naturalmente, também não acrescento. De onde eu o tiraria? É sabido que sou pobre. Sabem disso. Casas? Mas, para ser exato, eram casas que não estavam mais lá. Casas que foram demolidas de cima a baixo. O que estava lá eram as outras casas, as casas que estavam ao lado delas, casas altas da vizinhança. Elas corriam risco evidente de cair desde que se tirara tudo de suas laterais, pois havia toda uma armação de hastes longas e alcatroadas cravadas obliquamente entre o terreno coberto de escombros e a parede despida. Não sei se já disse que é a essa parede que me refiro. Mas ela não era, por assim dizer, a primeira parede das casas existentes (o que, no entanto, seria presumível), mas a última das casas anteriores. Via-se a sua parte interna. Viam-se, nos diferentes andares, as paredes dos quartos em que ainda estavam colados os papéis de parede, aqui e ali o início do assoalho ou do teto. Além das paredes dos quartos, ainda restou um espaço branco-sujo ao longo de todo o muro, e, através desse espaço, em movimentos indizivelmente repulsivos, moles como vermes, digestivos, por assim dizer, se arrastava o sulco aberto, manchado de ferrugem, dos canos de esgoto. Nas beiras dos telhados haviam ficado marcas cinzentas e poeirentas dos caminhos que o gás de iluminação havia percorrido, e eles faziam curvas aqui e ali, de maneira inteiramente inesperada, e entravam na parede colorida por um buraco negro, brutalmente aberto. O mais inesquecível, contudo, eram as próprias paredes. A vida tenaz desses quartos não se deixou aniquilar. Ela ainda estava presente, se agarrava aos pregos que ficaram, estava parada sobre os restos de assoalho do tamanho de um palmo, tinha se encolhido debaixo das saliências dos cantos, onde ainda havia um pouquinho de espaço interior. Podia-se ver que ela estava na pintura que, lentamente, ano após ano, havia transformado: azul em verde bolorento, verde em cinza, amarelo num branco velho, estagnado, que apodrece. Mas ela também estava nas partes mais novas que tinham se conservado atrás de espelhos, quadros e armários, pois havia traçado e retraçado os seus contornos, e também estivera com aranhas e poeira nesses lugares escondidos que agora estavam a nu. Ela estava em cada marca de esfoladura, estava nas bolhas úmidas da borda inferior do papel de parede, oscilava nos fiapos arrancados e transpirava das manchas asquerosas que haviam surgido há muito tempo. E dessas paredes que haviam sido azuis, verdes e amarelas, emolduradas pelas marcas de destruição das divisórias arruinadas, sobressaía o ar dessa vida, o ar tenaz, inerte, mofento, que nenhum vento tinha dispersado ainda. Ali estavam os meios-dias e as doenças, o ar exalado e a fumaça de anos atrás, o suor que irrompe debaixo das axilas e deixa as roupas pesadas, o hálito desagradável das bocas e a fedentina de pés azedos. Ali estavam o cheiro penetrante de urina e o cheiro ardente de fuligem, a emanação cinzenta de batatas e o fedor pesado e escorregadio de banha que envelhece. O cheiro doce e demorado de crianças de peito esquecidas estava ali, e o cheiro de medo das crianças que vão à escola e o cheiro sufocante das camas de rapazes púberes. E a isso tinha se acrescentado muita coisa que viera de baixo, do abismo da ruela que exalava vapores, e outras coisas tinham gotejado do alto com a chuva, que não é limpa sobre as cidades. E muitas coisas tinham sido trazidas pelos ventos domésticos, fracos e amansados, que ficam sempre nas mesmas ruas, e ainda havia muitas coisas cuja origem não se sabia. Cheguei a dizer que todas as paredes tinham sido postas abaixo, menos a última...? Bem, é dessa parede que falo sem parar. Dirão que fiquei por longo tempo diante dela; juro, porém, que comecei a correr tão logo a reconheci. Pois o terrível é isso, que eu a tenha reconhecido. Eu reconheço tudo aqui, e é por isso que se infiltra em mim tão facilmente: em mim, essas coisas todas estão em casa.

Eu estava um tanto esgotado depois disso tudo, pode-se muito bem dizer fatigado, e por isso foi demais para mim que ainda houvesse alguém à minha espera. Ele esperava na pequena *crémerie*[16] onde eu queria comer dois ovos fritos; eu estava faminto, não comera nada durante o dia inteiro. Mas agora também não pude comer nada; ainda antes que os ovos estivessem prontos, fui levado a sair outra vez às ruas, que correram ao meu encontro espessas de gente. Pois era carnaval e era noite, e todas as pessoas tinham tempo e andavam à toa e se esfregavam umas nas outras. E os seus rostos estavam repletos da luz que vinha das vitrines, e o riso vertia de suas bocas como o pus de feridas abertas. Elas riam cada vez mais e se aglomeravam de maneira sempre mais densa quanto maior era a minha impaciência em seguir adiante. De algum modo, o xale de uma moça se prendeu em mim e eu a arrastei comigo, as pessoas me fizeram parar e riram, e eu senti que também devia rir, mas não consegui. Alguém me jogou um punhado de confetes no rosto e isso ardeu como um açoite. Nos cantos, as pessoas estavam enganchadas, encaixadas umas nas outras, e não havia nelas qualquer movimento para frente, apenas um silencioso e suave para cima e para baixo, como se copulassem de pé. Mas ainda que estivessem paradas e eu tivesse corrido como um louco pela beira da calçada, onde havia brechas no tumulto, era, na verdade, como se elas se movessem e eu não me mexesse. Pois nada havia mudado; quando olhava para cima, ainda via as mesmas casas de um lado e as vitrines do outro. Talvez tudo estivesse fixo, e houvesse em mim e nelas apenas uma vertigem que parecia fazer tudo girar. Eu não tinha tempo de pensar sobre isso, estava pesado de suor, e uma dor atordoante dava voltas em mim, como se algo grande demais corresse junto com o meu sangue e dilatasse os vasos sanguíneos por onde passava. E senti, enquanto isso, que o

16. *Crémerie*: leiteria. Em francês no original. (N.T.)

ar tinha acabado fazia tempo e que eu apenas inspirava ar exalado, ar que paralisava meus pulmões.

Mas agora passou; eu resisti. Estou sentado no meu quarto, junto à lâmpada; está um pouco frio, pois não me atrevo a acender o fogão; como seria se ele começasse a soltar fumaça e eu tivesse de sair outra vez? Estou sentado e penso: se não fosse pobre, alugaria outro quarto, um quarto com móveis que não estivessem tão gastos, tão cheios dos inquilinos anteriores quanto estes aqui. De início, era realmente difícil para mim reclinar a cabeça nesta poltrona; há no seu forro verde uma certa depressão cinzenta e ensebada em que todas as cabeças parecem se ajustar. Por muito tempo tive a precaução de colocar um lenço debaixo dos meus cabelos, mas agora estou muito cansado para isso; descobri que assim também dá, e que a pequena concavidade é feita exatamente para a minha cabeça, como que sob medida. Mas, se eu não fosse pobre, compraria em primeiro lugar um bom fogão e aqueceria meu quarto com a lenha limpa e robusta que vem das montanhas e não com esse *tête-de-moineau*[17] desolador cuja fumaça torna a respiração tão angustiante e deixa a cabeça tão confusa. E então deveria haver alguém que fizesse a limpeza sem barulhos rudes e que cuidasse do fogo da maneira que necessito; pois muitas vezes, quando preciso ficar quinze minutos ajoelhado diante do fogão abanando o fogo, a pele da testa retesada por causa das brasas próximas e o calor bafejando meus olhos abertos, gasto toda a energia que tenho para o dia, e quando vou para o meio das pessoas, as coisas, naturalmente, ficam fáceis para elas. Às vezes, quando houvesse grande tumulto, eu pegaria uma carruagem e passaria por ele, almoçaria diariamente num *duval*...[18] E não me arrastaria mais para dentro das *crémeries*... Será que ele também teria estado num *duval*? Não. Lá ele não poderia esperar por mim. Não deixam entrar moribundos.

---

17. *Tête-de-moineau*: pedaços de carvão. Em francês no original. (N.T.)
18. *Duval*: restaurante de melhor qualidade. A designação se deriva do nome do arquiteto Charles Duval (1800-1876). (N.T.)

Moribundos? Agora, afinal, estou em meu quarto; posso tentar refletir calmamente sobre o que me aconteceu. É bom não deixar pontas soltas. Assim, entrei e de início apenas vi que a mesa à qual costumo sentar já havia sido ocupada por outra pessoa. Acenei em direção ao pequeno balcão, fiz meu pedido e me sentei à mesa ao lado. Mas então o senti, embora ele não se mexesse. Senti precisamente a sua imobilidade e a entendi de um golpe. A relação entre nós estava estabelecida, e eu sabia que ele estava paralisado de horror. Eu sabia que o horror o havia imobilizado, horror de alguma coisa que acontecia dentro dele. Talvez um vaso tenha se rompido nele, talvez um veneno que temesse há muito tempo tenha entrado justamente agora num de seus ventrículos, talvez tenha se rompido um grande tumor em seu cérebro, nascendo como um sol que lhe metamorfoseasse o mundo. Com um esforço indescritível me obriguei a olhar em sua direção, pois ainda tinha esperança de que tudo fosse apenas imaginação. Mas aconteceu que me levantei de um salto e me precipitei para a saída, pois eu não havia me enganado. Ele estava ali sentado usando um sobretudo grosso e negro, e seu rosto cinzento, tenso, pendia afundado em um cachecol de lã. Sua boca estava cerrada, como se tivesse se fechado com grande violência, mas não era possível dizer se os seus olhos ainda viam: lentes embaçadas, de um cinza esfumado, os encobriam e tremiam um pouco. Suas narinas estavam bem abertas e o cabelo comprido sobre suas têmporas, das quais tudo havia sido tirado, murchava como se estivesse debaixo de um sol muito forte. Suas orelhas eram longas, amarelas, com grandes sombras por trás. Sim, ele sabia que agora se afastava de tudo: não apenas das pessoas. Mais um instante e tudo terá perdido seu sentido, e essa mesa e a xícara e a cadeira na qual se agarra, tudo que é cotidiano e próximo terá se tornado incompreensível, alheio e pesado. Desse modo, ficava ali sentado e esperava até que tivesse acontecido. E não se defendia mais.

E eu ainda me defendo. Defendo-me, embora saiba que meu coração já está cansado e que não posso mais viver, mesmo que agora meus atormentadores me deixem em paz. Digo para mim mesmo: não aconteceu nada, e no entanto só pude entender aquele homem porque em mim também acontece alguma coisa que começa a me afastar e a me separar de todos. Como sempre me horrorizei ao ouvir dizer de um moribundo que já não podia mais reconhecer ninguém! Imaginava um rosto solitário que se levantava dos travesseiros e buscava, buscava por algo conhecido, buscava por algo já visto uma vez, mas não havia nada lá. Se meu medo não fosse tão grande, eu me consolaria com o fato de que não é impossível ver tudo de outro modo e, ainda assim, viver. Mas tenho medo, tenho um medo indizível dessa modificação. Nem mesmo cheguei a me habituar a este mundo que me parece bom. Que devo fazer num outro mundo? Eu gostaria muito de ficar entre os significados que se tornaram queridos para mim, e se alguma coisa precisa mesmo se modificar, gostaria de pelo menos poder viver entre os cães, que têm um mundo aparentado e com os mesmos objetos.

Posso escrever e dizer tudo isso por algum tempo ainda. Mas chegará um dia em que minha mão estará longe de mim, e quando a mandar escrever ela escreverá palavras que eu não queria. Começará o tempo de outras interpretações, e não ficará palavra sobre palavra, e todo sentido se dispersará como as nuvens e se precipitará como água. Apesar de todo o medo, sou, afinal, como alguém que se encontra diante de algo grande, e me recordo que no passado, antes de começar a escrever, sentia algo muito parecido. Mas desta vez eu serei escrito. Sou a impressão que se transformará. Oh, só mais um pouquinho e eu poderia entender e aprovar isso tudo. Apenas um passo e minha miséria profunda seria bem-aventurança. Mas não posso dar esse passo, estou caído e não posso mais me levantar porque me quebrei. Sempre acreditei que poderia vir ajuda. Eis que estão diante de mim, em minha própria letra, as palavras que pedi noite após noite. Eu as copiei dos livros onde as encontrei para que ficassem bem perto de mim e tivessem brotado de minha mão como se fossem algo meu. E quero escrevê-las mais uma vez, quero escrevê-las aqui, ajoelhado diante de minha mesa, pois assim as tenho por mais tempo do que se as leio, e cada palavra perdura e tem tempo de ecoar.

"Mécontent de tous et mécontent de moi, je voudrais bien me racheter et m'enorgueillir un peu dans le silence et la solitude de la nuit. Âmes de ceux que j'ai aimés, âmes de ceux que j'ai chantés, fortifiez-moi, soutenez-moi, éloignez de moi le mensonge et les vapeurs corruptrices du monde; et vous, Seigneur mon Dieu! accordez-moi la grâce de produire quelques beaux vers qui me prouvent à moi-même que je ne suis pas le dernier des hommes, que je ne suis pas inférieur à ceux que je méprise."[19]

"São filhos de doidos, raça infame, e da terra são escorraçados. Mas agora sou a sua canção de motejo, e lhes sirvo de provérbio.

"...e contra mim preparam o seu caminho de destruição...

"...gente para quem já não há socorro.

"Agora dentro de mim se me derrama a alma; os dias da aflição se apoderaram de mim.

"A noite me verruma os ossos e os desloca, e não descansa o mal que me rói.

"Pela grande violência do meu mal está desfigurada a minha veste, mal que me cinge como a gola da minha túnica.

---

19. *"Mécontent de tous (...) que je méprise"*: último parágrafo do poema em prosa "À une heure du matin" (À uma hora da manhã), de Charles Baudelaire (1821-1867), poeta simbolista francês. "Descontente com todos e descontente comigo mesmo, quero me restabelecer e reaver um pouco do meu orgulho no silêncio e na solidão da noite. Almas daqueles que amei, almas daqueles que cantei, fortaleçam-me, apoiem-me, mantenham longe de mim a mentira e os vapores corruptores do mundo; e tu, Senhor meu Deus, conceda-me a graça de criar alguns belos versos que provem a mim mesmo que não sou o último dos homens, que não sou inferior àqueles que desprezo." Em francês no original. (N.T.)

"O meu íntimo se agita sem cessar; e dias de aflição me sobrevêm.

"Por isso a minha harpa se me tornou em prantos de luto, e a minha flauta em voz dos que choram."[20]

O médico não me entendeu. Nem um pouco. Mas, afinal, também era difícil de contar. Queriam fazer uma tentativa com a eletrização. Ótimo. Recebi uma ficha: devia estar à uma hora na Salpêtrière.[21] Estive lá. Tive de caminhar por muito tempo ao longo de várias barracas, atravessar muitos pátios em que pessoas com toucas brancas como as dos presidiários estavam paradas aqui e ali debaixo das árvores sem folhas. Cheguei finalmente a uma sala longa, escura, que lembrava um corredor e tinha quatro janelas de vidro fosco e esverdeado num dos lados, separadas umas das outras por uma parede larga e negra. Diante delas, de ponta a ponta, havia um banco de madeira, e eles estavam sentados nesse banco, aqueles que me conheciam e me esperavam. Sim, estavam todos ali. Quando me habituei à obscuridade da sala, percebi que, entre aqueles que estavam ali sentados ombro a ombro numa fileira interminável, também poderia haver outras pessoas, pessoas do povo, artesãos, criadas e cocheiros. Ao fundo, na parte estreita do corredor, havia duas mulheres gordas, que supostamente cuidavam da portaria, conversando esparramadas sobre cadeiras especiais. Olhei o relógio; faltavam cinco para a uma. Em cinco, digamos, dez minutos, seria a minha vez; não era assim tão ruim, portanto. O ar estava viciado, pesado, cheio de roupas e hálitos. De certo ponto, pela frincha da porta, vinha o frescor intenso,

20. "São filhos de doidos (...) em voz dos que choram": a fonte dessas citações é o Antigo Testamento (Jó 30, 8-9, 12-13, 16-18, 27 e 31). Rilke emprega a tradução de Lutero; em nossa versão, empregamos a tradução, igualmente protestante, de João Ferreira de Almeida (Edição revista e atualizada no Brasil, Brasília, Sociedade Bíblica do Brasil, 1969). (N.T.)

21. Salpêtrière: clínica neuropsiquiátrica parisiense. (N.T.)

crescente, do éter. Comecei a andar de um lado para o outro. Ocorreu-me que tinham me mandado para cá, para o meio dessas pessoas, para essa consulta coletiva, superlotada. Era, por assim dizer, a primeira confirmação pública de que eu fazia parte dos repudiados; o médico tinha percebido isso em mim? Mas eu tinha vestido uma roupa razoavelmente boa para a consulta e tinha mandado meu cartão. Apesar disso, ele deve ter descoberto de alguma maneira, talvez eu mesmo tenha me traído. Bem, agora que era um fato, eu também já não achava isso tão ruim; as pessoas estavam sentadas em silêncio e não prestavam atenção em mim. Algumas sentiam dor e balançavam um pouco uma das pernas para suportá-la mais facilmente. Vários homens tinham a cabeça apoiada nas palmas das mãos, outros dormiam profundamente com rostos pesados, soterrados. Um homem gordo com o pescoço vermelho e inchado sentava-se curvado, olhava fixamente para o chão e cuspia de vez em quando ruidosamente sobre uma mancha que lhe parecia apropriada para isso. Uma criança soluçava num canto; ela tinha puxado as pernas longas e magras para cima do banco e agora as segurava e apertava contra si, como se tivesse de se despedir delas. Uma mulher pequena e pálida, com um chapéu de crepe enfeitado com flores negras e redondas posto de través sobre os cabelos, tinha o esgar de um sorriso em torno dos lábios finos, mas suas pálpebras ulceradas transbordavam sem parar. Não muito longe dela haviam sentado uma mocinha de rosto redondo e liso, os olhos saltados, sem expressão; sua boca estava aberta, de modo que se viam as gengivas brancas e viscosas com os dentes velhos, raquíticos. E havia muitas ataduras. Ataduras que envolviam a cabeça inteira, camada sobre camada, até que houvesse apenas um único olho que não pertencia mais a ninguém. Ataduras que ocultavam e ataduras que mostravam o que havia debaixo delas. Ataduras que tinham sido abertas e nas quais, como numa cama suja, jazia agora uma mão que não era mais uma mão; e uma perna envolta em bandagens, que se sobressaía, imensa, do tamanho de um homem. Eu caminhava de um lado para o outro e me esforçava por ficar calmo. Eu me ocupava muito com uma das paredes. Notei que ela tinha várias portas de uma só folha e que não chegava até o teto, de maneira que esse corredor não estava inteiramente separado das salas que deviam se achar do outro lado. Olhei o relógio; eu caminhara de um lado para o outro durante uma hora. Um momento depois chegaram os médicos. Primeiro alguns jovens, que passaram com rostos indiferentes, e por fim o médico que eu consultara, usando luvas claras, de *chapeau à huit reflets*[22], sobretudo impecável. Quando me viu, levantou um pouco o chapéu e sorriu distraído. Agora eu tinha esperança de ser chamado logo, mas transcorreu mais uma hora. Não consigo me lembrar como a passei. Ela passou. Veio um velho de avental manchado, uma espécie de enfermeiro, e me tocou no ombro. Entrei num dos quartos ao lado. O médico e os jovens estavam sentados em volta de uma mesa e me olharam; deram-me uma cadeira. Pois bem. E agora eu devia contar qual era afinal a minha situação. Brevemente, se possível, *s'il vous plaît*.[23] Pois os cavalheiros não tinham muito tempo. Eu me sentia estranho. Os jovens estavam sentados e me olhavam com aquela curiosidade superior, profissional, que tinham aprendido. O médico, que eu já conhecia, alisou seu cavanhaque e sorriu distraído. Pensei que desataria a chorar, mas me ouvi dizendo em francês:

– Já tive a honra, meu senhor, de lhe dar todas as informações de que sou capaz. Se o senhor julga necessário que esses cavalheiros sejam inteirados, então, depois de nossa conversa, o senhor certamente está em condições de fazê-lo com algumas palavras, ao passo que isso seria muito custoso para mim.

O médico se levantou com um sorriso cortês, aproximou-se da janela com os assistentes e disse algumas palavras

---

22. *Chapeau à huit reflets*: um tipo de chapéu elegante da época. Literalmente, chapéu de oito brilhos. Em francês no original. (N.T.)

23. *S'il vous plaît:* por favor. Em francês no original. (N.T.)

que acompanhou com um movimento de mão, horizontal e oscilante. Depois de três minutos, um dos jovens, míope e nervoso, voltou à mesa e, enquanto tentava me olhar severamente, disse:

– Está dormindo bem, meu senhor?

– Não, mal.

Depois disso, correu de volta para o grupo. Lá discutiram mais um pouco e então o médico se voltou para mim e comunicou que mandariam me chamar. Eu o lembrei do horário marcado para mim, uma da tarde. Ele sorriu e fez alguns movimentos rápidos e bruscos com as suas pequenas mãos brancas, movimentos que queriam significar que ele estava imensamente ocupado. Voltei, assim, para o meu corredor, cuja atmosfera tinha ficado ainda mais pesada, e recomecei a caminhar de um lado para o outro, embora estivesse morto de cansaço. Por fim, o cheiro úmido e concentrado me deixou tonto; fiquei parado à porta da entrada e a abri um pouco. Vi que lá fora ainda era de tarde e havia um pouco de sol, e isso me fez um bem indizível. Porém, mal havia se passado um minuto e ouvi que me chamavam. Uma mulher sentada a uma pequena mesa, a dois passos de distância, me sussurrava alguma coisa. Quem tinha me mandado abrir a porta? Eu disse que não podia suportar a atmosfera. Bem, isso era problema meu, e a porta tinha de ficar fechada. Não seria possível, então, abrir uma janela? Não, era proibido. Decidi recomeçar minha caminhada de um lado para outro, por ser, afinal, uma espécie de entorpecimento e não incomodar ninguém. Mas agora isso também desagradava à mulher da pequena mesa. Será que eu não tinha um lugar? Não, não tinha. Mas caminhar por ali não era permitido; eu teria de procurar um lugar. Haverá algum, sem dúvida. A mulher tinha razão. Havia realmente um lugar ao lado da mocinha de olhos saltados. Agora eu estava ali sentado, com a sensação de que aquilo devia ser o prelúdio inelutável de algo medonho. À esquerda, portanto, estava a mocinha com as gengivas em decomposição; somente após um momento pude reconhecer o que estava à minha direita. Era uma massa imensa, imóvel, que tinha um rosto, e também uma mão grande, pesada, inerte. O lado de seu rosto voltado para mim estava vazio, inteiramente desprovido de traços e de lembranças, e era sinistro que sua roupa fosse como a de um cadáver vestido para o funeral. A gravata estreita, preta, havia sido atada em volta do colarinho da mesma maneira descuidada e impessoal, e via-se que o casaco havia sido vestido por outras pessoas sobre esse corpo sem vontade. A mão havia sido colocada sobre a calça, ali onde se encontrava, e mesmo o cabelo parecia ter sido penteado por uma empregada de funerária e, como o pelo dos animais empalhados, estava rigidamente em ordem. Observei tudo com atenção, e me ocorreu que esse era, portanto, o lugar que me fora destinado, pois acreditava ter chegado finalmente ao lugar de minha vida em que ficaria. É, os caminhos do destino são prodigiosos.

De repente, bem perto de mim, irromperam em rápida sequência os gritos assustados, defensivos de uma criança, seguidos por um choro baixo, abafado. Enquanto me esforçava por descobrir sua origem, um grito breve, reprimido, tremulou mais uma vez, e ouvi vozes que faziam perguntas, uma voz que dava ordens em tom baixo, e então uma máquina qualquer começou a ronronar e não se preocupou com nada. Daí me lembrei daquela meia-parede e ficou claro que isso tudo provinha do outro lado das portas e que lá estavam trabalhando. De vez em quando, de fato, aparecia o enfermeiro de avental manchado e acenava. Nem me passava mais pela cabeça que ele pudesse me chamar. Era comigo? Não. Apareceram dois homens com uma cadeira de rodas, levantaram a massa e a depuseram nela, e agora eu via que era um homem velho e paralítico que ainda tinha um outro lado, menor e gasto pela vida, com um olho aberto, turvado, triste. Eles o empurraram para dentro e ao meu lado surgiu um espaço imenso. E fiquei sentado e imaginei o que fariam com a mocinha míope e se ela também gritaria. As máquinas

49

do outro lado ronronavam de uma maneira tão agradavelmente industrial que nada havia de inquietante.

De súbito, porém, tudo ficou silencioso, e, em meio ao silêncio, uma voz superior, presunçosa, que eu acreditava conhecer, disse:

– *Riez!*

Pausa.

– *Riez. Mais riez, riez.*

Eu já estava rindo. Era inexplicável porque o homem lá do outro lado não queria rir. Uma máquina começou a matraquear, mas logo emudeceu novamente, palavras foram trocadas, e a mesma voz enérgica se fez ouvir outra vez e ordenou:

– *Dites nous le mot: avant.*

Soletrando:

– *A-v-a-n-t...*

Silêncio.

– *On n'entend rien. Encore une fois*[24]*:...*

E então, enquanto do outro lado balbuciavam de maneira tão quente e mole: então, pela primeira vez depois de muitos, muitos anos, ele estava aí outra vez. Aquilo que me incutira o primeiro horror profundo, quando, criança, eu jazia doente com febre: o grande. Sim, era isso que eu sempre dizia quando todos estavam em volta da minha cama e tomavam meu pulso e me perguntavam o que tinha me assustado: o grande. E quando buscavam o médico e ele vinha e conversava comigo, eu lhe pedia que apenas fizesse com que o grande fosse embora, todo o resto não era nada. Mas ele era como os outros. Não podia afastá-lo, embora eu fosse pequeno e fácil de ajudar. E agora o grande estava aí outra vez. Antes ele simplesmente não se manifestara, mesmo em noites de febre, mas agora estava aí, ainda que eu não tivesse febre. Agora estava aí. Agora ele crescia, brotando de mim como

---

24. *Riez!*: "Ria!". *Riez. Mais riez, riez*: "Ria. Ande, ria, ria". *Dites nous le mot: avant*: "Diga-nos a palavra: antes". *On n'entend rien. Encore une fois*: "Não se ouve nada. Mais uma vez". Em francês no original. (N.T.)

um abscesso, como uma segunda cabeça, e era uma parte de mim, embora de modo algum pudesse pertencer a mim por ser tão grande. Estava aí como um grande animal morto que no passado, quando ainda vivia, fora minha mão ou meu braço. E meu sangue circulava por mim e por ele como por um único e mesmo corpo. E meu coração tinha de se esforçar muito a fim de impulsionar o sangue para dentro do grande: quase não havia sangue suficiente. E o sangue entrava de má vontade nele e voltava doente e deteriorado. Mas o grande inchou e cresceu em meu rosto como um calombo quente e azulado, cresceu em minha boca, e a sua sombra já cobria meus dois olhos.

Não consigo me lembrar como saí através dos muitos pátios. Era de tardinha, me perdi no bairro desconhecido e subi em certa direção ao longo de bulevares com muros intermináveis, mas quando vi que não tinham fim, voltei na direção oposta até chegar a uma praça qualquer. Lá comecei a caminhar por uma rua e vieram outras que eu nunca vira, e mais outras. Por vezes, bondes elétricos se aproximavam e passavam com grande estrépito e repiques fortes, pulsantes. Em suas tabuletas constavam nomes que eu não conhecia. Eu não sabia em que cidade estava e se tinha uma casa em algum lugar por aqui e o que teria de fazer para não precisar caminhar mais.

E agora ainda essa doença que sempre me tocou de modo tão peculiar. Estou seguro de que ela é subestimada. Exatamente como se exagera o significado de outras doenças. Essa doença não possui características determinadas, ela adota as características daqueles que atinge. Com uma segurança sonâmbula, busca em cada um o seu mais profundo perigo, que parecia ter ficado para trás, e o coloca diante dele, bem perto, na hora seguinte. Homens que em seus tempos de escola tenham experimentado esse vício desamparado cujas confidentes iludidas são suas pobres e duras mãos de rapaz encontram-se novamente diante dele, ou recomeça uma doença que tinham superado quando crianças; ou um hábito perdido se faz presente outra vez, um certo virar hesitante da cabeça que lhes era próprio anos antes. E com aquilo que sobrevém, ergue-se todo um emaranhado de memórias confusas, presas ali como algas molhadas num objeto submerso. Vidas que nunca teríamos conhecido emergem e se misturam com aquilo que realmente foi e deslocam coisas passadas que acreditávamos conhecer: pois naquilo que se levanta há uma força nova, descansada, mas aquilo que sempre esteve aí está cansado de ser recordado com tanta frequência.

Estou deitado em minha cama, no quinto andar, e o meu dia, que nada interrompe, é como um mostrador sem ponteiros. Assim como uma coisa que estava perdida por muito tempo aparece certa manhã em seu lugar, conservada e intacta, quase mais nova do que no tempo em que foi perdida, como se alguém a tivesse tomado ao seu cuidado: assim jazem, aqui e ali, coisas perdidas da infância sobre o meu cobertor e estão como novas. Todos os medos perdidos estão aí novamente.

O medo de que um pequeno fio de lã que se destaca da bainha do cobertor seja duro, duro e afiado como uma agulha de aço; o medo de que esse botãozinho de meu camisolão seja maior do que minha cabeça, grande e pesado; o medo de que esse farelinho de pão que agora cai da minha cama seja de vidro e se espatife no chão, e a preocupação opressiva de que com ele tudo, realmente tudo, esteja quebrado para sempre; o medo de que a tira rasgada do canto de um envelope seja algo proibido, que ninguém deveria ver, algo indescritivelmente precioso, para o qual não há no quarto lugar seguro o bastante; o medo de que ao pegar no sono eu engula o pedaço de carvão jogado diante do fogão; o medo de que um número qualquer comece a crescer em minha cabeça até que não tenha mais espaço dentro de mim; o medo de estar deitado sobre granito, granito cinza; o medo de que eu pudesse gritar e que as pessoas se aglomerassem diante da minha porta e acabassem por arrombá-la, o medo de que eu pudesse me trair e dizer tudo aquilo de que tenho medo, e o medo de que não pudesse dizer nada porque tudo é indizível – e os outros medos... Os medos.

Pedi minha infância e ela retornou, e sinto que ainda é tão difícil quanto outrora e que de nada adiantou ficar mais velho.

Ontem minha febre melhorou, e hoje o dia começa como a primavera, como a primavera dos retratos. Quero tentar ir até a Bibliothèque Nationale, ao meu poeta, que não li por tanto tempo, e talvez, mais tarde, possa caminhar devagar pelos jardins. Talvez haja vento sobre o grande tanque, que tem uma água tão real, e venham crianças que coloquem nele os seus barcos com velas vermelhas e fiquem olhando.

Não esperava por isso hoje; saí com tanta coragem, como se fosse a coisa mais natural e mais simples a fazer. E, contudo, havia outra vez uma coisa que me pegou como se eu fosse papel, amassou e jogou fora; uma coisa inaudita.

O Boulevard St. Michel estava vasto e vazio, e era fácil de caminhar em sua inclinação suave. No alto, folhas de janela se abriram com um ruído vítreo, e seu brilho voou sobre a rua como um pássaro branco. Passou uma carruagem com rodas de um vermelho claro, e, mais abaixo, alguém usava uma roupa verde-clara. Cavalos com arreios reluzentes trotavam sobre o leito limpo da rua, manchado por salpicos escuros. O vento estava agitado, novo, suave, e tudo ascendia: cheiros, chamados, sinos.

Passei por um dos cafés em que os falsos ciganos ruivos tocam à tardinha. O ar tresnoitado se esgueirava de consciência pesada pelas janelas abertas. Garçons de cabelo alisado estavam ocupados em esfregar o chão diante da porta. Um deles estava curvado e jogava um punhado após o outro de areia amarelada debaixo das mesas. Então um dos passantes o tocou e apontou para a rua, mais abaixo. O garçom, com o rosto todo vermelho, olhou por um momento com atenção e então um riso se espalhou pelas suas faces imberbes, como se tivesse sido derramado sobre elas. Ele acenou para os outros garçons, virou depressa o rosto sorridente algumas vezes da direita para a esquerda a fim de chamar todos e não perder nada. Agora estavam todos parados e olhavam para a rua ou procuravam, rindo ou incomodados por ainda não terem descoberto o que havia de risível.

Senti que comecei a ter um pouco de medo. Alguma coisa me impelia para o outro lado; porém, apenas comecei a andar mais rápido e relanceei os olhos involuntariamente sobre as poucas pessoas à minha frente, nas quais não percebi nada de especial. Vi, contudo, que uma delas, um moço de recados com avental azul e um cesto com asas vazio sobre um dos ombros, seguia alguém com os olhos. Quando se cansou de observar, se virou, no mesmo lugar, na direção dos prédios e fez um movimento diante da testa, bem conhecido de todo mundo, para um caixeiro que ria. Então piscou os olhos negros e veio em minha direção contente e se balançando.

Tão logo meu campo de visão ficasse livre, eu esperava ver alguma figura incomum e chamativa, mas vi que na minha frente ia apenas um homem grande e magro de sobretudo escuro e chapéu mole, preto, sobre o cabelo curto, loiro-pálido. Assegurei-me de que não havia nada de ridículo nem na roupa nem no comportamento daquele homem e já buscava observar o bulevar à sua frente, quando ele tropeçou em alguma coisa. Visto que o seguia de perto, tomei cuidado, mas quando cheguei ao lugar não havia nada, absolutamente nada. Ambos seguimos em frente, eu e ele, e a distância entre nós permaneceu a mesma. Depois vinha uma rua e então aconteceu que o homem desceu pulando os degraus do passeio, mais ou menos como as crianças saltitam ou pulam enquanto caminham quando estão contentes. Com um passo longo, simplesmente, ele subiu ao passeio do outro lado. Mas mal havia pisado nele, encolheu um pouco uma das pernas e pulou sobre a outra, e logo depois mais uma vez e mais outra. Esse movimento súbito poderia perfeitamente ser tomado por um tropeço se nos convencêssemos de que ali havia alguma ninharia, um grão, a casca escorregadia de uma fruta, qualquer coisa; e o estranho era que o próprio homem parecia acreditar na existência de um obstáculo, pois a cada vez se virava para o lugar importuno com aquele olhar meio irritado, meio repreensivo que as pessoas têm nesses momentos. Algo que me advertia me chamou mais uma vez para o outro lado da rua, mas não obedeci e continuei sempre atrás daquele homem, enquanto dirigia toda a minha atenção para as suas pernas. Tenho de confessar que me senti singularmente aliviado quando aquele saltitar não se repetiu durante o intervalo de mais ou menos vinte passos, mas, quando levantei meus olhos, notei que lhe surgira outro aborrecimento. A gola de seu sobretudo havia se levantado; e por mais que ele se esforçasse cuidadosamente, ora com uma mão, ora com as duas, para baixá-la, não era bem-sucedido. Coisas que acontecem. Isso não me inquietou. Mas, logo depois, percebi com um assombro sem limites que havia dois movimentos nas mãos atarefadas desse homem: um movimento furtivo, rápido, com o qual levantava a gola de maneira imperceptível, e outro mais minucioso, contínuo, exageradamente soletrado, por assim dizer, que deveria baixá-la. Essa constatação me confundiu de tal modo que se passaram dois minutos até que eu reconhecesse que o mesmo saltitar dissílabo e assustador que acabara de deixar as pernas do homem estava no seu pescoço, atrás do sobretudo levantado e das mãos que se mexiam nervosas. A partir desse instante eu estava preso a ele. Compreendi que esse saltitar errava pelo seu corpo, que tentava irromper aqui e ali. Entendi seu medo das pessoas, e eu próprio comecei a examinar com cautela se os passantes percebiam alguma coisa. Uma pontada fria percorreu minhas costas quando, de súbito, suas pernas deram um salto pequeno e convulsivo, mas que ninguém viu, e imaginei que eu também devia tropeçar um pouquinho no caso de alguém reparar. Essa seria certamente uma saída para fazer com que curiosos acreditassem que havia de fato um obstáculo pequeno, insignificante, no caminho, um obstáculo em que ambos, casualmente, teríamos tropeçado. Mas, enquanto eu pensava em ajudá-lo dessa maneira, ele próprio achou uma saída nova e excelente. Esqueci de dizer que ele levava uma bengala; bem, era uma bengala simples, de madeira escura, com uma empunhadura singela, curva. Em seu medo buscante, lhe ocorrera segurar essa bengala às costas com uma só mão (afinal, ninguém sabe se a outra não seria necessária para alguma coisa), exatamente sobre a coluna vertebral, apertá-la firme sobre a espinha e empurrar a extremidade arredondada da empunhadura para dentro da gola, de modo que se podia senti-la dura e como um apoio atrás das vértebras cervicais e das primeiras vértebras dorsais. Era uma atitude nada chamativa, no máximo um pouco travessa; o inesperado dia primaveril podia desculpar isso. Não ocorreu a ninguém se virar, e estava dando certo. Dava excepcionalmente certo. Todavia, ao atravessar a rua seguinte, lhe escaparam dois pulos, dois pulos pequenos, meio contidos, perfeitamente insignificantes; e o único pulo realmente visível foi executado com tanto jeito (havia justamente uma mangueira no caminho) que não havia nada a temer. Sim, por enquanto corria tudo bem; de vez em quando, também a outra mão pegava a bengala e a apertava com mais firmeza, e o perigo era logo vencido outra vez. Nada pude fazer contra o fato de que meu medo, contudo, crescia. Eu sabia que, enquanto ele caminhava e tentava com esforços infinitos parecer indiferente e distraído, o terrível estremecimento se acumulava em seu corpo; o medo com que ele o sentia crescer e crescer também estava em mim, e eu via a maneira como se agarrava à bengala quando o estremecimento começava a se agitar dentro dele. Nesses momentos, a expressão dessas mãos era tão implacável e severa que coloquei todas as esperanças em sua vontade, que devia ser grande. Mas o que era uma vontade? Chegaria o momento em que suas forças acabariam; não podia estar longe. E eu, que andava atrás dele com o coração batendo forte, reuni minhas poucas forças como se fossem dinheiro e, enquanto olhava para as suas mãos, lhe pedi que pegasse minhas forças se precisasse delas.

Acredito que ele as pegou; o que eu podia fazer se não eram maiores?

Na Place St. Michel havia muitos veículos e muitas pessoas caminhando rápido de um lado para o outro; com frequência estávamos entre dois carros e então ele buscava ar e relaxava um pouco, como que para descansar, e o estremecimento pulava um pouco e acenava um pouco com a cabeça. Talvez essa fosse a astúcia com que a doença encarcerada queria vencê-lo. A vontade estava partida em dois lugares, e o fato de ele haver cedido deixara um estímulo silencioso e chamativo nos músculos possuídos, além do compasso compulsivo de dois tempos. Mas a bengala ainda estava em seu lugar e as mãos tinham um aspecto maléfico e furibundo; foi assim que pisamos a ponte, e ele seguia adiante. Seguia adiante. Mas então sobreveio algo inseguro em seu andar, ele caminhou dois passos e aí parou. Parou. A mão esquerda largou a bengala silenciosamente e se ergueu com tamanha lentidão que eu a via tremer no ar; ele empurrou o chapéu um pouco para trás e passou a mão sobre a testa. Virou um pouco a cabeça e seu olhar oscilou entre o céu, os prédios e a água, sem compreender, e então ele cedeu. A bengala se fora, ele estendeu os braços como se quisesse levantar voo, e aquilo irrompeu nele como uma força da natureza e o curvou para frente e o puxou para trás e o fez acenar com a cabeça e fazer mesuras e centrifugou a força dançante do seu interior para o meio da multidão. Pois já havia muitas pessoas ao seu redor, e não o vi mais.

Não tinha mais nenhum sentido ir a algum lugar; eu estava vazio. Como uma folha em branco eu era impelido ao longo dos prédios, bulevar acima.

Tento escrever-te, embora não exista mais propriamente nada depois de uma despedida necessária. Tento, mesmo assim, acredito que preciso fazê-lo porque vi a santa no Panteão[25], a mulher santa, solitária, e o teto e a porta, e lá dentro a lâmpada com o modesto círculo de luz, e, mais adiante, a cidade adormecida e o rio e a lonjura à luz da lua. A santa vela a cidade adormecida. Chorei. Chorei porque tudo aquilo estava ali, de repente, de forma tão inesperada. Chorei diante disso, não pude evitá-lo.

Estou em Paris; aqueles que ouvem isso se alegram, a maioria me inveja. Eles têm razão. É uma grande cidade, grande, repleta de tentações singulares. Quanto a mim, tenho de admitir que, sob certos aspectos, sucumbi a elas. Acho que isso não pode ser dito de outro modo. Sucumbi a essas tentações, e isso causou certas mudanças, se não em meu caráter, pelo menos em minha visão de mundo, e, em todo caso, em minha vida. Sob essas influências, formou-se em mim uma concepção completamente diferente de todas as coisas; há certas diferenças que me separam das pessoas mais do que qualquer outra coisa até hoje. Um mundo mudado. Uma vida nova repleta de novos significados. As coisas estão um pouco difíceis no momento porque tudo é novo demais. Sou um iniciante em minhas próprias condições.

Se não seria possível ver o mar?

Sim, mas pense, eu imaginei que poderias vir. Será que terias podido me dizer se há um médico? Esqueci de me informar a respeito. De qualquer modo, agora não é mais necessário.

Recordas o inacreditável poema de Baudelaire, "Une charogne"?[26] Pode ser que agora eu o entenda. Exceto pela última estrofe, ele estava certo. O que deveria fazer, já que isso lhe aconteceu? Era sua tarefa enxergar o ser, que vale para tudo aquilo que é, nessa coisa terrível, apenas aparentemente

---

25. "Santa no Panteão": santa Genoveva, padroeira de Paris. (N.T.)
26. "Une charogne:" referência ao poema "Uma carniça" de *As flores do mal*. Em francês no original. (N.T.)

repulsiva. Não há seleção e recusa. Julgas que é um acaso que Flaubert tenha escrito o seu *Saint-Julien-l'Hospitalier*? Parece-me que isso seria o decisivo: que alguém seja capaz de se deitar junto ao leproso e aquecê-lo com o calor do coração das noites de amor; isso não pode terminar de outro modo senão bem.

Só não pense que aqui sofro desilusões; pelo contrário. Admira-me, às vezes, com que prontidão renuncio a tudo o que eu esperava em favor daquilo que é real, mesmo quando é ruim.

Meu Deus, se algo disso pudesse ser partilhado. Mas então isso ainda *seria*, ainda *seria*? Não, isso é apenas ao preço de se estar só.[27]

A existência do horrendo em cada elemento do ar. Tu o inspiras com a transparência; em ti, porém, ele se sedimenta, endurece, assume formas pontiagudas e geométricas entre os órgãos; pois todo tormento e todo horror que aconteceram nos patíbulos, nas câmaras de tortura, nos manicômios, nas salas de cirurgia, debaixo dos arcos das pontes durante as últimas semanas do outono: tudo isso possui uma imperecibilidade tenaz, tudo isso insiste em sua própria existência e se aferra à sua terrível realidade, invejando tudo aquilo que é. As pessoas gostariam de poder esquecer muito de tudo isso; seu sono desgasta suavemente os sulcos cerebrais, mas os sonhos repelem o sono e retocam os desenhos. E elas acordam e ofegam e deixam a luz de uma vela se dissolver na escuridão e bebem o sossego semiclaro como água açucarada. Mas, ah, a que nesga se agarra essa segurança! Basta uma mudança mínima e o olhar volta a se deter além das coisas conhecidas e amigáveis, e o contorno, ainda há pouco tão consolador, se torna mais nítido do que uma borda de horror. Guarda-te da luz que deixa o quarto mais vazio; não olhes ao teu redor para ver se talvez uma sombra

---

27. Esboço de uma carta.

se ergue como se fosse teu senhor depois que te levantas. Teria sido melhor, talvez, teres ficado na escuridão e que o teu coração sem limites tivesse tentado ser o coração grave de tudo aquilo que é indiscernível. Agora te recolheste em ti, vês como acabas à tua frente no contorno de tuas mãos, e, de vez em quando, retocas tua face com um movimento impreciso. E em ti quase não há espaço; e quase te acalma o fato de ser impossível que algo muito grande possa se deter nessa estreiteza; o fato de mesmo o inaudito ter de se tornar algo interior e se acomodar às circunstâncias. Mas fora, fora ele parece não ter fim; e quando ele se torna mais intenso lá fora, também se derrama em ti, não nos vasos, que estão parcialmente em teu poder, ou na fleuma de teus órgãos impassíveis: ele cresce nos capilares, é sugado tubularmente para cima e para dentro das ramificações mais distantes de tua existência feita de ramos incontáveis. Lá ele se eleva, te excede, torna-se mais alto que a tua respiração, sobre a qual te refugias como se fosse o teu último lugar. Ah, e para onde agora, para onde agora? Teu coração te impele para fora de ti, teu coração te persegue, e já estás quase fora de ti e não podes mais voltar. Assim como um besouro que foi pisoteado, saltas para fora de ti, e o teu pouquinho de dureza externa e de capacidade de adaptação não tem sentido.

Oh noite sem objetos. Oh janela cega para o mundo lá fora, oh portas fechadas com cuidado; hábitos do passado, recebidos, reconhecidos, nunca inteiramente compreendidos. Oh silêncio na escadaria, silêncio dos quartos vizinhos, silêncio no alto, junto ao teto. Oh mãe: oh única que dissimulou todo esse silêncio, outrora, na infância. Que o toma sobre si, e diz: não te assustes, sou eu. Que tem a coragem, em plena noite, de ser esse silêncio para aquele que tem medo, que se arruína de medo. Acendes uma luz, e já o ruído és tu. E a seguras diante de ti e dizes: sou eu, não te assustes. E tu a depões, devagar, e não há dúvida: és tu, és a luz em volta das coisas costumeiras, cordiais, que aí estão sem sentidos ocultos, boas, simples, inequívocas. E quando algo se inquieta em algum lugar na parede ou dá um passo nas tábuas: apenas sorris, sorris, sorris de maneira transparente sobre um fundo claro para o rosto assustado que te inquire como se estivesses conluiada e tivesses segredos com cada voz baixa, como se estivesses combinada e de acordo com ela. Algum poder no império terreno se assemelha ao teu? Vê, reis jazem e olham fixamente, e o contador de histórias não é capaz de distraí-los. Reclinados nos seios felizes de suas favoritas, o horror rasteja sobre eles e os deixa trêmulos e desanimados. Tu vens, porém, e manténs o monstruoso atrás de ti e o encobres completamente; não como uma cortina que pudesse se abrir aqui ou ali. Não, mas como se o tivesses vencido em razão do chamado que precisou de ti. Como se tivesses chegado muito antes de tudo que pode vir, e tivesses às costas apenas a tua chegada apressada, o teu caminho eterno, o voo do teu amor.

O fundidor de moldes diante do qual passo todo dia tem duas máscaras penduradas ao lado da sua porta. O rosto da jovem afogada, tomado no necrotério porque era belo, porque sorria, porque sorria tão enganadoramente, como·se soubesse. E, embaixo, o seu rosto sabedor.[28] Esses nós duros feitos dos sentidos firmemente contraídos. Essa implacável autocondensação da música sempre a querer se evaporar. A face desse homem cujo ouvido um deus fechou para que não existissem outros sons senão os seus. Para que não fosse perturbado pela turvação e pela nulidade dos ruídos. Ele, em quem estavam a sua claridade e a sua duração; para que apenas os sentidos mudos lhe registrassem o mundo, silencioso, um mundo tenso, expectante, incompleto, anterior à criação do som.

Consumador do mundo: como se aquilo que cai como chuva sobre a terra e sobre as águas, que cai descuidado,

---

28. "E, embaixo, o seu rosto sabedor": trata-se da máscara mortuária do compositor Ludwig van Beethoven (1770-1827). (N.T.)

caindo por acaso – invisível e contente se levantasse a partir de todas as coisas, por lei, e se elevasse e pairasse e formasse os céus: assim se elevou de ti a ascensão de nossas precipitações e envolveu o mundo em música.

Tua música: que ela pudesse estar em volta do mundo; não em volta de nós. Que tivessem construído um piano para ti na Tebaida[29]; e um anjo teria te conduzido para diante do instrumento solitário através das cadeias de montanhas desérticas em que descansam reis e heteras[30] e anacoretas. E ele teria se lançado para o alto e para longe, temeroso de que começasses.

E então tu, torrencial, terias te derramado sem ser ouvido; devolvendo ao universo aquilo que apenas o universo suporta. Os beduínos teriam se dispersado na distância, supersticiosos; os mercadores, porém, teriam se lançado na margem de tua música, como se fosses a tempestade. Apenas leões solitários teriam te rondado ao longe durante a noite, assustados consigo mesmos, ameaçados pelo seu próprio sangue agitado.

Pois quem agora te tomará de volta dos ouvidos lascivos? Quem expulsará das salas de música os venais de ouvido estéril que se prostituem e jamais concebem? Ali a semente se espalha, e eles se entretêm como prostitutas e brincam com ela, ou ela cai em meio a todos eles como a semente de Onan[31], enquanto ali jazem em suas satisfações irrealizadas.

Mas lá, senhor, onde alguém de ouvidos virginais se deitasse com os teus sons: morreria de bem-aventurança ou daria à luz coisas infinitas, e seu cérebro fecundado teria de rebentar de tantos nascimentos.

---

29. Tebaida: região desértica em volta da cidade egípcia de Tebas. Daí também o substantivo comum que significa "retiro, isolamento" por terem vivido nessa região do Egito os eremitas dos primeiros tempos do cristianismo. (N.T.)

30. Hetera: na antiga Grécia, cortesã de classe elevada. (N.T.)

31. Onan: personagem bíblico que praticava o coito interrompido, espalhando seu sêmen pelo chão (cf. Gênesis 38, 4-10). (N.T.)

Não subestimo isso. Sei que é preciso coragem para tanto. Mas suponhamos, por um momento, que alguém a tivesse, que alguém tivesse essa *courage de luxe*[32] para segui-los a fim de saber para sempre (pois quem poderia esquecer ou confundir isso?) onde se enfiam e o que fazem durante a maior parte do dia e se dormem durante a noite. Isso, em especial, mereceria verificação: se eles dormem. Mas a coragem ainda não é o bastante. Pois eles não vêm e vão como as demais pessoas, que poderiam ser facilmente seguidas. Eles aparecem e somem, são colocados e levados embora como soldadinhos de chumbo. Os lugares em que podem ser encontrados são um pouco distantes, mas de modo algum ocultos. As moitas recuam, o caminho se curva um pouco em torno da praça gramada: eis que estão ali parados e têm uma imensidão de espaço transparente em volta de si como se estivessem debaixo de uma redoma de vidro. Poderias tomá-los por passeadores pensativos, esses homens simples, de aspecto modesto em todos os sentidos. Mas te enganas. Vês a mão esquerda, como busca alguma coisa nos bolsos oblíquos do velho sobretudo, como a encontra e a tira e segura o pequeno objeto de maneira canhestra e chamativa no ar? Não demora um minuto e aparecem dois ou três pássaros, pardais que chegam saltitando curiosos. E quando o homem é bem-sucedido em corresponder à concepção muito precisa que eles têm de imobilidade, não há razão para que não se aproximem ainda mais. E, por fim, o primeiro deles sobe, e, por um momento, voeja nervoso no alto daquela mão que (sabe Deus) oferece um pedacinho velho de pão doce com dedos despretensiosos, expressamente abnegados. E quanto mais pessoas se reúnem ao seu redor, naturalmente a uma distância apropriada, tanto menos ele tem em comum com elas. Está ali parado como um candeeiro que se apaga, a iluminar com o resto do pavio, e por isso está bem aquecido e jamais se mexeu. E como ele faz para chamar, para atrair, isso os muitos pássaros, pequenos e tolos, de modo algum podem

---

32. *Courage de luxe*: grande coragem. Em francês no original. (N.T.)

julgar. Não houvesse expectadores e ele fosse deixado ali em pé pelo tempo suficiente, estou certo de que, de repente, viria um anjo que, vencendo sua repugnância, comeria o bocado velho e doce da mão raquítica. Como sempre, as pessoas o atrapalham. Elas cuidam para que venham apenas pássaros; acham que isso é o bastante e afirmam que ele não espera outra coisa. E o que, afinal, ele deveria esperar, esse boneco velho e arruinado pela chuva, cravado no chão um pouco de viés como as figuras de proa nos jardinzinhos domésticos? Virá essa postura, também em seu caso, do fato de alguma vez em sua vida, em algum lugar, ter ocupado um lugar dianteiro, onde o movimento era maior? Está agora tão descorado porque uma vez foi colorido? Queres perguntar-lhe?

Só não pergunte nada às mulheres quando vires uma delas alimentando os pássaros. Até se poderia segui-las; elas o fazem tão de passagem; seria algo fácil. Mas deixe-as. Elas não sabem como isso acontece. De súbito, elas têm uma porção de pão em suas sacolas e tiram pedaços grandes de suas mantilhas finas, pedaços um pouco úmidos e mastigados. Faz bem para elas mostrar um pouco as suas salivas ao mundo, ver os passarinhos voando por aí com esse ressaibo, mesmo que, naturalmente, logo o esqueçam.

Estive sentado lendo teus livros, homem obstinado[33], e procurei julgá-los como fazem os outros, aqueles que não permitem que te aproximes e que pegaram as suas porções, satisfeitos. Pois naquele momento eu ainda não compreendia a fama, essa demolição pública de alguém que está em construção, em cujo canteiro de obras a multidão irrompe deslocando os tijolos.

Jovem de qualquer lugar, em quem algo ocorre que te faz estremecer, aproveita o fato de que ninguém te conhece. E quando aqueles que julgam que não és nada te contestam,

---

33. "Estive sentado lendo teus livros, homem obstinado": alusão ao poeta e dramaturgo norueguês Henrik Ibsen (1828-1906). (N.T.)

e quando aqueles com os quais convives te abandonam completamente, e quando querem te exterminar por causa de teus pensamentos queridos – o que é esse perigo nítido, que te mantém concentrado em ti mesmo, comparado à hostilidade astuta da fama posterior que te torna inofensivo ao te espalhar?

Não peças a ninguém que fale de ti, nem sequer com desprezo. E se o tempo passa e percebes como o teu nome corre entre as pessoas, não o leves mais a sério do que todo o resto que encontras em suas bocas. Pense: ele se deteriorou, e abandone-o. Adote um outro, qualquer um, para que Deus possa te chamar durante a noite. E oculte-o de todos.

Tu, o mais solitário dos homens, tu, homem isolado: com que solenidades o receberam por causa de tua fama! Não faz muito tempo estavam radicalmente contra ti, e agora te tratam como um igual. E levam as tuas palavras com eles nas gaiolas de sua presunção, e as ostentam nas praças e as açulam um pouco de uma distância segura. Todas as tuas feras terríveis.

Assim que te li, elas fugiram e me atacaram em meu deserto, as desesperadas. Desesperadas, assim como também estavas desesperado no fim, tu, cuja órbita está indicada erroneamente em todos os mapas celestes. A hipérbole desesperada de tua trajetória atravessa os céus como um salto, se inclina apenas uma vez em nossa direção e se afasta cheia de horror. Que te importa se uma mulher ficou ou foi embora, se uma pessoa é tomada por vertigens e outra pela loucura, se os mortos estão vivos e os vivos aparentemente mortos: que te importa isso? Tudo isso foi tão natural para ti; passaste por isso como se passa por um vestíbulo, e não te detiveste. Mas te demoraste e ficaste debruçado lá dentro, lá onde nossos acontecimentos estão em ebulição e se precipitam e mudam de cor. Foste mais longe que qualquer outro; abriu-se uma porta para ti e então estavas junto das retortas à luz do fogo. Lá, para onde jamais levaste alguém, homem desconfiado, lá ficaste sentado a discernir transformações. E lá, porque estava em teu sangue mostrar, e não modelar ou dizer, lá tomaste a extraordinária decisão de, inteiramente solitário, ampliar essas coisas minúsculas para que milhares, para que todos as vissem, gigantescas, coisas que tu próprio, de início, apenas observaste através de lentes. Nasceu o teu teatro. Não pudeste esperar que essa vida quase desprovida de espaço, condensada em gotas pelos séculos, fosse encontrada pelas outras artes e gradualmente tornada visível para alguns que se reúnem pouco a pouco para examiná-la, e que exigem, por fim, ver confirmados em conjunto, na parábola da cena que se abre diante deles, os boatos ilustres. Não pudeste esperar por isso, estavas aí e tiveste de constatar e guardar o que mal era mensurável: um sentimento que se elevou meio grau, o ângulo de desvio de uma vontade que não era perturbada por quase nada e que registraste bem de perto, a ligeira turvação numa gota de anelo e esse nada de mudança cromática num átomo de confiança: tiveste de constatar e guardar isso, pois agora a vida estava nesses processos, a nossa vida, que tinha deslizado para dentro de nós, que tinha se retirado para dentro, tão profundamente que quase não havia mais hipóteses acerca dela.

Tal como eras, um escritor trágico e intemporal empenhado em mostrar, tiveste de converter de um só golpe essas coisas capilares nos gestos mais convincentes, nas coisas mais sólidas. Então deste início ao incomparável ato de violência de tua obra, que buscava no mundo visível, de maneira cada vez mais impaciente, cada vez mais desesperada, os equivalentes daquilo que fora visto interiormente. Eis um coelho, um sótão, uma sala em que alguém caminha de um lado para o outro: eis o tinir de um copo no quarto ao lado, um incêndio diante da janela, eis o sol. Eis uma igreja e um vale rochoso que se parece com uma igreja. Mas isso não bastou; por fim, tiveram de entrar as torres e todas as montanhas; e as avalanches que enterraram as paisagens, soterraram o palco, abarrotado de coisas palpáveis por amor às inapreensíveis. E não pudeste mais continuar. As duas pontas que tinhas curvado até que se tocassem separaram-se violentamente; tua força insana escapou da vara elástica, e tua obra foi como se nunca tivesse existido.

Caso contrário, como compreender que no fim não querias te afastar da janela, obstinado como sempre foste? Querias ver os passantes, pois te ocorrera o pensamento de que algum dia se poderia fazer alguma coisa deles caso se tomasse a decisão de começar.

Foi naquele tempo que me ocorreu pela primeira vez que não se podia dizer nada acerca de certa mulher; percebi, quando falavam dela, como a poupavam, como mencionavam e descreviam os outros, os ambientes, os lugares, os objetos, até chegar a um determinado ponto em que tudo isso cessava, cessava suave e como que cautelosamente no contorno delicado, jamais retocado, que a envolvia. Como era ela, perguntei então. Loira, mais ou menos como tu, diziam, e enumeravam tudo o que sabiam; mas assim ela ficou outra vez inteiramente imprecisa, e não consegui imaginar mais nada. Eu apenas podia realmente *vê-la* quando mamãe contava a história que eu sempre voltava a pedir.

A cada vez que chegava à cena do cão, ela costumava fechar os olhos e segurar o rosto completamente fechado, mas translúcido em todas as partes, de uma maneira insistente entre suas mãos, que o tocavam, frias, nas têmporas.

– Eu vi, Malte – jurava ela –, eu vi.

Ela já estava em seus últimos anos quando eu a ouvia dizer isso. Na época em que não queria mais ver ninguém, e em que sempre, mesmo em viagens, levava consigo o coador pequeno, espesso e prateado que usava para coar todas as bebidas. Ela não comia mais alimentos sólidos, a não ser um pouco de biscoito ou pão que, quando sozinha, esfarelava e comia migalha por migalha, como fazem as crianças. O seu medo de agulhas já a dominava completamente naquela época. Para os outros, apenas dizia, a fim de se desculpar:

– Eu não suporto mais coisa alguma, mas isso não deve incomodá-los; eu me sinto muito bem.

Porém, ela podia se voltar subitamente para mim (pois eu já estava um pouco crescido) e, com um sorriso que lhe exigia muito esforço, dizer:

– Quantas agulhas, Malte, e por toda parte, e quando se pensa com que facilidade elas caem...

Ela procuravà dizer isso de uma maneira bem engraçada, mas o horror a sacudia quando pensava em todas as agulhas que estavam mal fixadas, que a qualquer momento podiam cair em algum lugar.

Porém, quando falava de Ingeborg, nada podia lhe acontecer; então ela não se poupava; então falava mais alto, então sorria na lembrança do sorriso de Ingeborg, então tínhamos de ver o quanto Ingeborg fora bela.

– Ela nos alegrava a todos – dizia ela –, nos alegrava no sentido mais verdadeiro da palavra, mesmo ao teu pai, Malte. Mas quando disseram que morreria, por mais que parecesse apenas um pouco doente, e todos andávamos de um lado para o outro e escondíamos isso, ela sentou-se certa vez na cama e disse para si mesma, como alguém que quer ouvir como soam suas palavras:

– Vocês não precisam se conter dessa maneira; todos sabemos, e podem ficar tranquilos, porque está bom assim, eu não quero mais.

– Imagine isso, ela disse que não queria mais, ela, que nos alegrava a todos. Será que entenderás isso algum dia, quando tiveres crescido, Malte? Pense nisso mais tarde, talvez te lembres. Seria muito bom que houvesse alguém que entendesse essas coisas.

"Essas coisas" ocupavam mamãe quando estava sozinha, e ela estava sempre sozinha naqueles últimos anos.

– Nunca vou descobrir isso, Malte – dizia ela às vezes com o seu sorriso singularmente ousado que não devia ser visto por ninguém e alcançava plenamente seu objetivo assim que tivesse sido sorrido. – Por que ninguém se interessa em descobrir isso? Se eu fosse um homem, sim, justamente se eu fosse um homem, eu pensaria a respeito seguindo perfeitamente a sequência e a ordem, e desde o princípio. Pois deve haver um princípio, e se a gente conseguisse apanhá-lo já seria alguma coisa. Ah, Malte, nós simplesmente nos vamos, e me parece que todos estão distraídos e ocupados e não prestam bem atenção quando nos vamos. Como se uma estrela caísse e ninguém a visse e ninguém tivesse desejado nada. Nunca se esqueça de desejar alguma coisa, Malte. Não se deve desistir de desejar. Acho que não existe realização, mas há desejos que resistem por longo tempo, durante a vida inteira, de maneira que nem se poderia esperar pela sua realização.

Mamãe mandou colocar a pequena secretária de Ingeborg em cima, no seu quarto, e eu a encontrava com frequência diante dela, pois me era permitido entrar em seus aposentos sem fazer cerimônias. Meus passos se desvaneciam completamente no tapete, mas ela me percebia e me estendia uma das mãos por cima do ombro oposto. Essa mão era inteiramente desprovida de peso, e podia ser beijada quase como o crucifixo de marfim que me alcançavam à noite antes de adormecer. A essa escrivaninha baixa, com o tampo que se abria à sua frente, ela se sentava como a um instrumento.

– Há tanto sol aí dentro – dizia ela.

E, de fato, o interior da escrivaninha era singularmente claro com a sua laca velha e amarela sobre a qual havia flores pintadas, sempre uma vermelha e uma azul. E onde três estavam juntas, havia uma roxa no meio. Essas cores e o verde dos arabescos finos e horizontais eram tão escuros quanto o fundo era radiante, sem ser propriamente claro. Isso resultava numa combinação de tons estranhamente abafada, tons que se relacionavam intimamente e não se pronunciavam a respeito.

Mamãe puxou as pequenas gavetas, que estavam todas vazias.

– Oh, rosas – dizia ela, e se detinha um pouco em meio ao odor fraco que não tinha se esgotado.

Quando fazia isso, ela sempre pensava que de repente podia encontrar mais alguma coisa num compartimento secreto que ninguém suspeitara existir e que apenas cedesse à pressão de alguma mola oculta.

– Ele vai surgir de repente, vais ver – dizia séria e ansiosa, e puxava depressa cada uma das gavetas.

Os papéis que realmente haviam restado nos compartimentos, porém, ela recolhera cuidadosamente e guardara, sem ler.

– Eu não entenderia, Malte, isso com certeza seria muito difícil para mim.

Ela tinha a convicção de que tudo era complicado demais para ela.

– Na vida não há classes para iniciantes; o que se exige de uma pessoa logo é sempre o mais difícil.

Garantiram-me que ela tinha ficado assim apenas depois da morte terrível de sua irmã, a condessa Ollegaard Skeel, que morrera queimada quando, antes de um baile, arrumava as flores em seu cabelo diante do espelho com castiçais. Mas, nos últimos tempos, parecia-lhe que o mais difícil de compreender era Ingeborg.

E agora quero escrever a história que mamãe contava sempre que eu pedia.

Foi em meados do verão, na quinta-feira após o enterro de Ingeborg. Do lugar no terraço onde se tomava o chá, podia-se ver o frontão do jazigo familiar em meio aos olmos gigantescos. A mesa estava posta como se nunca tivesse havido uma pessoa a mais, e também estávamos todos bem espalhados ao seu redor. E cada um tinha trazido algo consigo, um livro ou um cesto de trabalhos manuais, de modo que até estávamos um pouco apertados. Abelone (a irmã mais nova de mamãe) servia o chá, e tódos estavam ocupados em passar alguma coisa aos outros, apenas teu avô olhava da sua cadeira em direção à casa. Era a hora em que esperávamos pela correspondência, e na maioria das vezes acontecia que Ingeborg a trouxesse, pois ficava mais algum tempo dentro de casa dando ordens para o jantar. Nas semanas de sua doença tivemos tempo de sobra para nos desacostumar de sua chegada, pois sabíamos que não poderia vir. Mas naquela tarde, Malte, quando ela realmente não podia vir mais: naquela tarde, ela veio. Talvez fosse culpa nossa; talvez a tenhamos chamado. Pois me lembro que de repente eu estava sentada e me esforçava em recordar o que, afinal, estava diferente agora. De súbito, não me era possível dizer o quê; eu tinha esquecido completamente. Levantei os olhos e vi todos voltados na direção da casa, não, talvez, de uma maneira especial, chamativa, mas bem sossegada e cotidiana em sua expectativa. E eu estava prestes a – (fico complemente gelada, Malte, quando penso nisso) mas, que Deus me proteja –, eu estava prestes a dizer:

– Mas onde se meteu...

Nisso Cavalheiro já disparou, como sempre fazia, saindo debaixo da mesa, e correu ao encontro dela. Eu vi, Malte, eu vi. Ele correu ao encontro dela, embora ela não viesse; para ele, ela vinha. Nós entendemos que corria ao encontro dela. Por duas vezes ele se virou para nós, como se perguntasse. Então avançou na direção dela, como sempre, Malte, exatamente como sempre fazia, e a alcançou; pois ele começou a pular em volta, Malte, em volta de alguma coisa que não estava lá, e então começou a saltar para lambê-la, bem alto. Nós o ouvíamos latir de contentamento, e pelo modo que pulava, rápido, uma vez atrás da outra, podíamos realmente pensar que a ocultava de nós com os seus saltos. Mas de repente ouvimos um ganido, e ele se virou no ar com o seu próprio impulso e caiu para trás, de uma maneira estranhamente desajeitada, e ficou estendido no chão, de um modo bem curioso, sem se mexer. Do outro lado, o criado saiu da casa com a correspondência. Ele hesitou por um momento;

não era nada fácil, obviamente, ir em direção aos nossos rostos. E teu pai lhe acenou para que ficasse. Teu pai, Malte, não gostava de animais; mas ele foi até lá, devagar, como me pareceu, e se curvou sobre o cão. Ele disse alguma coisa ao criado, alguma coisa breve, monossilábica. Vi quando o criado correu para erguer Cavalheiro. Teu pai, porém, pegou ele próprio o animal e o levou, como se soubesse exatamente para onde, para dentro de casa.

Certa vez, quando quase anoitecera durante essa história, eu estava prestes a contar à mamãe sobre a "mão": naquele momento eu teria conseguido. Eu já respirava fundo com a intenção de começar quando me ocorreu como tinha entendido bem a hesitação do criado em se aproximar dos rostos deles. E, apesar da escuridão, eu tinha medo do rosto de mamãe quando visse o que eu tinha visto. Respirei fundo mais uma vez, rápido, para parecer que não tinha desejado outra coisa. Alguns anos mais tarde, depois da estranha noite na galeria de Urnekloster, eu me ocupava por dias a fio em ganhar a confiança do pequeno Erik. Porém, depois de nossa conversa noturna, ele voltou a se fechar inteiramente diante de mim e passou a me evitar; acho que me detestava. E justamente por isso eu queria lhe contar sobre a "mão". Eu imaginava que melhoraria em seu conceito (e eu, por alguma razão, desejava isso com insistência) se conseguisse fazê-lo compreender que eu realmente tinha vivido aquilo. Erik, porém, era tão hábil em se esquivar que não tive oportunidade para tanto. E, de qualquer maneira, logo partimos. Assim, é a primeira vez, por mais estranho que seja, que narro (e, no fim das contas, apenas para mim mesmo) um acontecimento da minha mais remota infância.

O quanto eu ainda devia ser pequeno naquela época é algo que posso deduzir do fato de me ajoelhar sobre a poltrona para alcançar confortavelmente a mesa sobre a qual desenhava. Era à noitinha, no inverno, se não me engano, na casa da cidade. A mesa estava em meu quarto, entre as janelas, e não havia outra lâmpada no quarto senão aquela que iluminava minhas folhas e o livro de *mademoiselle*; pois *mademoiselle* estava sentada ao meu lado, um tanto afastada para trás, e lia. Ela ficava bem distante quando lia, e não sei se estava no livro; podia ler por horas a fio, raramente virava uma folha, e eu tinha a impressão de que abaixo dela as páginas ficavam sempre mais cheias, como se acrescentasse palavras com o seu olhar, palavras determinadas de que precisava e que não estavam lá. Era o que me parecia enquanto desenhava. Eu desenhava devagar, sem propósitos muito determinados, e quando não sabia mais como ir adiante, olhava tudo com a cabeça levemente voltada para a direita; era assim que sempre me ocorria mais depressa aquilo que ainda estava faltando. Eram oficiais a cavalo que cavalgavam para a batalha, ou que já estavam no meio dela, o que era muito mais simples, pois o que havia a fazer então era quase tão-somente a fumaça que tudo envolvia. Mamãe, todavia, sempre afirmava que eu desenhava ilhas; ilhas com árvores grandes, um castelo, uma escadaria e flores na beirada que deveriam se refletir na água. Mas acho que ela inventava isso, ou isso deve ter sido mais tarde.

É certo que naquele dia à noitinha eu desenhava um cavaleiro, um solitário cavaleiro, muito nítido, sobre um cavalo estranhamente ajaezado. Eu alternava os lápis com frequência, e ele ia ficando sempre mais colorido, mas era sobretudo o vermelho que me interessava e que sempre voltava a pegar. Precisava dele outra vez; foi quando ele rolou (ainda o vejo) de viés até a borda da mesa sobre a folha iluminada, caiu antes que eu pudesse impedir e sumiu. Eu precisava dele realmente com urgência, e era bem incômodo ter de me arrastar em sua busca. Desajeitado como eu era, custou-me toda sorte de esforços chegar ao chão; minhas pernas me pareciam longas demais, eu não conseguia tirá-las de baixo do meu corpo; sustentada por tempo demais, a posição de joelhos tinha entorpecido meus membros; eu não sabia mais o que era parte de mim e o que era parte da poltrona. Enfim, porém, um tanto confuso, cheguei ao chão e me encontrei sobre uma pele que se estendia debaixo da mesa chegando quase até a parede. Mas então surgiu uma nova dificuldade. Acomodados à claridade lá em cima e ainda completamente entusiasmados com as cores sobre o papel branco, meus olhos não reconheciam o mínimo que fosse embaixo da mesa, onde o preto me parecia tão fechado que eu tinha medo de esbarrar nele. Confiei, portanto, no meu tato, e, de joelhos e apoiado sobre a mão esquerda, sondei com a outra mão o tapete frio e de fios longos, bem familiar ao toque; apenas não havia sinal do lápis. Eu achava que estava perdendo tempo demais e já queria chamar *mademoiselle* e lhe pedir que segurasse a lâmpada para mim, quando percebi que a escuridão se tornava pouco a pouco mais transparente para os meus olhos, que se esforçavam involuntariamente. Eu já podia distinguir a parede atrás, rematada por um rodapé claro; orientei-me pelas pernas da mesa; reconheci, sobretudo, a minha própria mão aberta que, completamente sozinha, um pouquinho como um animal aquático, se movia lá embaixo e investigava o fundo. Eu a via, ainda me lembro, quase curioso; era como se pudesse fazer coisas que eu não a tinha ensinado, tal a maneira despótica com que tateava lá embaixo com movimentos que eu nunca a tinha observado fazer. Acompanhei o seu avanço, era algo que me interessava e eu estava preparado para muita coisa. Mas como deveria estar preparado para que, de repente, saída da parede, viesse ao seu encontro uma outra mão, uma mão maior, incomumente magra, como jamais tinha visto semelhante? Ela procurava da mesma maneira a partir do outro lado, e as duas mãos abertas se moviam cegamente uma em direção à outra. Minha curiosidade ainda não havia sido consumida, mas, de súbito, ela tinha acabado, e o que restava era apenas o horror. Senti que uma das mãos me pertencia e que estava se metendo em alguma coisa que não poderia ser remediada. Com todos os direitos que tinha sobre ela, detive-a e puxei-a de volta, aberta e devagar, enquanto não perdia a outra de vista, que continuava procurando. Compreendi que ela não desistiria; não sei dizer como foi que me levantei. Fiquei sentado bem no fundo da poltrona, batia o queixo e tinha tão pouco sangue no rosto que me pareceu que não haveria mais azul em meus olhos. *Mademoiselle*, quis dizer e não consegui, mas ela se assustou por si mesma, largou seu livro e se ajoelhou ao lado da cadeira chamando meu nome; acho que me sacudiu. Mas eu estava completamente consciente. Engoli em seco algumas vezes, pois queria contar o que tinha acontecido.

Mas como? Eu me concentrei de uma forma indescritível, mas não era algo que se pudesse expressar de modo que alguém compreendesse. Se existiam palavras para esse acontecimento, eu era muito pequeno para encontrá-las. E de repente fui tomado pelo medo de que, passando por cima da minha idade, elas pudessem estar repentinamente aí, essas palavras, e ter de dizê-las me pareceu então mais terrível que tudo. Passar outra vez por aquela coisa real ali embaixo, de outra maneira, modificada, desde o início; ouvir como a admitia – para isso eu não tinha mais forças.

É presunção, obviamente, se afirmo agora que já naquela época eu tinha sentido que naquela ocasião havia entrado algo em minha vida, e entrado diretamente, com o que eu teria de lidar sozinho, sempre e sempre. Vejo-me deitado em minha pequena cama gradeada, sem dormir, antevendo de algum modo impreciso que a vida seria assim: cheia de coisas singulares que são pensadas apenas para *um indivíduo* e que não se deixam dizer. Certo é que pouco a pouco surgiu em mim um orgulho triste e grave. Eu imaginava como seria andar por aí cheio de coisas interiores, e em silêncio. Senti uma simpatia arrebatada pelos adultos; eu os admirava, e me propus lhes dizer que os admirava. Propus-me dizê-lo a *mademoiselle* na primeira ocasião.

E então veio uma dessas doenças que tinham o propósito de me mostrar que aquela não fora a primeira vivência própria. A febre remexeu em mim e tirou bem lá do fundo experiências, imagens e fatos que eu ignorava; eu jazia ali, sobrecarregado de mim, e esperava pelo momento em que me fosse mandado acomodar todas essas coisas outra vez em mim, ordenadamente, segundo a sua sequência. Comecei a fazê-lo, mas aquilo começou a crescer debaixo de minhas mãos, aquilo resistia, era demais. Então fui tomado pela raiva e amontoei tudo dentro de mim e apertei; mas eu não fechava mais. E aí gritei, meio aberto como estava, gritei e gritei. E quando comecei a olhar para fora de mim, eles estavam parados há tempo em volta da minha cama e me seguravam as mãos, e havia uma vela, e as suas grandes sombras se moviam atrás deles. E meu pai me ordenou que dissesse o que estava acontecendo. Era uma ordem amigável, branda, mas era uma ordem, em todo o caso. E ele ficou impaciente quando não respondi.

Mamãe nunca vinha à noite – quer dizer, uma vez ela veio. Eu tinha gritado e gritado, e *mademoiselle* tinha vindo, e Sieversen, a governanta, e Georg, o cocheiro; mas isso não adiantou nada. Eles mandaram, por fim, a carruagem buscar meus pais, que estavam em um grande baile, acho que oferecido pelo príncipe herdeiro. E, de repente, ouvi-a entrar no pátio e fiquei quieto, sentado e olhando para a porta. Houve um pouco de ruído nos outros quartos e mamãe entrou usando o grande vestido da corte, com o qual não teve qualquer cuidado, e quase corria e deixou cair sua peliça branca atrás de si e me tomou nos braços nus. E eu toquei, espantado e encantado como nunca, seu cabelo e seu rosto pequeno e cuidado, as pedras frias em suas orelhas e a seda que orlava seus ombros que cheiravam a flores. E ficamos assim e choramos suavemente e nos beijamos até perceber que o pai estava ali e que tínhamos de nos separar.

– Ele está com febre alta – ouvi mamãe dizer timidamente, e o pai pegou minha mão e tomou meu pulso.

Ele usava o uniforme de monteiro-mor com o galão bonito, largo, aquaticamente azul da Ordem do Elefante.

– Que absurdo nos chamar – ele disse para as paredes, sem me olhar.

Eles tinham prometido voltar para o baile se não fosse nada sério. E não era nada sério. E sobre meu cobertor encontrei a carta de danças[34] de mamãe e camélias brancas, que nunca tinha visto, e que pus sobre meus olhos assim que percebi como eram frias.

Longas, porém, eram as tardes durante tais doenças. Na manhã que se seguia à noite ruim eu sempre adormecia, e quando acordava e achava que havia amanhecido outra vez, era de tarde e ficava sendo de tarde e não cessava de ser de tarde. Eu ficava deitado na cama arrumada e talvez crescesse um pouco, e estava cansado demais para pensar o que quer que fosse. O gosto do doce de maçã resistia por longo tempo, e tudo que eu conseguia fazer era interpretá-lo involuntariamente de alguma forma e deixar que, em vez de pensamentos, a acidez limpa andasse de um lado para o outro dentro de mim. Mais tarde, quando as forças retornavam, os travesseiros eram empilhados atrás de mim e eu podia ficar sentado e brincar com soldadinhos; mas eles caíam facilmente da mesa inclinada, e logo sempre a fila inteira; e eu ainda não estava completamente dentro da vida outra vez para recomeçar, repetidas vezes, do início. De súbito aquilo era demais, e eu pedia que levassem tudo embora bem depressa, e fazia bem ver apenas as duas mãos outra vez, um pouco afastadas sobre o cobertor vazio.

Quando mamãe vinha e lia contos de fadas por uma meia hora (para as leituras longas, de verdade, havia Sieversen) isso não acontecia por amor a esses contos. Pois estávamos de acordo quanto ao fato de não gostarmos de

34. Carta de danças: relação das danças a serem executadas durante um baile e dos parceiros escolhidos pela dama para cada uma delas. (N.T.)

contos de fadas. Tínhamos uma noção diferente do maravilhoso. Achávamos que o mais maravilhoso seria se tudo acontecesse sempre com coisas naturais. Não dávamos muita importância a voar pelo ar, as fadas nos decepcionavam, e das metamorfoses em alguma outra coisa esperávamos apenas uma distração muito superficial. Mas, mesmo assim, líamos um pouquinho para parecermos ocupados; não era agradável, quando entrava alguém, precisar dar explicações sobre o que estávamos fazendo; diante do pai, em especial, nos mostrávamos exageradamente ocupados.

Apenas quando estávamos inteiramente seguros de não ser perturbados, e escurecia lá fora, podia acontecer que nos entregássemos a lembranças, lembranças comuns que a nós dois pareciam antigas e das quais sorríamos; pois desde então ambos tínhamos crescido. Lembrávamo-nos de que houve uma época em que mamãe desejava que eu fosse uma menininha e não esse garoto que eu era agora. Eu tinha adivinhado isso de alguma forma e tivera a ideia de bater de vez em quando, durante a tarde, à porta de mamãe. Quando, então, ela perguntava quem era, eu ficava contente em gritar "Sophie" do lado de fora, enquanto fazia a minha pequena voz tão graciosa que ela me provocava cócegas na garganta. E quando eu entrava (com o pequeno vestido doméstico de menina que, de todo modo, eu usava, e cujas mangas arregaçava até em cima), eu era simplesmente Sophie, a pequena Sophie da mamãe que se ocupava com a casa e tinha de fazer uma trança no cabelo de mamãe para que não houvesse nenhuma confusão com o malvado Malte, caso ele retornasse. Isso não era absolutamente desejado; tanto para mamãe quanto para Sophie era agradável que ele tivesse ido embora, e suas conversas (que Sophie sempre prosseguia com a mesma voz aguda) consistiam, na sua maioria, em enumerar as travessuras de Malte e se queixar dele.

– Pois é, esse Malte – suspirava mamãe.

E Sophie sabia muitas coisas sobre as ruindades dos garotos em geral, como se conhecesse uma multidão deles.

– Eu gostaria de saber o que foi feito de Sophie – dizia mamãe de súbito enquanto recordávamos.

Malte, todavia, não podia dar informações a respeito. Mas quando mamãe sugeria que ela certamente tinha morrido, ele a contradizia teimosamente e lhe jurava não acreditar nisso, por menos que pudesse provar o contrário.

Quando penso nisso agora, sou capaz de me admirar por, apesar de tudo, sempre ter saído inteiro do mundo dessas febres e sempre ter voltado a me familiarizar com a vida demasiado comunal em que cada um queria ser amparado na sensação de estar entre coisas conhecidas, e em que as pessoas se entendiam tão cautelosamente quanto às coisas compreensíveis. Ali se esperava algo, que acontecia ou não; uma terceira possibilidade estava excluída. Ali havia coisas decididamente tristes; havia coisas agradáveis e um grande número de coisas secundárias. Se uma alegria era dada a alguém, então era uma alegria, e a pessoa tinha de se comportar de acordo. No fundo, era tudo muito simples, e logo que se tivesse feito essa descoberta as coisas aconteciam como que por si mesmas. Nesses limites convencionados havia espaço para tudo; as aulas longas e monótonas quando era verão lá fora; os passeios que tinham de ser contados em francês; as visitas, para as quais se era chamado para dentro e que nos achavam engraçados justamente quando estávamos tristes e se divertiam a nossa custa como se fosse à custa da cara aflita de certos pássaros que não possuem outra. E os aniversários, é claro, em que recebíamos crianças que mal conhecíamos, crianças acanhadas que nos deixavam acanhados, ou atrevidas que nos arranhavam o rosto e quebravam o que tínhamos acabado de ganhar, indo embora quando tudo tinha sido arrancado das caixas e dos baús e jazia amontoado. Mas quando se brincava sozinho, como sempre, podia acontecer que se fosse inesperadamente além desse mundo convencionado, em seu todo inofensivo, indo parar numa situação completamente diversa e de modo algum prevista.

De vez em quando, *mademoiselle* tinha a sua enxaqueca, que surgia de maneira extremamente forte, e nesses dias era difícil de me encontrar. Sei que então o cocheiro era mandado até o parque quando ocorria ao meu pai perguntar por mim e eu não estava por perto. Em cima, de um dos quartos de hóspedes, eu podia vê-lo sair correndo e chamar por mim no começo da longa aleia. Esses quartos de hóspedes se achavam um ao lado do outro no frontão de Ulsgaard e estavam quase sempre vazios, pois naquela época raramente tínhamos visitas. Ao lado deles, porém, havia aquele grande quarto de esquina que exercia uma atração muito forte sobre mim. Nada havia ali dentro a não ser um busto antigo que, acho, representava o almirante Juel, mas as paredes em volta eram revestidas com armários embutidos, profundos e cinzentos, de tal maneira que mesmo a janela estava colocada acima deles na parede vazia e caiada. Encontrei a chave na porta de um dos armários e ela abria todas as outras. Assim, em pouco tempo examinei tudo: os fraques de camareiro da corte do século XVIII, bem frios em razão dos fios de prata entrelaçados, acompanhados de coletes belamente bordados; os trajes das ordens de Dannebrog e do Elefante, que, de início, podiam ser tomados por vestidos de mulher, tão abundantes e complicados eram e tão macios ao toque os seus forros. Então vestidos de verdade, que, estendidos por suas armações, pendiam rígidos como as marionetes de uma peça grande demais, tão definitivamente fora de moda que suas cabeças teriam sido utilizadas de outro modo. Mas ao lado havia armários que eram escuros quando abertos, escuros dos uniformes abotoados até em cima que pareciam muito mais usados do que todo o resto, e que desejavam, no fundo, não ser conservados.

Ninguém achará estranho que eu puxasse todas essas peças para fora e as levasse para a luz; que segurasse essa ou aquela peça junto ao meu corpo ou me envolvesse nela; que vestisse depressa um traje que talvez pudesse me servir, e assim, curioso e excitado, corresse ao quarto de hóspedes mais próximo, diante do estreito espelho de pilastra feito de alguns pedaços de vidro de um verde desigual. Ah, como estremecíamos por estar dentro, e como era arrebatador quando éramos aquilo. Quando algo se aproximava saindo da opacidade, mais lento do que nós próprios, pois o espelho, por assim dizer, não acreditava naquilo e, sonolento como era, não queria repetir logo o que dizíamos à sua frente. Mas no fim, é claro, tinha de fazê-lo. E então aquilo era deveras surpreendente, estranho, completamente diferente do que tínhamos imaginado, algo súbito, independente, que relanceávamos depressa para, no entanto, nos reconhecermos no momento seguinte, não sem uma certa ironia que por um triz podia arruinar todo o divertimento. Mas quando logo começávamos a falar, a fazer mesuras, quando acenávamos para nós próprios, quando nos afastávamos, olhando sempre para trás, e então, resolutos e vivazes, voltávamos, tínhamos a imaginação do nosso lado pelo tempo que quiséssemos.

Naquele tempo aprendi a conhecer a influência que pode emanar diretamente de um determinado traje. Mal tinha posto uma daquelas roupas, precisava confessar a mim mesmo que ela me tinha em seu poder; que prescrevia meus movimentos, minha expressão facial e até as minhas ideias; minha mão, sobre a qual o punho de renda caía e caía, não era de modo algum a minha mão habitual; movia-se como um ator, sim, eu diria que ela assistia a si própria, por mais exagerado que isso soe. Esses fingimentos, entretanto, jamais iam tão longe a ponto de fazer com que eu me sentisse estranho a mim mesmo; ao contrário, quanto mais me transformava, tanto mais persuadido estava de mim mesmo. Eu me tornava mais e mais ousado, me lançava sempre mais alto; pois minha habilidade em apanhar estava acima de qualquer dúvida. Eu não percebia a tentação nessa segurança que crescia depressa. Para minha desgraça, faltava apenas que o último armário, que até então eu achava não ser capaz de abrir, cedesse certo dia para me fornecer, em vez de trajes determinados, toda sorte de máscaras vagas, cujo fantástico acaso impeliu o sangue para as minhas faces. É impossível enumerar tudo que havia ali. Além de uma *bautta*[35] da qual me lembro, havia dominós de diversas cores, havia vestidos femininos que ressoavam por causa das moedas que os enfeitavam; havia pierrôs que me pareceram imbecis, calças turcas preguedas e barretes persas dos quais caíam pequenos saquinhos de cânfora, e coroas com pedras bobas e inexpressivas. Detestei um pouco essas coisas todas; eram de uma irrealidade muito indigente e pendiam como peles esfoladas, de um modo muito miserável, caindo indolentemente quando puxadas até a luz. O que me deixou numa espécie de embriaguez, porém, foram as capas largas, os lenços, os cachecóis, os véus, todos aqueles tecidos flexíveis, grandes, sem uso, que eram macios e delicados ou tão escorregadios que mal se conseguia pegá-los, ou tão leves que passavam voando por nós como um vento, ou simplesmente pesados com toda a sua carga. Foi neles que vi pela primeira vez possibilidades realmente livres e infinitamente flexíveis: ser uma escrava que será vendida, ou Joana d'Arc ou um velho rei ou um mágico; agora tudo isso estava à mão, especialmente porque também havia máscaras, grandes rostos ameaçadores ou espantados com barbas autênticas e sobrancelhas espessas ou levantadas. Eu nunca tinha visto máscaras antes, mas logo me dei conta de que deviam existir. Tive de rir quando me lembrei que tínhamos um cão que parecia usar uma. Imaginei seus olhos afetuosos, que sempre pareciam olhar de detrás da cara peluda. Eu ainda ria enquanto me disfarçava e por isso esqueci completamente o que afinal queria representar. Bem, era algo novo e palpitante decidir isso apenas posteriormente, diante do espelho. O rosto que atei à frente tinha um cheiro singularmente oco; ele se ajustava de maneira firme sobre o meu, mas eu podia ver comodamente através dele, e só

---

35. *Bautta*: máscara do carnaval de Veneza. (N.T.)

quando a máscara já estava colocada foi que escolhi todo tipo de lenços, que enrolei em volta da cabeça como uma espécie de turbante, de maneira que a borda inferior da máscara, que entrava debaixo de um gigantesco manto amarelo, também ficasse quase inteiramente coberta em cima e nos lados. Por fim, quando não podia mais, julguei que estava suficientemente disfarçado. Peguei ainda um grande bastão que segurei ao meu lado estendendo o braço ao máximo e, arrastando-me assim, não sem esforço, mas, segundo me pareceu, cheio de dignidade, fui até o quarto de hóspedes em busca do espelho.

Foi realmente grandioso, além de todas as expectativas. O espelho reproduziu a imagem de imediato; ela era por demais convincente. Não teria sido absolutamente necessário se movimentar muito; essa aparição era perfeita, mesmo que não fizesse nada. Mas cabia saber o que eu propriamente era, e assim me virei um pouco e, por fim, levantei os braços: movimentos amplos, como que conjuratórios – era essa, como já tinha percebido, a única coisa acertada. Mas exatamente nesse momento solene ouvi bem perto de mim, abafado pelo meu disfarce, um ruído multiplamente composto; muito assustado, perdi de vista a criatura diante de mim e fiquei muito amuado ao perceber que tinha derrubado uma pequena mesa redonda com sabe Deus que objetos, provavelmente muito frágeis. Curvei-me o quanto pude e vi confirmada a minha pior previsão: parecia que tudo estava aos pedaços. Os dois papagaios de porcelana, verde-roxos e supérfluos, obviamente estavam em cacos, cada um de uma maneira diferente e perversa. Uma lata, da qual rolavam bombons que pareciam insetos encasulados em seda, tinha lançado longe a sua tampa e se via apenas a parte de baixo dela; a de cima tinha sumido. O pior, porém, era um frasco espatifado em milhares de pequenas estilhas e do qual espirrara o resto de alguma velha essência que agora formava uma mancha de fisionomia deveras repulsiva no parquê claro. Sequei-a depressa com alguma coisa que pendia de mim, mas ela apenas ficou mais escura e mais desagradável. Eu estava realmente desesperado. Levantei-me e procurei por um objeto qualquer com que pudesse consertar tudo aquilo. Mas não havia nenhum. Além disso, minha visão e meus movimentos estavam de tal modo tolhidos que a raiva pelo meu estado absurdo, que eu não compreendia mais, se apossou de mim. Puxei por todos os lados, mas as roupas só ficaram ainda mais justas. Os cordões do manto me estrangulavam, e os tecidos sobre minha cabeça apertavam como se outros e mais outros fossem acrescentados. Enquanto isso, o ar tinha se tornado sombrio e como que se embaçara com o vapor envelhecido do líquido derramado.

Exaltado e furioso me precipitei para diante do espelho e observei com esforço através da máscara como as minhas mãos trabalhavam. Mas ele estava só esperando por isso. Havia chegado o momento da sua desforra. Enquanto eu me esforçava, numa angústia que crescia desmedida, em sair de algum modo de meu disfarce, ele me obrigou, não sei com o que, a levantar os olhos e me impôs uma imagem, não, uma realidade, uma realidade estranha, incompreensível e monstruosa que me impregnou contra a minha vontade: pois agora ele era o mais forte e eu era o espelho. Olhei fixamente esse desconhecido grande e terrível diante de mim e me pareceu horrendo estar sozinho com ele. Mas no mesmo instante em que pensei isso aconteceu o pior: perdi todo sentido, simplesmente fui suprimido. Durante um segundo tive uma nostalgia indescritível, dolorosa e inútil de mim, e só ele existia: não havia nada exceto ele.

Corri dali, mas agora era ele que corria. Ele esbarrava por toda parte, não conhecia a casa, não sabia para onde ir; desceu um lance de escadas e, no corredor, lançou-se sobre uma pessoa que se livrou dele aos gritos. Uma porta se abriu e saíram várias pessoas: ah, como era bom conhecê-las. Eram Sieversen, a boa Sieversen, a empregada e o guarda-pratas[36]: agora isso tinha de se decidir. Mas eles não vieram correndo

---

36. Guarda-pratas: criado responsável pela prataria. (N.T.)

e me salvaram; a crueldade deles não tinha limites. Ficaram ali parados e riram, meu Deus, eles podiam ficar ali parados e rir. Eu chorei, mas a máscara não deixava as lágrimas saírem; elas escorreram por dentro pelo meu rosto, logo secaram e voltaram a correr e a secar. E por fim me ajoelhei diante deles como ninguém jamais se ajoelhou; ajoelhei-me e levantei minhas mãos para eles e implorei:

– Tirar, se ainda dá, e ficar comigo – mas eles não escutaram; eu não tinha mais voz.

Até o seu fim, Sieversen contou como eu tinha me deixado cair e como eles tinham continuado a rir achando que era parte do espetáculo. Estavam habituados com isso de minha parte. Mas depois eu tinha continuado no chão e não respondia. E o susto quando finalmente descobriram que eu estava inconsciente e jazia ali como uma coisa em meio àqueles panos todos, exatamente como uma coisa.

O tempo passava com uma rapidez incalculável e, de repente, já era outra vez o momento de convidar o pregador, Dr. Jespersen. Seguia-se então um café da manhã penoso e aborrecido para todas as partes. Habituado à vizinhança muito piedosa que sempre se desmanchava inteira por sua causa, ele estava completamente fora de seu elemento em nossa casa; ele jazia em terra, por assim dizer, e ofegava. A respiração branquial que desenvolvera era difícil; formavam-se bolhas, e a coisa toda não deixava de ter os seus perigos. Assuntos de conversação, caso se queira ser preciso, não havia absolutamente nenhum: vendiam-se restos a preços inacreditáveis; era uma liquidação de todos os estoques. Em nossa casa, Dr. Jespersen tinha de se limitar a ser uma espécie de cidadão privado; mas precisamente isso ele nunca fora. Era, até onde podia se lembrar, um funcionário do ramo da alma. Para ele, a alma era uma instituição pública da qual era o representante, e ele conseguia jamais estar de folga, nem mesmo na convivência com sua mulher, "a sua modesta e fiel

Rebekka, que alcançará a eterna bem-aventurança gerando filhos", conforme Lavater[37] se expressou num outro caso.

(Aliás, no que se refere a meu pai, sua postura em relação a Deus era perfeitamente correta e de impecável cortesania. Às vezes, na igreja, quando estava em pé, esperava e se curvava, ele me parecia decididamente um monteiro-mor a serviço de Deus. Para mamãe, ao contrário, parecia quase ofensivo que alguém pudesse ter uma relação de cortesania com Deus. Tivesse ela ido parar em uma religião com rituais claros e complicados, seria uma felicidade para ela passar horas ajoelhada e prostrada, fazendo os gestos corretos com a grande cruz diante do peito e em volta dos ombros. Ela não me ensinou realmente a rezar, mas a tranquilizava o fato de que eu gostasse de me ajoelhar e juntar as mãos, ora cruzando os dedos, ora os mantendo retos, conforme me parecesse mais expressivo a cada momento. Deixado relativamente em paz, passei cedo por uma série de evoluções que somente muito mais tarde, em uma época de desespero, relacionei com Deus, e com tamanha veemência que ele se formou e desintegrou quase no mesmo instante. É claro que depois tive de começar bem do início. E nesse começo eu achava às vezes que precisava de mamãe, embora naturalmente fosse mais acertado fazê-lo sozinho. E, de qualquer maneira, naquela época já fazia tempo que ela estava morta.)[38]

Em relação ao Dr. Jespersen, mamãe podia ser quase galhofeira. Ela começava uma conversa, que ele levava a sério, e assim que ele se ouvia falar, ela achava que isso bastava e o esquecia repentinamente, como se ele já tivesse ido embora.

– Como é que ele pode – ela dizia às vezes – andar por aí e entrar na casa das pessoas justamente quando estão morrendo?

Ele também veio vê-la na ocasião de sua morte, mas ela com certeza não o viu mais. Seus sentidos se extinguiram, um após o outro; em primeiro lugar, a visão. Era outono, e

---

37. Johann Caspar Lavater (1741-1801): pastor e escritor suíço. (N.T.)
38. Anotado na margem do manuscrito.

já tínhamos de voltar à cidade, mas exatamente nessa época ela adoeceu, ou melhor, logo começou a morrer, começou a morrer de maneira lenta e desoladora em todo o seu exterior. Os médicos vieram, e certo dia estavam todos ali reunidos e dominavam a casa inteira. Isso durou algumas horas, como se ela pertencesse ao conselheiro privado e a seus assistentes e como se não tivéssemos mais nada a dizer. Mas logo depois eles perderam todo o interesse e vinham apenas isoladamente, como que por pura cortesia, para aceitar um charuto e um copo de vinho do Porto. E nesse meio-tempo mamãe morreu.

Ainda esperávamos pelo único irmão de mamãe, o conde Christian Brahe, que, conforme as pessoas ainda devem se lembrar, tinha ficado por algum tempo a serviço da Turquia, onde, como sempre se dizia, recebera muitas distinções. Ele chegou certa manhã na companhia de um criado esquisito, e me surpreendi de ver que era maior do que meu pai e, aparentemente, também mais velho. Os dois senhores trocaram de imediato algumas palavras que, segundo supus, se referiam à mamãe. Fez-se uma pausa. Então o meu pai disse:

– Ela está muito desfigurada.

Não entendi a expressão, mas senti calafrios ao ouvi-la. Tive a impressão de que meu pai teve de se conter antes de falar. Mas, provavelmente, era sobretudo seu orgulho que sofria ao admitir isso.

Somente vários anos depois ouvi falar outra vez do conde Christian. Foi em Urnekloster, e era Mathilde Brahe quem falava dele com especial interesse. Estou seguro, entrementes, de que ela deu uma forma bastante arbitrária aos vários episódios, pois a vida de meu tio, da qual chegavam a público e mesmo à família apenas boatos, que ele nunca refutava, era passível de interpretações infinitas. Urnekloster é agora posse sua. Mas ninguém sabe se mora lá. Talvez continue viajando, como era seu hábito; talvez a notícia de sua morte esteja a caminho vinda de algum continente remoto, escrita em mau inglês ou em algum idioma desconhecido pela mão do criado estrangeiro. Ou talvez aconteça que esse homem não dê nenhum sinal de si caso algum dia fique para trás. Talvez os dois tenham desaparecido há muito tempo e somente possam ser encontrados na lista de passageiros de um navio desaparecido sob nomes que não eram os seus.

Todavia, quando entrava uma carruagem em Urnekloster eu sempre esperava que fosse *ele*, e meu coração batia de um modo especial. Mathilde Brahe dizia: era assim que ele vinha, era esse o seu jeito, aparecer de repente quando menos se espera. Ele nunca veio, mas a minha imaginação se ocupou dele semanas a fio; eu tinha a sensação de que nos devíamos mutuamente um contato, e teria gostado de saber alguma coisa real sobre ele.

Entretanto, quando logo depois o meu interesse mudou e, em consequência de certos acontecimentos, se deslocou inteiramente para Christine Brahe, não me esforcei, estranhamente, em saber alguma coisa das circunstâncias de sua vida. Em compensação, inquietava-me o pensamento de saber se o retrato dela estava na galeria. E o desejo de constatar isso aumentou de maneira tão unilateral e torturante que passei várias noites sem dormir, até que, de modo inteiramente repentino, chegou aquela em que, Deus sabe que é verdade, me levantei e subi com minha vela, que parecia ter medo.

Quanto a mim, não pensava em medo. Não pensava absolutamente; eu caminhava. As portas altas cediam à minha frente e se fechavam às minhas costas brincando, e as salas que atravessei se mantiveram em silêncio. E afinal percebi, pela profundidade que soprava em minha direção, que tinha entrado na galeria. Do lado direito senti as janelas com a noite, e à esquerda deviam estar os retratos. Levantei minha vela tão alto quanto podia. Sim: lá estavam os retratos.

Eu me propus, de início, a verificar apenas os retratos femininos, mas então reconheci um ou outro que também pendia em Ulsgaard, e quando os iluminava daquele modo, de baixo, eles se moviam e queriam se aproximar da luz, e me pareceu algo sem coração não esperar por eles. Ali estava Christian IV, que sempre voltava a aparecer com o belo *cadenette*[39] trançado ao lado das faces largas e levemente abauladas. Ali estavam supostamente as suas mulheres, das quais eu conhecia apenas Kristine Munk; e, de repente, a senhora Ellen Marsvin me olhou desconfiada em seu traje de viúva e com o mesmo cordão de pérolas sobre a aba do chapéu alto. Ali estavam os filhos do rei Christian: sempre novos filhos de novas mulheres, a "incomparável" Eleonore em sua época mais radiante, antes da desgraça, sobre uma hacaneia[40] branca. Os Gyldenlöve: Hans Ulrik, de quem as mulheres da Espanha diziam que pintava o rosto, tão cheio de sangue era, e Ulrik Christian, que as pessoas não esqueciam mais. E quase todos os Ulfeld. E aquele ali, com um olho coberto de negro, decerto era Henrik Holck, que com 33 anos se tornou conde imperial e marechal-de-campo da seguinte maneira: a caminho da casa da donzela Hilleborg Krafse, ele sonhou que, em vez da noiva, lhe davam uma espada nua: ele tomou isso a peito, fez meia-volta e deu início à sua vida curta e ousada que teve um fim com a peste. Todos esses eu conhecia. Também tínhamos em Ulsgaard os embaixadores do congresso de Nimwegen, um pouco parecidos entre si porque foram pintados todos de uma vez, cada um deles com o bigode fino e aparado lembrando uma sobrancelha sobre a boca sensual que quase parecia olhar. Era natural que eu reconhecesse o duque Ulrich e também Otte Brahe, Claus Daa e Sten Rosensparre, o último de sua estirpe, pois vira retratos de todos eles no salão de Ulsgaard

---

39. *Cadenette*: penteado militar que empresta seu nome de Honoré d'Albert, senhor de Cadenet (1581-1649), marechal da corte de Luís XIII da França (1601-1643). (N.T.)

40. Hacaneia: cavalo de porte médio, manso e de trote elegante, usado como montaria especialmente por mulheres. (N.T.)

ou encontrara dentro de velhas pastas gravuras em cobre que os representavam.

Mas depois havia muitos que eu jamais tinha visto; poucas mulheres, mas havia crianças. Fazia tempo que meu braço tinha se cansado e tremia, mas eu sempre voltava a levantar a vela para ver as crianças. Eu as entendi, essas garotinhas que levavam um pássaro na mão e o esqueciam. Às vezes havia um cãozinho aos seus pés, uma bola estava jogada no chão e sobre a mesa ao lado havia frutas e flores; e na coluna atrás, pequeno e provisório, pendia o brasão dos Grubbe, dos Bille ou dos Rosenkrantz. Tinham reunido tantas coisas ao redor delas que dava a impressão de que havia muito a ser reparado. Mas elas simplesmente estavam paradas em seus vestidos e esperavam; via-se que esperavam. E então tive de pensar outra vez nas mulheres e em Christine Brahe, e se eu a reconheceria.

Eu queria correr depressa até o final, voltar de lá e procurar, mas bati em alguma coisa. Virei-me tão repentinamente que o pequeno Erik deu um pulo para trás e sussurrou:

– Tome cuidado com a vela.

– Você está aí? – perguntei sem fôlego, e tinha dúvidas se isso era bom ou completamente ruim.

Ele apenas riu, e eu não sabia o que fazer. A luz de minha vela tremulava, e não pude reconhecer bem a expressão de seu rosto. Provavelmente era ruim que estivesse ali. Mas então, enquanto se aproximava, ele disse:

– O retrato *dela* não está aqui, nós ainda o procuramos lá em cima.

Com sua voz baixa e o olho móvel ele apontou de alguma maneira para o alto. E entendi que se referia ao sótão. De súbito, porém, me veio um pensamento estranho.

– Nós? – perguntei. – Então ela está lá em cima?

– Sim – ele assentiu, parado bem perto de mim.

– Ela própria ajuda a procurar?

– Sim, nós procuramos.

– Então ele foi removido, o retrato?

– Sim, imagine só – disse ele indignado.

Mas não entendi bem o que ela queria com isso.

– Ela quer se ver – sussurrou ele bem de perto.

– Oh, sim – disse como se tivesse entendido.

Nisso ele apagou minha vela com um sopro. Vi como se inclinou para dentro da claridade, com as sobrancelhas bem levantadas. Então ficou escuro. Recuei involuntariamente.

– Mas o que você está fazendo? – exclamei aflito, com a garganta completamente seca.

Ele correu atrás de mim e se pendurou no meu braço, soltando umas risadinhas zombeteiras.

– O que foi? – eu o repreendi e quis me livrar dele, mas ele estava segurando firme. Não pude impedir que colocasse o braço em volta do meu pescoço.

– Será que devo dizer? – cochichou ele, e um pouco de saliva respingou na minha orelha.

– Sim, sim, rápido.

Eu não sabia o que dizia. Agora ele me abraçava inteiramente e se esticava ao fazê-lo.

– Eu trouxe um espelho para ela – disse ele e soltou mais risadinhas.

– Um espelho?

– Sim, porque o retrato não está aqui.

– Não, não – eu disse.

De repente, ele me puxou mais um pouco na direção da janela e me beliscou com tanta força no braço que gritei.

– Ela não está dentro dele – ele soprou em meu ouvido.

Empurrei-o involuntariamente para longe de mim; algo estalou nele e me pareceu que o tivesse quebrado.

– Ora, ora – e agora eu mesmo tive de rir –, não está dentro; como assim não está dentro?

– Você é bobo – ele replicou irritado e não sussurrou mais.

Sua voz tinha mudado, como se agora começasse uma peça nova, ainda inédita.

– Ou a gente está dentro – ele ditou sério e sabichão – e não está aqui, ou a gente está aqui e não pode estar dentro.

– É óbvio – respondi depressa sem refletir.

Eu tinha medo que ele pudesse ir embora e me deixar sozinho. Cheguei até a estender a mão em sua direção.

– Vamos ser amigos? – sugeri.

Ele se fez de rogado.

– Pra mim tanto faz – disse ele, atrevido.

Tentei dar início a nossa amizade, mas não ousei abraçá-lo.

– Caro Erik – foi tudo que consegui dizer e o toquei de leve em algum lugar.

Eu estava repentinamente muito cansado. Olhei em volta; não entendia mais como tinha vindo parar ali, e sem sentir medo. Eu não sabia bem onde estavam as janelas e onde os quadros. E quando saímos, ele teve de me guiar.

– Eles não vão te fazer nada – ele assegurou, generoso, e soltou mais uma risadinha zombeteira.

Caro, caro Erik; talvez tenhas sido meu único amigo, afinal. Pois nunca tive um. É uma pena que a amizade não tivesse importância para ti. Eu teria gostado de te contar algumas coisas. Talvez tivéssemos nos entendido. Não se pode saber. Lembro-me de que o teu retrato foi pintado naquela época. Vovô mandou vir alguém que te retratou. Uma hora toda manhã. Não consigo me recordar da aparência do pintor e esqueci seu nome, embora Mathilde Brahe o repetisse a todo instante.

Será que ele te viu como te vejo? Vestias um traje de veludo da cor do heliotrópio. Mathilde Brahe ficou entusiasmada com esse traje. Mas agora isso é indiferente. Eu só gostaria de saber se ele te viu. Vamos supor que fosse um pintor de verdade. Vamos supor que não pensasse que pudesses morrer antes que ele tivesse terminado; que de modo algum visse as coisas de forma sentimental; que simplesmente trabalhasse. Que a desigualdade dos teus dois olhos castanhos o encantasse; que em momento algum se envergonhasse do olho imóvel; que tivesse o tato de não acrescentar nada sobre a mesa junto à tua mão, talvez um pouquinho apoiada. Vamos supor o que mais for necessário e façamos isso valer: então há um retrato, o teu retrato, o último na galeria de Urnekloster.

(E quando se vai embora e se viu todos, ainda há um menino. Um momento: quem é ele? Um Brahe. Vês a estaca prateada no campo negro e as penas de pavão? O nome também está ali: Erik Brahe. Não foi um Erik Brahe que executaram? Claro, isso é bastante sabido. Mas esse não pode ser. Esse menino morreu ainda na infância, pouco importa quando. Não és capaz de ver isso?)

Quando havia visita e Erik era chamado, a senhorita Mathilde Brahe sempre garantia que era inacreditável o quanto ele se parecia com a velha condessa Brahe, minha avó. Dizem que foi uma grande dama. Não a conheci. Em compensação, lembro-me muito bem da mãe de meu pai, a verdadeira senhora de Ulsgaard. Algo que, provavelmente, ela sempre continuou a ser, por mais que levasse a mal o fato de mamãe ter passado a fazer parte da família no papel de esposa do monteiro-mor. Desde então, ela agia constantemente como se estivesse se retirando; a propósito das ninharias, mandava os criados falarem com mamãe, enquanto decidia e dispunha calmamente, sem prestar contas a ninguém, acerca dos assuntos importantes. Mamãe, acho, de modo algum queria que fosse diferente. Ela era tão pouco feita para cuidar de uma grande casa; faltava-lhe completamente a divisão das coisas em secundárias e importantes. Qualquer coisa que se falasse para ela sempre lhe parecia ser o todo, e esquecia, por isso, outras coisas que também estavam ali. Ela nunca se queixava de sua sogra. E para quem, afinal, poderia fazê-lo?

Meu pai era um filho extremamente respeitoso, e meu avô tinha pouco a dizer.

Margarete Brigge, até onde posso lembrar, sempre foi uma anciã espigada e inacessível. Não consigo imaginá-la senão como muito mais velha do que o camareiro da corte. Ela levava sua vida entre nós sem consideração por ninguém. Não dependia de nenhum de nós e tinha sempre à sua volta uma espécie de dama de companhia, uma condessa Oxe, já velha, que lhe era infinitamente grata em razão de algum benefício. Deve ter sido uma exceção única, pois as boas ações não eram próprias de sua índole. Não gostava de crianças e não permitia animais perto dela. Não sei se gostava de alguma outra coisa. Contava-se que quando bem jovem fora noiva do belo Felix Lichnowski, que perdeu a vida de maneira tão cruel em Frankfurt. E, de fato, depois da morte dela encontraram um retrato do príncipe, que, se não me engano, foi devolvido à família. Talvez, penso agora, ao levar essa vida retirada e rústica, que ano a ano se tornara cada vez mais a vida de Ulsgaard, ela tenha esquecido uma outra vida, mais brilhante: a sua vida natural. É difícil dizer se chorava por ela. Talvez a detestasse por não ter se realizado, por não ter tido a oportunidade de vivê-la com habilidade e talento. Ela guardara tudo isso muito profundamente dentro de si e o recobrira com muitas cascas duras, de brilho ligeiramente metálico, cuja última parecia ser nova e fria. Porém, às vezes se traía através de uma impaciência ingênua por não receber atenção suficiente; assim, em meu tempo, ela podia se engasgar subitamente à mesa de alguma maneira chamativa e complicada que lhe garantia o interesse de todos e, ao menos por um momento, a fazia parecer tão sensacional e cativante quanto poderia ter sido nas coisas grandes. Suponho, entretanto, que meu pai era o único que levava a sério esses acasos por demais frequentes. Ele a olhava, cortesmente inclinado, e podia-se perceber como oferecia e colocava inteiramente à sua disposição em pensamento, por assim dizer, a própria traqueia saudável. O camareiro da corte, naturalmente, também parava de comer; ele tomava um pequeno gole de vinho e se abstinha de qualquer opinião.

Apenas uma única vez ele sustentou à mesa sua opinião diante da mulher. Isso foi muito tempo atrás, mas a história ainda era contada com malícia e às escondidas; em quase todo lugar havia alguém que ainda não a tinha ouvido. Dizia-se que numa certa época a camareira da corte era capaz de se irritar muito com manchas de vinho que apareciam por descuido nas toalhas de mesa; que essas manchas, sem importar o motivo pelo qual tinham aparecido, eram notadas por ela e desmascaradas, por assim dizer, sob as mais severas descomposturas. Isso também acontecera certa vez quando havia vários convidados ilustres à mesa. Algumas manchas inocentes que ela exagerou se tornaram matéria para acusações sarcásticas, e por mais que o avô se esforçasse em adverti-la por meio de pequenos sinais e chamados jocosos, ela continuou teimosamente com suas censuras, que, no entanto, foi obrigada a interromper no meio de uma frase. É que aconteceu algo inédito e completamente incompreensível. O camareiro da corte tinha pegado o vinho tinto que estava sendo servido naquele momento e enchia ele próprio a sua taça com todo o cuidado. Só que, estranhamente, não parou de encher mesmo quando a taça já estava transbordando, mas, sob um silêncio crescente, continuou derramando o vinho de maneira lenta e cautelosa até que mamãe, que nunca podia se segurar, desatou a rir e assim resolveu toda a questão jocosamente. Pois agora todos faziam coro, aliviados, e o camareiro da corte ergueu os olhos e passou a garrafa ao criado.

Mais tarde, uma outra mania tomou conta da minha avó. Ela não podia suportar que alguém na casa adoecesse. Certa vez, quando a cozinheira se feriu e ela casualmente notou sua mão envolta em curativos, dizia sentir o cheiro do iodofórmio pela casa inteira, e foi difícil convencê-la de que não se poderia despedir a mocinha por causa disso. Ela não queria ser lembrada das doenças. Se alguém cometesse a imprudência de manifestar qualquer pequeno mal-estar na sua frente, ela tomava isso por nada menos que uma ofensa pessoal, e se ressentia com a pessoa por muito tempo.

No outono em que mamãe morreu, a camareira da corte fechou-se completamente com Sophie Oxe em seus aposentos e rompeu todas as relações conosco. Nem mesmo seu filho era recebido. É verdade que essa morte veio numa hora bem imprópria. Os quartos estavam frios, os fogões fumegavam e os ratos tinham invadido a casa; em parte alguma se estava a salvo deles. Mas não era só isso; Margarete Brigge estava indignada com o fato de mamãe morrer; com o fato de haver um assunto na ordem do dia do qual ela se recusava a falar; com o fato de a jovem mulher ter usurpado a sua precedência, a ela, que imaginava morrer em uma data de modo algum já fixada. Pois ela pensava com frequência no fato de ter de morrer. Mas não queria ser forçada. Morreria, sem dúvida, quando quisesse, e então todos poderiam morrer sossegados, se tinham tanta pressa.

Ela jamais nos perdoou inteiramente pela morte de mamãe. Aliás, ela envelheceu depressa durante o inverno seguinte. Continuava alta ao caminhar, mas encolhia na poltrona e passou a ouvir com mais dificuldade. Podia-se ficar sentado durante horas encarando-a e ela não percebia nada. Ela estava em algum lugar dentro de si mesma; apenas raramente e só por momentos entrava em seus sentidos que estavam vazios, que não habitava mais. Então dizia alguma coisa para a condessa, que lhe arrumava a mantilha, e, com as mãos grandes e recém-lavadas, segurava o vestido junto ao corpo, como se houvessem derramado água, ou como se nós não estivéssemos bem limpos.

Ela morreu na cidade, certa noite, quando chegava a primavera. Sophie Oxe, que tinha a porta aberta, não ouvira nada. Quando foi encontrada pela manhã, estava fria como vidro.

Pouco depois começou a grande e terrível doença do camareiro da corte. Era como se tivesse esperado o fim de sua mulher para poder morrer com toda a falta de consideração de que precisava.

Foi no ano depois da morte de mamãe que notei Abelone pela primeira vez. Abelone estava sempre aí. Isso a prejudicava imensamente. Além disso, Abelone era antipática, algo que percebi muito tempo antes por um motivo qualquer, sem nunca chegar a revisar seriamente essa opinião. Perguntar o que havia com Abelone era algo que até então teria me parecido quase ridículo. Abelone estava aí e a usávamos como podíamos. Mas de repente me perguntei: por que Abelone está aí? Cada pessoa em nossa casa tinha um sentido determinado para estar aí, mesmo que de modo algum fosse sempre tão evidente quanto, por exemplo, a utilidade da senhorita Oxe. Mas por que Abelone estava aí? Durante algum tempo se falou que ela estava aí para se distrair. Mas isso caiu no esquecimento. Ninguém contribuía para a distração de Abelone. De modo algum ela dava a impressão de se distrair.

Abelone, aliás, tinha uma qualidade: ela cantava. Quer dizer, havia épocas em que cantava. Havia nela uma música forte e imperturbável. Se for verdade que os anjos são homens, pode-se bem dizer que havia algo masculino em sua voz: uma masculinidade radiante, celeste. Eu, que já quando criança tanto desconfiava da música (não porque ela me afastasse de mim mesmo com mais força do que qualquer outra coisa, mas porque tinha percebido que ela não voltava a me depositar no mesmo lugar em que tinha me encontrado, mas mais embaixo, em algum lugar bem em meio ao inacabado), eu suportava essa música, música sobre a qual se podia subir verticalmente, mais e mais alto, até acharmos que devíamos estar próximos do céu depois de um instante. Eu não suspeitava que Abelone ainda iria me abrir outros céus.

De início, nossa relação consistiu em que ela me contasse sobre o tempo em que mamãe era jovem. Era importante para ela me convencer do quanto mamãe fora jovem e corajosa. Segundo assegurava, não havia ninguém naquela época comparável à mamãe na dança e na equitação.

– Ela era a mais ousada, e era incansável, e então, de repente, se casou – dizia Abelone, ainda espantada depois de tantos anos. – Foi tão inesperado, ninguém entendeu direito.

Interessei-me em saber por que Abelone não tinha se casado. Ela me parecia relativamente velha, e eu não pensava que isso ainda pudesse acontecer.

– Não havia ninguém – respondeu apenas, e ficou verdadeiramente bonita ao pronunciar essas palavras.

Abelone é bonita? – perguntei-me surpreendido. Depois disso me afastei de casa para frequentar a academia dos nobres e começou uma época abjeta e terrível. Mas quando, lá em Sorö, apartado dos outros, ficava à janela e me deixavam um pouco em paz, eu olhava as árvores lá fora e, nesses momentos e durante a noite, crescia em mim a certeza de que Abelone era bonita. E comecei a lhe escrever todas aquelas cartas, longas e breves, e muitas cartas reservadas, em que eu achava tratar de Ulsgaard e de minha infelicidade. Mas, tal como vejo as coisas agora, provavelmente eram cartas de amor. Pois enfim chegaram as férias, que de início não queriam vir de forma alguma, e então foi como se tivéssemos combinado que não nos reveríamos na frente dos outros.

Não havíamos marcado nada, mas quando a carruagem entrou no parque, não pude deixar de desembarcar, talvez apenas porque não quisesse chegar como um estranho qualquer. Já era pleno verão. Entrei correndo por um dos caminhos e me dirigi a um codesso. E lá estava Abelone. Bela, bela Abelone.

Jamais quero esquecer como foi quando me olhaste. Como levavas o teu olhar, segurando-o, por assim dizer, como algo que não estivesse firme sobre o rosto curvado para trás.

Ah, será que o clima não mudou nem um pouco? Será que não se tornou mais ameno em volta de Ulsgaard por causa de todo o nosso calor? Será que agora algumas rosas não florescem no parque por mais tempo, dezembro adentro?

Não quero contar nada de ti, Abelone. Não porque enganamos um ao outro: porque amavas alguém, também naquela época, alguém que jamais esqueceste, amorosa, e eu: todas as mulheres; mas porque falar apenas provoca injustiças.

Há tapetes aqui Abelone, tapeçarias. Imagino que estejas comigo; são seis tapetes, venha, passemos devagar diante deles. Mas antes, dê um passo para trás e veja todos ao mesmo tempo. Como são quietos, não? Há pouca variação neles. Há sempre essa ilha oval azul, flutuando sobre o fundo discretamente vermelho, florido e habitado por pequenos animais ocupados consigo mesmos. Apenas ali, no último tapete, a ilha se eleva um pouco, como se tivesse ficado mais leve. E há sempre uma figura nela, uma mulher em trajes diversos, mas sempre a mesma. Às vezes há uma figura menor ao seu lado, uma criada, e os animais heráldicos estão sempre presentes, grandes, juntos sobre a ilha, tomando parte na ação. À esquerda, um leão, e à direita, de cor clara, o unicórnio; eles portam os mesmos estandartes que, altos acima deles, mostram três luas prateadas, crescentes, numa faixa azul sobre um campo vermelho. Viste? Queres começar pelo primeiro?

Ela alimenta o falcão. Como é esplêndida a sua roupa. A ave está sobre a mão enluvada e se move. Ela a contempla enquanto coloca a mão na vasilha, trazida pela criada, em busca de algo para lhe dar. Embaixo, à direita, sobre a cauda do vestido, há um pequeno cão de pelo sedoso que olha para cima e espera que se lembrem dele. E, não sei se percebeste, uma cerca baixa de rosas limita a ilha atrás. Os animais brasônicos se erguem heraldicamente orgulhosos.

O brasão também os envolve na forma de manto. Um belo agrafe[41] o mantém preso. Ele drapeja.

Não nos dirigimos involuntariamente mais silenciosos ao tapete seguinte tão logo percebemos o quanto ela está absorta? Ela tece uma coroa, uma coroa de flores pequena e redonda. Pensativa, escolhe a cor do próximo cravo na bacia rasa que a criada lhe estende, enquanto amarra o anterior. Atrás, sobre um banco, encontra-se um cesto cheio de rosas, sem uso, encontrado por um macaco. Desta vez, os cravos foram os escolhidos. O leão não toma mais parte; mas, à direita, o unicórnio compreende.

Não deveria haver música nesse silêncio? Será que já não estava ali contida? Grave e silenciosamente adornada, ela se aproximou (com que lentidão, não?) do órgão portátil e toca, em pé, separada da criada, que move os foles do outro lado, pelos tubos. Ela ainda não esteve tão bela. Estranho é o cabelo, preso à frente em duas tranças que se unem no alto, em cima do toucado, de maneira que suas pontas se destacam do nó como um penacho curto. Aborrecido, o leão suporta os sons de má vontade, contendo seu rugido. Mas o unicórnio é bonito, como que agitado em ondas.

A ilha se alarga. Uma tenda está montada. De damasco azul e chamejos dourados. Os animais a abrem e ela aparece, quase simples, em seu vestido principesco. Pois o que são as suas pérolas comparadas a ela própria? A criada abriu um pequeno cofre e agora tira dele uma corrente, uma joia pesada, magnífica, que sempre esteve trancada à chave. O pequeno cão está sentado junto dela, elevado, em um lugar preparado para ele, e observa. E descobriste o dito na borda superior da tenda? Lá consta: *À mon seul désir*.[42]

O que aconteceu? Por que o pequeno coelho salta ali embaixo, por que logo vemos que salta? Tudo está tão confuso. O leão nada tem a fazer. Ela própria segura o estandarte. Ou segura-se nele? Com a outra mão ela toca o

---

41. Agrafe: grampo, broche. (N.T.)

42. *À mon seul désir*: ao meu único desejo. Em francês no original. (N.T.)

chifre do unicórnio. Será luto? Será que o luto pode ser tão aprumado e um vestido de luto tão mudo quanto esse veludo verde-negro com partes murchas?

Mas ainda há uma festa; ninguém foi convidado para ela. A expectativa não representa aí papel algum. Tudo está aí. Tudo, para sempre. O leão olha em torno quase ameaçador: a ninguém é permitido se aproximar. Nós jamais a vimos cansada; está ela cansada? Ou apenas se sentou porque segura alguma coisa pesada? Poderíamos dizer que é um ostensório. Mas ela inclina o outro braço na direção do unicórnio e o animal se empina, adulado, e se ergue e se apoia em seu colo. É um espelho, o que ela segura. Vês: ela mostra ao unicórnio a imagem dele.

Abelone, imagino a tua presença aqui. Compreendes, Abelone? Acho que tens de compreender.

SEGUNDA PARTE

Mesmo as tapeçarias da *Dame à la licorne*[43] não estão mais agora no velho castelo de Boussac. Esta é a época em que tudo foge das casas, elas não conseguem mais reter nada. O perigo se tornou mais seguro do que a segurança. Ninguém da linhagem da Delle Viste nos acompanha e tem essa linhagem no sangue. Todas se foram. Ninguém pronuncia teu nome, Pierre d'Aubusson, grande grão-mestre de casa antiquíssima, por cuja vontade, talvez, foram tecidas essas imagens que a tudo exaltam e a nada renunciam. (Ah, que os poetas alguma vez tenham escrito de outra forma sobre as mulheres, mais literalmente, segundo achavam. É certo que não deveríamos saber outra coisa a não ser isso.) Agora chegamos casualmente diante delas, entre coisas casuais, e quase nos assustamos por não termos sido convidados. Mas há outros aqui e eles passam por elas, mesmo que nunca sejam muitos. Os jovens mal se detêm, a não ser que, de algum modo, o seu campo de estudos exija que alguma vez se tenha visto essas coisas em razão desta ou daquela particularidade determinada.

Às vezes, porém, encontramos moças diante delas. Pois há um grande número de moças nos museus que saíram de

---

43. *Dame à la licorne*: a dama com o unicórnio. Série de tapeçarias formada por seis peças datadas do início do século XVI. Originalmente no castelo de Boussac, residência de Pierre d'Aubusson (1425-1503), seu suposto encomendante, tais peças encontram-se atualmente no Museu de Cluny, em Paris. Pensadas como presente de noivado para Claude Le Viste, tratam-se, possivelmente, de alegorias dos cinco sentidos e da saudade. (N.T.)

alguma das casas que não retêm mais nada. Elas se encontram diante dessas tapeçarias e esquecem um pouco de si mesmas. Sempre sentiram que isso existia, essa vida silenciosa de gestos lentos, jamais inteiramente explicados, e se recordam de maneira obscura que durante certo tempo até achavam que essa seria a vida delas. Mas então puxam depressa um caderno e começam a desenhar, não importa o que seja, uma das flores ou um pequeno animal contente. Não importa, foi dito a elas, o que exatamente se desenha. E, de fato, isso não importa. Apenas importa que se desenhe, isso é o principal; pois para isso elas foram embora certo dia, de modo bastante impetuoso. Elas são de boa família. Porém, se agora levantam o braço ao desenhar, vemos que seus vestidos não estão abotoados atrás, pelo menos não inteiramente. Há ali alguns botões que não se consegue alcançar. Pois quando esse vestido foi feito, ainda não pensavam que iriam subitamente embora sozinhas. Na família, sempre há alguém que cuida desses botões. Mas aqui, bom Deus, quem iria querer saber disso numa cidade tão grande. Seria preciso ter uma amiga; mas as amigas estão na mesma situação, e uma acabaria tendo de abotoar o vestido da outra. Isso é ridículo e faz lembrar da família, da qual não querem ser lembradas.

É inevitável que durante o desenho elas às vezes pensem se não teria sido possível ficar. Se não poderiam ter sido piedosas, corajosamente piedosas no mesmo ritmo dos outros. Mas tentar isso conjuntamente parecia tão absurdo. De algum modo, o caminho se tornou mais estreito: famílias não podem mais chegar até Deus. Restaram, assim, apenas algumas outras coisas que se poderia partilhar em caso de necessidade. Numa divisão honesta, porém, a parte do indivíduo é tão pequena que isso seria uma vergonha. E caso se trapaceasse na divisão, surgiriam desentendimentos. Não, é realmente melhor desenhar, pouco importa o que seja. Com o tempo, a semelhança aparecerá. E a arte, quando adquirida assim, aos poucos, é algo realmente invejável.

E por terem sua atenção toda voltada àquilo que se propuseram, essas moças não chegam mais a levantar os olhos. Não percebem que, ao desenhar, não fazem outra coisa senão reprimir em si mesmas a vida inalterável que, nessas imagens tecidas, está radiantemente aberta diante delas em sua infinita indizibilidade. Não querem acreditar nisso. Agora que tantas coisas se transformam, elas querem se modificar. Estão muito perto de desistir de si mesmas e pensar sobre si próprias quase o mesmo que os homens poderiam dizer quando elas não estão presentes. Isso lhes parece o seu progresso. Elas já estão quase convencidas de que procuramos um gozo e mais outro e ainda outro que seja mais forte: que é nisso que consiste a vida caso não se queira perdê-la de uma maneira tola. Elas já começaram a olhar em volta, a procurar; elas, cuja força sempre consistiu em serem encontradas.

A razão disso, acho, é o cansaço. Durante séculos elas concederam todo o amor, elas sempre representaram o diálogo inteiro, as duas partes. Pois o homem apenas repetiu, e mal. E tornou-lhes o aprendizado difícil com a sua distração, com a sua negligência, com o seu ciúme, que também foi uma espécie de negligência. E, apesar disso, elas persistiram dia e noite, e cresceram em amor e em miséria. E dentre elas, sob a pressão de carências sem fim, surgiram as impetuosas amantes que, ao chamar o homem, o superaram; que cresceram acima dele quando ele não retornava mais, como fizeram Gaspara Stampa[44] ou a portuguesa[45], que não desistiram até que suas torturas se transformassem num esplendor áspero e gélido que não podia mais ser detido. Sabemos desta e daquela porque há cartas que se conservaram como que por um milagre, ou livros com poemas acusadores ou queixosos, ou quadros que nos olham numa galeria em meio a um choro

---

44. Gaspara Stampa (1523-1554): poetisa italiana. (N.T.)

45. A portuguesa: referência a Mariana do Alcoforado (1640-1723), freira portuguesa a quem se atribuem as cartas de amor publicadas anonimamente em 1669 sob o título de *Cartas portuguesas*. (N.T.)

que o pintor conseguiu reproduzir porque não sabia o que era. Mas o número delas foi muito maior; aquelas que queimaram suas cartas, e outras, que não tinham mais força para escrevê-las. Anciãs endurecidas com um âmago de delícias oculto dentro de si. Mulheres informes, que engordaram, mulheres que engordaram de esgotamento e se deixaram ficar parecidas com os seus homens, e que, no entanto, eram muito diferentes por dentro, lá onde o seu amor tinha trabalhado, no escuro. Parturientes que nunca quiseram dar à luz e que, quando finalmente morriam no oitavo parto, tinham os gestos e a leveza de mocinhas que se alegram com o amor. E aquelas que ficaram ao lado de furiosos e de bêbados porque tinham encontrado a maneira de estar dentro de si mesmas e tão longe deles como nunca; e que quando estavam entre as pessoas não podiam se conter e brilhavam como se tratassem sempre com bem-aventurados. Quem pode dizer quantas e quais eram? É como se tivessem aniquilado de antemão as palavras com que se poderia apreendê-las.

Mas agora, quando tantas coisas mudam, não é chegada a vez de nos modificarmos? Não poderíamos tentar evoluir um pouco e tomar sobre nós, pouco a pouco, a nossa parte no trabalho do amor? Fomos poupados de todas as suas fadigas, e assim ele acabou se tornando para nós uma distração, da mesma forma que às vezes cai um pedaço de renda autêntica no baú de brinquedos de uma criança, e essa renda agrada, depois deixa de agradar e finalmente jaz por ali em meio a coisas quebradas e desmontadas, pior do que tudo. Fomos corrompidos pelo gozo fácil como todos os diletantes e somos considerados mestres. Como seria, porém, se desprezássemos nossos êxitos, como seria se começássemos a aprender bem do início o trabalho do amor que sempre foi feito para nós? Como seria se nos tornássemos iniciantes, agora que tantas coisas se modificam?

Agora também sei como era quando mamãe desenrolava os pequenos pedaços de renda. Ela tinha tomado para seu uso uma das gavetas da secretária de Ingeborg.

– Vamos vê-las, Malte – ela dizia e se alegrava como se fosse receber de presente tudo o que estava na pequena gaveta laqueada de amarelo. E, de pura expectativa, não conseguia desdobrar de forma alguma o papel de seda. Eu sempre tinha de fazê-lo. Mas eu também ficava completamente agitado quando as rendas apareciam. Elas estavam enroladas num cilindro de madeira que nem sequer podia ser visto, tantas eram. E então as desenrolávamos devagar e olhávamos os padrões, como passavam, assustando-nos um pouco a cada vez que uma delas estava no fim. Acabavam tão subitamente.

Primeiro vinham debruns de trabalho italiano, pedaços resistentes com fios puxados em que tudo sempre se repetia, nítido como na horta de um camponês. Depois, de repente, uma série inteira dos nossos olhares, como se fôssemos conventos ou prisões, era gradeada com rendas venezianas trabalhadas à agulha. Mas eles voltavam a ficar livres, e víamos ao longe, em jardins que se tornavam cada vez mais artificiais até que ficava denso e morno diante dos olhos como numa estufa: plantas exuberantes que não conhecíamos abriam folhas gigantescas, gavinhas se estendiam umas em direção às outras como se tivessem vertigens e as grandes flores abertas dos *points d'Alençon* turvavam tudo com o seu pólen. De súbito, completamente cansados e confusos, saíamos para a longa estrada da valenciana, e era inverno e de manhã cedo e havia geado. E nos esgueirávamos através dos arbustos cobertos de neve da *binche*[46] e chegávamos a lugares em que ninguém ainda tinha passado; os ramos pendiam tão estranhamente que bem poderia haver uma sepultura embaixo deles, mas escondíamos isso um do outro. O frio chegava cada

---

46. *Points d'Alençon*, valenciana, *binche*: rendas típicas das cidades de Alençon, Valenciennes (França) e Binche (Bélgica), respectivamente. (N.T.)

vez mais perto de nós, e, por fim, quando vinham as rendas de bilros, pequenas e bem finas, mamãe dizia:

– Oh, agora vão se formar cristais de gelo em nossos olhos – e era isso que acontecia, pois dentro de nós estava bem quente.

Ambos suspirávamos quando tínhamos de enrolá-las outra vez; era um longo trabalho, mas não gostaríamos de deixá-lo para ninguém.

– Imagine só se tivéssemos que fazê-las – dizia mamãe e parecia realmente assustada.

Isso era algo que eu sequer conseguia imaginar. Surpreendi-me pensando em pequenos animais que as fiavam constantemente e por isso eram deixados em paz. Não, naturalmente eram mulheres.

– As mulheres que fizeram isso com certeza estão no céu – eu dizia admirado.

Lembro-me que me ocorreu que fazia tempo que não perguntava sobre o céu. Mamãe respirou aliviada; as rendas estavam outra vez reunidas.

Após um instante, quando já tinha me esquecido daquilo, ela disse bem lentamente:

– No céu? Acho que estão inteiramente nas rendas. Se virmos as coisas assim, isso pode bem ser uma bem-aventurança eterna. Sabemos tão pouco a respeito.

Quando havia visitas, se falava com frequência que os Schulin estavam economizando. O grande e velho castelo se incendiara há alguns anos e agora eles moravam nas duas estreitas alas laterais e estavam economizando. Ter hóspedes, porém, estava no sangue deles. A isso não podiam renunciar. Se alguém viesse inesperadamente até nossa casa, era provável que viesse dos Schulin; e se alguém olhasse de repente para o relógio e, inteiramente assustado, precisasse partir, com certeza era esperado em Lystager.

Mamãe já não ia mais propriamente a lugar algum, mas uma coisa assim os Schulin não podiam compreender; nada havia a fazer senão visitá-los. Era dezembro, depois de algumas quedas precoces de neve; o trenó sairia às três horas e eu deveria ir junto. Entretanto, nunca éramos pontuais em nossa casa. Mamãe, que não gostava que a carruagem fosse anunciada, na maioria das vezes descia cedo demais, e quando não encontrava ninguém, sempre se lembrava de alguma coisa que há muito tempo já deveria ter sido feita, e começava a procurar ou arrumar alguma coisa em algum lugar lá em cima, de modo que mal podia ser encontrada outra vez. Por fim, todos ficavam parados e esperavam. E quando ela estava finalmente sentada e embrulhada, via-se que alguma coisa fora esquecida e Sieversen tinha de ser chamada; pois apenas Sieversen sabia onde estava. Mas aí partíamos repentinamente, antes que Sieversen retornasse.

Naquele dia não chegou a ficar realmente claro. As árvores estavam ali paradas como se não soubessem prosseguir em meio à neblina, e havia algo de teimoso em passar entre delas. Nesse meio tempo recomeçou silenciosamente a nevar, e era como se mesmo as últimas coisas tivessem sido apagadas e andássemos sobre uma folha branca. Nada havia senão o tinir das campainhas, e não se podia dizer onde exatamente ele estava. Chegou um momento em que cessou, como se a última campainha tivesse se gastado; mas então voltou a se concentrar, ficou reunido e se espalhou outra vez em abundância. A torre de igreja à esquerda pode ter sido algo que imaginamos. Mas o contorno do parque estava subitamente aí, alto, quase mais alto do que uma pessoa, e nos achávamos na longa aleia. O tinir das campainhas não caía mais inteiramente; era como se ele se pendurasse em cachos nas árvores, à esquerda e à direita. Então oscilávamos, dávamos a volta em torno de alguma coisa, passávamos por alguma coisa à direita e parávamos no meio.

Georg tinha se esquecido completamente de que a casa não estava ali, e para nós todos ela estava ali naquele momento. Subimos a escadaria que conduzia ao velho terraço e só nos espantamos por estar inteiramente escuro. De repente, abriu-se uma porta atrás de nós, embaixo à esquerda, e alguém chamou:

– Aqui! – e levantou e balançou uma luz vaporosa.

Meu pai riu:

– Estamos subindo por aqui como fantasmas – e nos ajudou a descer os degraus.

– Mas havia uma casa aqui agorinha mesmo – disse mamãe, sem poder se habituar assim tão depressa a Wjera Schulin, que viera correndo para fora, aquecida e sorridente.

Agora, é claro, tínhamos de entrar depressa e esquecer a casa. Em um vestíbulo estreito tiraram nossos casacos e logo estávamos debaixo das lâmpadas e diante do calor.

Esses Schulin eram uma linhagem forte de mulheres independentes. Não sei se havia filhos homens. Lembro-me apenas de três irmãs; a mais velha havia sido casada com um marquês em Nápoles, de quem agora se separava lentamente em meio a muitos processos. Então vinha Zoë, de quem se dizia que não havia o que não soubesse. E, sobretudo, havia Wjera, essa cálida Wjera; sabe Deus o que foi feito dela. A condessa, uma Narichkin, era, na verdade, a quarta irmã e, sob alguns aspectos, a mais jovem. Ela não sabia de nada e tinha de ser constantemente instruída pelos seus filhos. E o bom conde Schulin sentia-se casado com todas essas mulheres, e andava em volta e as beijava da maneira que fosse possível.

Por agora, ele ria alto e nos cumprimentava circunstanciadamente. Fui passado adiante para as mulheres, tocado e interrogado. Mas eu tinha me proposto firmemente, assim que isso tivesse passado, a escapar de alguma maneira e ir ver a casa. Estava persuadido de que hoje ela estava lá. A saída não foi tão difícil; em meio a todos os vestidos se podia escapar por baixo como um cão, e a porta que dava para o vestíbulo estava só encostada. Mas a porta externa não queria ceder. Ela tinha vários mecanismos, correntes e trancas que não manuseei corretamente na pressa. De súbito, porém, ela se abriu, mas com um ruído alto, e antes que tivesse saído fui segurado e puxado de volta.

– Alto lá! Daqui ninguém se safa! – disse Wjera Schulin com ar divertido.

Ela se inclinou em minha direção e eu estava decidido a não revelar nada a essa mocinha cálida. Porém, quando eu não disse nada, ela supôs sem mais delongas que uma necessidade natural tivesse me impelido até a porta; tomou minha mão e já começou a andar e, de uma maneira meio íntima, meio altiva, queria me arrastar para algum lugar. Esse mal-entendido íntimo me ofendeu além das medidas. Soltei-me com um puxão e a olhei irritado.

– Quero ver a casa – disse orgulhoso.

Ela não entendeu.

– A grande casa lá fora, junto às escadarias.

– Seu asno – ela disse e tentou me agarrar –, lá não há mais casa nenhuma.

Eu insisti.

– Então vamos vê-la durante o dia – sugeriu transigente –, agora não podemos nos arrastar por lá. Existem buracos, e logo atrás dela estão os tanques de peixes de papai, que não podem congelar. Se você cair lá dentro vai virar um peixe.

E nisso ela me empurrou de volta para as salas iluminadas. Estavam todos ali sentados e conversavam, e os olhei um por um: é claro que só vão ver a casa quando não estiver lá, pensei com desdém; se mamãe e eu morássemos aqui, ela sempre estaria lá. Mamãe parecia distraída, enquanto os outros falavam todos ao mesmo tempo. Ela certamente pensava na casa.

Zoë sentou-se ao meu lado e me fez perguntas. Ela tinha um rosto bem regular em que o entendimento se renovava de tempo em tempo como se ela estivesse constantemente compreendendo alguma coisa. Meu pai sentava-se um pouco curvado para a direita e ouvia a marquesa, que ria. O conde

Schulin estava entre sua mulher e mamãe, contando algo. Mas a condessa o interrompeu, como vi, no meio de uma frase.

– Não, criança, isso é imaginação sua – disse o conde bondosamente, mas, de repente, tinha o mesmo rosto inquieto e o esticava acima das duas damas. A condessa não podia ser dissuadida de sua chamada imaginação. Ela tinha uma aparência inteiramente aplicada, como a de alguém que não quer ser perturbado. Fazia pequenos movimentos de recusa com suas mãos macias e cheias de anéis; alguém disse "psit" e repentinamente ficou tudo quieto.

Atrás das pessoas se aglomeravam os grandes objetos da antiga casa, pertos demais. A prataria pesada da família brilhava e se curvava como se a víssemos através de lentes de aumento. Meu pai olhava em torno espantado.

– Mamãe está sentindo um cheiro – disse Wjera Schulin atrás dele –, e aí temos de ficar sempre todos quietos; ela cheira com os ouvidos – e enquanto dizia isso ela própria estava ali parada com as sobrancelhas levantadas, atenta e toda nariz.

Nesse aspecto, as Schulin estavam um pouco estranhas desde o incêndio. Nos quartos estreitos e superaquecidos surgia um cheiro a todo instante, que então era investigado e cada um dava a sua opinião. Zoë começou a mexer no fogão de uma maneira objetiva e conscienciosa; o conde andava em volta, parava um pouco em cada canto e esperava.

– Não está aqui – dizia então.

A condessa tinha se levantado e não sabia onde devia procurar. Meu pai se virou lentamente em torno de si mesmo, como se o cheiro estivesse atrás dele. A marquesa, que logo supôs se tratar de um cheiro ruim, segurava o lenço diante do rosto e olhava de um para outro a fim de saber se já tinha passado.

– Aqui, aqui – exclamava Wjera de vez em quando, como se o tivesse apanhado.

E em torno de cada palavra ficava estranhamente silencioso. Quanto a mim, farejei junto com diligência. Mas,

114

de repente (fosse pelo calor nas salas ou pelas muitas velas, tão próximas), fui assaltado pela primeira vez em minha vida por alguma coisa como o medo de fantasmas. Ficou claro para mim que todas aquelas pessoas grandes e nítidas, que ainda há pouco falavam e riam, agora andavam curvadas em volta e se ocupavam de algo invisível; que admitiam que ali havia alguma coisa que não viam. E era terrível que isso fosse mais forte do que todas elas.

Meu medo aumentou. Eu tinha a impressão de que aquilo que procuravam poderia brotar subitamente de mim como uma erupção cutânea; e então elas veriam e apontariam para mim. Completamente desesperado, olhei para mamãe. Ela estava sentada de uma maneira singularmente ereta; pareceu-me que esperava por mim. Mal estava junto dela e senti que ela tremia por dentro, soube que só agora a casa voltava a se desvanecer.

– Malte, covarde – riam em algum lugar.

Era a voz de Wjera. Mas não largamos um ao outro e aguentamos juntos; e ficamos assim, mamãe e eu, até que a casa tivesse se desvanecido completamente outra vez.

Eram os dias de aniversário, porém, os mais ricos em experiências quase incompreensíveis. Já sabíamos que a vida se comprazia em não fazer distinções, mas nesses dias levantávamos com um direito à alegria que não podia ser posto em dúvida. É provável que a sensação desse direito tenha se formado bem cedo em nós, na época em que estendemos a mão para tudo e recebemos absolutamente tudo, e em que elevamos as coisas que seguramos naquele exato momento, com imaginação imperturbável, à categoria de intensidade cromática básica do desejo que, também naquele exato momento, domina.

Mas então chegam de repente aqueles estranhos aniversários em que, com uma consciência plenamente segura desse direito, vemos as outras pessoas se tornarem inseguras.

Gostaríamos, decerto, de ser vestidos como nos outros dias e depois acolher tudo o mais. Mas, mal estamos acordados, alguém grita lá fora que a torta ainda não chegou; ou ouvimos que algo se quebra enquanto a mesa de presentes é arrumada ao lado; ou entra alguém e deixa as portas abertas e vemos tudo antes do que deveríamos. Esse é o instante em que ocorre algo em nós que lembra uma cirurgia. Uma intervenção breve, insanamente dolorosa. Mas a mão que a executa é treinada e firme. Logo passou. E mal ficou para trás, não pensamos mais em nós; o que importa é salvar o dia do aniversário, observar as outras pessoas, prevenir seus erros e fortalecê-las na fantasia de que dominam tudo à perfeição. Elas não nos facilitam as coisas. Torna-se evidente que a sua falta de jeito é sem igual, quase estúpida. São capazes de entrar com pacotes quaisquer destinados a outras pessoas; corremos ao seu encontro e logo precisamos agir como se apenas corrêssemos pela sala, só para nos movimentarmos, sem meta definida. Querem nos surpreender e, com uma expectativa que falseiam de modo superficial, levantam a parte inferior da caixa de brinquedos, onde não há outra coisa senão serragem; então é preciso aliviar o seu embaraço. Ou, quando é algo mecânico, dão corda demais em nosso presente, logo na primeira vez. Por isso é bom que nos exercitemos a tempo em empurrar um rato, ou algo assim em que se deu corda demais, discretamente adiante com o pé: dessa maneira se consegue muitas vezes enganá-los e ajudá-los a escapar do constrangimento.

Conseguíamos fazer tudo isso, afinal, como era exigido, mesmo sem nenhum dom especial. Talento só era realmente necessário quando alguém tinha feito um esforço e nos trazia, importante e bondoso, uma alegria, e já víamos de longe que era uma alegria para alguém bem diferente, uma alegria completamente estranha; nem sequer conhecíamos alguém a quem tivesse servido: tão estranha era.

Que as pessoas contassem histórias, contassem de fato, isso deve ter sido antes da minha época. Jamais ouvi alguém contar histórias. Quando Abelone me falou da juventude de mamãe, ficou claro que ela não sabia contar. Dizem que o velho conde Brahe ainda sabia. Quero escrever o que ela sabia sobre isso.

Quando bem jovem, Abelone deve ter tido uma época de grande e singular agitação. Os Brahe moravam então na cidade, na Bredgade[47], com uma razoável vida social. Quando subia ao seu quarto tarde da noite, ela achava que estava cansada como os outros. Mas então, de repente, percebia a janela e, se entendi bem, podia ficar parada diante da noite por horas a fio, pensando: isso me diz respeito.

– Eu ficava ali parada como um prisioneiro – disse ela –, e as estrelas eram a liberdade.

Naquele tempo, ela podia pegar no sono sem se tornar pesada. A expressão "cair no sono" não serve para aquele ano de sua juventude. O sono era algo que fazia a pessoa subir, e de tempo em tempo abríamos os olhos e estávamos deitados sobre uma outra superfície, que estava longe de ser a mais alta. E então estávamos de pé antes do dia nascer; mesmo no inverno, quando os outros vinham sonolentos e atrasados para o café da manhã atrasado. À tardinha, quando escurecia, havia apenas as velas para todos, velas coletivas. Mas, de manhã bem cedo, em meio à nova escuridão com que tudo começava outra vez, essas duas velas eram nossas. Elas estavam no seu castiçal duplo, baixo, e brilhavam sossegadas através dos pequenos abajures de tule ovais, pintados com rosas, que tinham de ser deslocados de tempo em tempo. Isso não representava incômodo algum; pois, por um lado, absolutamente não tínhamos pressa, e, por outro, acontecia que às vezes tínhamos de erguer os olhos e refletir enquanto escrevíamos uma carta ou fazíamos anotações no

---

47. Bredgade, Langelinie, Amaliengade, Dronnigens Tvaergade: ruas de Copenhague, capital da Dinamarca.

diário, certa vez começado com uma caligrafia bem diferente, medrosa e bela.

O conde Brahe vivia inteiramente à parte de suas filhas. Ele tomava por ilusão quando alguém afirmava partilhar a vida com outras pessoas. (Sim, partilhar – dizia ele.) Mas não lhe era desagradável quando as pessoas lhe contavam de suas filhas; ele ouvia atentamente, como se elas morassem em outra cidade.

Por isso, foi algo inteiramente extraordinário que, certo dia depois do café da manhã, tivesse chamado Abelone para junto de si:

– Temos os mesmo hábitos, segundo parece; eu também escrevo bem cedo. Tu podes me ajudar.

Abelone ainda lembrava disso como se fora ontem.

Já na manhã seguinte foi conduzida ao gabinete de seu pai, um aposento que tinha a fama de ser inacessível. Ela não teve tempo de olhá-lo com atenção, pois logo teve de se sentar diante do conde à escrivaninha, que lhe pareceu como uma planície em que livros e pilhas de textos faziam as vezes de lugarejos.

O conde ditava. Aqueles que afirmavam que o conde Brahe escrevia as suas memórias não estavam completamente equivocados. Só que não se tratava de lembranças políticas ou militares, como se esperava com impaciência.

– Essas eu esqueço – dizia laconicamente o velho senhor quando alguém lhe dirigia a palavra a propósito de tais fatos.

O que ele não queria esquecer, porém, era a sua infância. A essa dava importância. E estava perfeitamente em ordem, segundo a sua opinião, que aquele tempo deveras distante se impusesse a ele agora, que esse tempo, quando voltava seu olhar para dentro, jazesse ali como numa clara noite nórdica de verão, intensificado e insone.

Às vezes ele se levantava de um salto e falava diante das velas a ponto de fazer suas chamas tremularem. Ou frases inteiras tinham de ser riscadas, e então ele andava impetuosamente de um lado para o outro e fazia seu roupão de seda verde-nilo drapejar. Enquanto ditava, ainda havia outra pessoa presente, Sten, o velho camareiro jutlandês do conde, cuja tarefa, assim que o avô se levantasse de um pulo, era colocar depressa as mãos sobre as folhas soltas que, cobertas de anotações, jaziam pela mesa. Sua Excelência achava que o papel de hoje não prestava, que era leve demais e sairia voando ao menor ensejo. E Sten, de quem se via apenas a alta metade superior, partilhava essa desconfiança e ficava, por assim dizer, sentado sobre as mãos, cego para a luz e sério como um pássaro noturno.

Esse Sten passava as tardes de domingo lendo Swedenborg[48], e ninguém da criadagem teria gostado de entrar em seu quarto porque se dizia que ele invocava espíritos. Desde sempre, a família de Sten tivera ligações com espíritos, e Sten era especialmente predestinado para esse trato. Na noite em que ele nasceu, alguma coisa havia aparecido à sua mãe. Ele tinha olhos grandes e redondos, e a outra extremidade de seu olhar se fixava atrás da pessoa para quem olhava. O pai de Abelone lhe perguntava com frequência sobre os espíritos, do mesmo modo que se pergunta a alguém sobre seus parentes:

– Eles estão vindo, Sten? – perguntava benevolente. – É bom quando eles vêm.

Durante alguns dias o ditado seguiu seu curso. Mas então Abelone não conseguiu escrever *Eckernförde*. Era um nome próprio e ela nunca o tinha ouvido. O conde, que, no fundo, há tempo já procurava um pretexto para desistir da escrita, muito lenta para as suas memórias, ficou mal-humorado.

– Ela não pode escrevê-lo – disse mordazmente – e outros não conseguirão lê-lo. E será que chegarão a *ver* o que estou dizendo? – prosseguiu irritado sem tirar os olhos de Abelone.

---

48. Emmanuel Swedenborg (1688-1772): vidente e místico sueco. (N.T.)

– Será que verão esse Saint-Germain? – gritou. – Eu disse Saint-Germain? Risque. Escreva: o marquês de Belmare.[49]

Abelone riscou e escreveu. Mas o conde continuou o ditado com tanta rapidez que não se podia acompanhá-lo.

– Ele não podia suportar crianças, esse excelente Belmare, mas me tomou sobre seus joelhos, tão pequeno eu era, e me veio a ideia de morder seus botões de diamante. Isso o alegrou. Ele riu e levantou minha cabeça até que olhássemos nos olhos um do outro: "Tens ótimos dentes", disse ele, "dentes que servem para alguma coisa..." Eu, porém, observei os seus olhos. Mais tarde, andei por toda parte. Vi todos os tipos de olhos, podes acreditar: mas assim como aqueles, nunca mais. Para aqueles olhos nada precisaria existir; tinham tudo dentro de si. Ouviste falar de Veneza? Bom. Digo-te que aqueles olhos teriam projetado Veneza dentro deste quarto, de maneira que ela estaria aqui como esta mesa. Certa vez eu estava sentado num canto ouvindo-o contar a meu pai sobre a Pérsia; acho, às vezes, que minhas mãos ainda têm os cheiros desse país. Meu pai o apreciava, e Sua Alteza, o conde imperial, era algo como seu discípulo. Mas é claro que havia muita gente que o levava a mal por apenas acreditar no passado quando este estava dentro dele. Não podiam entender que essa tralha só tem sentido quando se nasce com ela.

– Os livros são vazios – gritou o conde com um gesto furioso na direção das paredes –; o que importa é o sangue, é nele que se deve ser capaz de ler. Ele tinha histórias estranhas e gravuras curiosas no sangue, esse Belmare; podia abrir onde quisesse, sempre havia algo escrito; nenhuma página do seu sangue havia sido deixada em branco. E quando, de tempos em tempos, se trancava e as folheava sozinho, então encontrava as passagens sobre a transmutação dos metais em

---

49. Eckernförde, Saint-Germain e marquês de Belmare: algumas das alcunhas do conde de Saint-Germain (1710-1784), um vigarista que morreu em Eckernförde, na Alemanha. (N.T.)

ouro, sobre as pedras e sobre as cores. Por que isso não estaria ali escrito? Certamente está escrito em algum lugar.

– Ele poderia ter vivido bem com uma verdade só, aquele homem, se tivesse ficado sozinho. Mas não era nenhuma ninharia estar sozinho com uma verdade dessas. E ele não era tão desprovido de gosto para convidar as pessoas a visitá-lo estando na companhia dela; ela não deveria se tornar assunto de falatório: ele era oriental demais para tanto. "*Adieu madame*", dizia ele, fiel à verdade, "até uma próxima vez. Talvez estejamos mais robustos e sossegados dentro de mil anos. A sua beleza, *madame*, está apenas em formação, afinal", dizia ele, e isso não era uma mera cortesia. E assim ele prosseguia, e construiu para as pessoas, do lado de fora, o seu zoológico, um tipo de *jardin d'acclimatation*[50] para as grandes espécies de mentiras que ainda não tínhamos visto entre nós, um palmário de exageros e uma *figuerie*[51] de falsos segredos, pequena e cuidada. As pessoas vinham de todas as partes, e ele circulava com fivelas de diamantes nos sapatos, inteiramente à disposição de seus convidados.

– Uma existência superficial: como? No fundo, era um cavalheirismo em relação à sua dama, e ele ficou relativamente conservado enquanto isso.

Já fazia alguns momentos que o conde não se dirigia mais a Abelone, a quem tinha esquecido. Andava como um louco de um lado para o outro e lançava olhares desafiadores a Sten, como se num determinado momento Sten devesse se transformar na pessoa em que pensava. Mas Sten não se transformou.

– Era preciso vê-lo – prosseguiu o conde Brahe obstinado. – Houve uma época em que ele era completamente visível, ainda que em muitas cidades as cartas que recebesse

---

50. *Jardin d'acclimatation*: jardim zoológico. Em francês no original. (N.T.)

51. *Figuerie*: estufa para figueiras, em francês no original. O palmário, por sua vez, é uma estufa para o cultivo de palmeiras. (N.T.)

não fossem dirigidas a ninguém: nelas constava apenas o lugar, nada mais. Mas eu o vi.

– Ele não era bonito – o conde riu de uma maneira singularmente apressada. – Também não era o que as pessoas chamam de notável ou nobre: havia sempre pessoas mais nobres ao seu redor. Ele era rico, mas isso era nele apenas como uma ideia repentina; a isso ninguém podia se ater. Tinha boa compleição, ainda que outros tivessem uma postura melhor. É claro que naquela época não pude julgar se era espirituoso ou se era isso e aquilo a que se dá valor: mas ele *era*.

O conde, trêmulo, estava em pé, e fez um movimento como se colocasse no espaço algo que lá permanecia.

Nesse momento, notou Abelone.

– Tu o vês? – berrou para ela.

E, de súbito, pegou um dos castiçais de prata e iluminou o rosto dela, deixando-a ofuscada.

Abelone se lembrava de tê-lo visto.

Nos dias seguintes, Abelone foi chamada regularmente e, após esse incidente, o ditado prosseguiu bem mais tranquilo. A partir de toda sorte de papéis, o conde reuniu as suas lembranças mais antigas do círculo de Bernstorff, em que seu pai representara certo papel. Abelone se ajustara tão bem às particularidades de seu trabalho que se alguém visse os dois poderia tomar facilmente a sua comunhão útil por familiaridade autêntica.

Certa vez, quando Abelone já queria se retirar, o velho senhor se dirigiu a ela e foi como se segurasse uma surpresa nas mãos atrás de si:

– Amanhã escreveremos sobre Julie Reventlow – disse ele e saboreou suas palavras –: ela era uma santa.

Abelone provavelmente olhou incrédula para ele.

– Sim, sim, tudo isso ainda existe – insistiu ele em tom autoritário –, ainda existe, condessa Abel.

Ele tomou as mãos de Abelone e as abriu como se fossem um livro.

– Ela tinha os estigmas – disse ele –, aqui e aqui.

E tocou de maneira firme e breve com o dedo frio nas palmas das mãos dela.

Abelone não conhecia a palavra estigma. Veremos, pensou ela; estava muito impaciente por ouvir sobre a santa que seu pai ainda tinha visto. Mas ela não foi mais chamada, não na manhã seguinte, e mais tarde também não.

– Falaram bastante da condessa Reventlow na tua casa – encerrou Abelone laconicamente quando lhe pedi para contar mais.

Ela parecia cansada; também disse que tinha esquecido a maior parte.

– Mas ainda sinto os pontos às vezes – sorriu ela, e não pôde deixar de olhar quase curiosa para suas mãos vazias.

Ainda antes da morte de meu pai tudo ficou diferente. Ulsgaard não nos pertencia mais. Meu pai morreu na cidade, num apartamento que me pareceu hostil e estranho. Naquela época eu já estava no estrangeiro e cheguei muito tarde.

Ele estava no caixão entre duas fileiras de velas altas, num quarto que dava para o pátio. O cheiro das flores era incompreensível, como muitas vozes falando ao mesmo tempo. O seu rosto bonito, em que os olhos haviam sido fechados, tinha uma expressão de recordação cortês. Estava vestido com o uniforme de monteiro-mor, mas, por alguma razão, tinham-lhe colocado o galão branco em vez do azul. Seus dedos não estavam entrelaçados; as mãos jaziam obliquamente uma sobre a outra e pareciam uma imitação absurda. Contaram-me rapidamente que tinha sofrido muito: nada se percebia disso. Suas feições estavam arrumadas como os móveis de um quarto de hóspedes do qual alguém havia partido. Era como se já o tivesse visto morto várias vezes: tão bem conhecia tudo aquilo.

Novo era apenas o ambiente, de uma maneira desagradável. Novo era esse quarto opressivo que tinha janelas defronte, provavelmente as janelas de outra gente. Novo era que Sieversen entrasse de tempos em tempos e não fizesse nada. Sieversen tinha envelhecido. Eu deveria ir tomar o café da manhã. Ele me fora anunciado várias vezes. Eu não tinha qualquer interesse em tomar o café da manhã naquele dia. Não percebi que queriam que eu saísse; por fim, como não saí, Sieversen revelou de algum modo que os médicos estavam presentes. Não entendi o motivo. Ainda havia algo a ser feito, disse Sieversen, e me olhou fatigada com seus olhos vermelhos. Então, um tanto precipitados, entraram dois senhores: eram os médicos. O primeiro deles, como se tivesse chifres e quisesse cornear, baixou a cabeça de golpe para nos ver sobre os óculos: primeiro a Sieversen, depois a mim.

Ele se inclinou com a formalidade de um estudante.

– O senhor monteiro-mor ainda tinha um desejo – disse ele exatamente da mesma maneira que entrara; e tínhamos novamente a impressão de que se precipitava.

De algum modo, forcei-o a olhar através dos seus óculos. Seu colega era um homem loiro, cheio e de pele fina; ocorreu-me que teria sido fácil fazê-lo enrubescer. Fez-se uma pausa. Era estranho que agora o monteiro-mor ainda tivesse desejos.

Olhei involuntariamente mais uma vez para o rosto bonito e regular. E então soube que ele queria certeza. Isso, no fundo, ele sempre desejou. Agora a teria.

– Os senhores estão aqui para perfurar o coração: por favor.

Fiz uma reverência e dei um passo para trás. Os dois médicos se inclinaram ao mesmo tempo e começaram imediatamente a discutir o seu trabalho. Alguém já afastava as velas. Mas o mais velho deu mais alguns passos em minha direção. À certa distância de mim se esticou à frente para poupar-se do último trecho do caminho e me encarou irritado.

– Não é necessário – disse ele –, quer dizer, acho que talvez seja melhor que o senhor...

Ele me pareceu desleixado e gasto em sua atitude parcimoniosa e apressada. Fiz outra reverência; as coisas se passaram de tal modo que eu já fazia outra reverência.

– Obrigado – eu disse lacônico. – Não vou atrapalhar.

Eu sabia que suportaria aquilo e que não havia razão alguma para evitá-lo. Era assim que devia ser. Talvez fosse o sentido de tudo. Além disso, eu nunca tinha visto perfurarem o peito de alguém. Parecia-me em ordem não recusar uma experiência tão curiosa quando ela aparecia espontaneamente e era impreterível. Naquela ocasião, eu já não acreditava mais realmente em desilusões; não havia nada a temer, portanto.

Não, não; não se pode imaginar nada no mundo, nem a coisa mais ínfima. Tudo é formado por tantos detalhes isolados que não se deixam abranger com o olhar. Ao imaginar, passa-se por cima deles e não se percebe a sua falta, rápidos como somos. As realidades, porém, são lentas e indescritivelmente pormenorizadas.

Quem teria pensado, por exemplo, nessa resistência. Mal o peito largo e alto havia sido desnudado, o homenzinho apressado já tinha encontrado o lugar em questão. Mas o instrumento encostado depressa ao corpo não entrou. Tive a sensação de que todo o tempo havia subitamente saído do quarto. Era como se estivéssemos num quadro. Mas então o tempo se precipitou com um ruído breve e deslizante, e havia mais dele do que foi gasto. De repente, batidas em algum lugar. Nunca tinha ouvido batidas assim: era um bater cálido, fechado, duplo. Minha audição o transmitiu e, ao mesmo tempo, vi que o médico tinha chegado ao fundo. Mas demorou um momento até que as duas impressões se reunissem em mim. É isso, pensei, é isso, agora atravessou. Quanto ao ritmo, as batidas eram quase de um contentamento perverso.

Olhei para o homem que agora já conhecia há tanto tempo. Não, ele estava completamente contido: um senhor apressado, que trabalhava com objetividade e logo tinha de ir em frente. Não havia qualquer sinal de satisfação ou contentamento. Apenas alguns cabelos, em razão de algum velho instinto, tinham se levantado em sua têmpora esquerda. Ele puxou o instrumento cautelosamente de volta e surgiu algo que lembrava uma boca, uma boca da qual saiu sangue duas vezes seguidas, como se dissesse algo dissílabo. Com um gesto elegante, o médico jovem e loiro o secou depressa com algodão. E então o ferimento ficou quieto, como um olho fechado.

É de se supor que fiz outra reverência, sem, desta vez, estar prestando bem atenção. Eu estava, ao menos, espantado por me achar sozinho. Alguém tinha arrumado o uniforme e o galão branco estava outra vez sobre ele como antes. Mas agora o monteiro-mor estava morto, e não só ele. Agora o coração estava perfurado, o nosso coração, o coração da nossa linhagem. Agora ele se fora. Essa era, portanto, a quebra do elmo[52]: "Hoje Brigge e nunca mais", algo dizia em mim.

Não pensei no meu coração. E quando isso me ocorreu mais tarde, soube pela primeira vez com toda a segurança que ele não entrava em questão quanto a isso. Era um coração isolado. Já estava empenhado em começar do começo.

Sei que imaginava não poder partir de imediato. Primeiro tudo precisa ser colocado em ordem, repetia para mim mesmo. Não me era claro o que cabia pôr em ordem. Não havia quase nada a fazer. Andei pela cidade e constatei que ela tinha se transformado. Era agradável sair do hotel em que estava hospedado e ver que agora ela era uma cidade para adultos que se continha diante de mim quase como que diante de um estrangeiro. Tudo tinha se tornado menor, e dei um passeio pela Langelinie até o farol e de volta. Quando me aproximava da Amaliengade, contudo, podia acontecer que de algum lugar emanasse algo que fora respeitado por

---

52. Quebra do elmo: ritual praticado no enterro de nobres cuja estirpe se encerra com a sua morte. (N.T.)

anos a fio e que ensaiava outra vez o seu poder. Ali havia certas janelas de esquina ou arcos de porta ou lampiões que sabiam muito de nós e nos ameaçavam com isso. Olhei-os no rosto e os fiz perceber que eu morava no hotel Phönix e poderia partir a qualquer momento. Mas minha consciência não ficou tranquila com isso. Emergiu em mim a suspeita de que nenhuma dessas influências e ligações havia sido realmente superada. Elas foram abandonadas certo dia em segredo, incompletas como estavam. Assim, mesmo a infância ainda teria de ser realizada de alguma maneira se não se quisesse dá-la por perdida para sempre. E, ao compreender como a tinha perdido, senti ao mesmo tempo que jamais teria alguma outra coisa a que pudesse recorrer.

Todo dia eu passava algumas horas na Dronningens Tvaergade, nos quartos apertados que pareciam ofendidos como todos os apartamentos de aluguel em que morreu alguém. Eu andava de um lado para o outro entre a escrivaninha e a grande lareira branca e queimava os papéis do monteiro-mor. Tinha começado a jogar as cartas no fogo, amarradas como estavam, mas os pacotinhos estavam atados com muita firmeza e ficavam carbonizados apenas nas bordas. Tive de me controlar para desamarrá-los. A maioria deles tinha um odor forte e persuasivo que me invadia, como se também quisesse despertar recordações em mim. Eu não tinha nenhuma. Então podia acontecer que deslizassem fotografias dos pacotes, mais pesadas do que o resto; essas fotografias queimavam de maneira inacreditavelmente lenta. Não sei como aconteceu; de repente tive a impressão de que o retrato de Ingeborg poderia estar entre elas. Mas todas as vezes que as olhei, as fotos eram de mulheres maduras, imponentes, manifestamente belas, que me levavam a outros pensamentos. O que demonstrou que, afinal, eu não estava inteiramente sem recordações. Eram exatamente esses olhos em que às vezes me encontrava quando, na época em que crescia, atravessava a rua com meu pai. Do interior de uma carruagem, eles podiam me envolver com um olhar do qual dificilmente se podia sair. Agora eu sabia que naquele tempo eles me comparavam com ele e que a comparação não resultava favorável para mim. Certamente não; o monteiro-mor não precisava temer comparações.

Pode ser que agora eu saiba de algo que ele temera. Quero explicar como cheguei a essa suposição. Bem no fundo de sua carteira havia um papel, dobrado há muito tempo, mole, rasgado nos vincos. Li-o antes de queimá-lo. Era escrito na sua melhor caligrafia, segura e uniforme, mas logo percebi que era apenas uma cópia.

"Três horas antes de sua morte", assim começava e tratava de Christian IV. Não sou capaz, é claro, de repetir o conteúdo textualmente. Três horas antes de sua morte ele quis se levantar. O médico e o camareiro Wormius ajudaram-no a se colocar de pé. Ele ficou parado com alguma insegurança, mas ficou parado, e eles o vestiram com o roupão pesponteado. Então sentou-se de repente aos pés da cama e disse alguma coisa. Não se podia entender o que era. Enquanto isso, o médico segurava a sua mão esquerda para que o rei não caísse para trás, sobre a cama. Assim estavam sentados, e, fatigado e sombrio, o rei dizia de vez em quando aquelas palavras incompreensíveis. Por fim, o médico começou a encorajá-lo; ele esperava descobrir pouco a pouco o que o rei queria dizer. Depois de um momento, o rei o interrompeu e disse repentinamente de modo bem claro:

– Oh, doutor, doutor, qual o nome dela?

O médico se esforçava por lembrar.

– Pardal, Vossa Majestade.

Mas realmente não se tratava disso. O rei, tão logo ouviu que era compreendido, arregalou o olho direito, que lhe restara, e disse com todo o rosto a palavra que a sua língua formava há horas, a única que ainda havia:

– *Döden* – disse ele –, *Döden*.[53]

___

53. A morte, a morte.

Não constava mais do que isso na folha. Li-a várias vezes antes de queimá-la. E me lembrei que meu pai sofrera bastante no fim. Foi o que me contaram.

Desde então, refleti muito sobre o medo da morte, não sem levar em conta certas experiências próprias. Acho que posso dizer que o senti. Ele me assaltou na cidade repleta, frequentemente sem qualquer razão. Com frequência, porém, as causas se acumulavam; quando, por exemplo, alguém morria sobre um banco e todos estavam parados em volta e olhavam, e a pessoa já tinha superado o medo: então eu tinha o seu medo. Ou aquela vez em Nápoles: ali estava aquela mocinha sentada diante de mim no bonde e morreu. Primeiro parecia um desmaio, até continuamos andando por um momento. Mas depois não havia dúvida de que tínhamos de parar. E atrás de nós os veículos estavam parados e se acumulavam como se nunca mais fosse possível prosseguir naquele sentido. A jovem pálida e gorda poderia, assim, apoiada em sua vizinha, ter morrido tranquilamente. Mas sua mãe não permitiu isso. Ela lhe causou todo tipo de dificuldade. Desarrumou suas roupas e lhe derramou algo na boca que não retinha mais nada. Friccionou em sua testa um líquido que alguém tinha trazido, e quando os olhos se reviraram um pouquinho, começou a sacudi-la para que o olhar voltasse a se dirigir para frente. Gritou nesses olhos que não ouviam, puxou e esticou tudo aquilo de um lado para o outro como uma boneca e, por fim, levantou o braço e bateu com toda força no rosto gordo para que não morresse. Naquela ocasião tive medo.

Mas antes também já o tinha sentido. Quando o meu cão morreu, por exemplo. O mesmo cão que me acusou de uma vez por todas. Ele estava muito doente. Eu já estava ajoelhado ao seu lado o dia inteiro quando, de repente, ele começou a latir da maneira intermitente e rápida que costumava fazer quando um estranho entrava no quarto. Esse latido era uma espécie de convenção entre nós para esse caso, e olhei involuntariamente para a porta. Mas aquilo já estava nele. Inquieto, busquei seu olhar, e ele também buscou o meu, mas não para se despedir. Olhou-me de maneira dura e surpreendida. Censurou-me por ter deixado aquilo entrar. Ele estava convencido de que eu poderia ter impedido. Agora ficava claro que ele sempre tinha me superestimado. E não havia mais tempo para dar explicações. Ele me olhou surpreendido e solitário até o fim chegar.

Ou tinha medo quando, no outono, depois das primeiras geadas, as moscas entravam nos quartos e descansavam outra vez no calor. Elas estavam estranhamente ressecadas e se assustavam com o próprio zumbido; podia-se ver que não sabiam mais direito o que faziam. Ficavam ali pousadas por horas a fio e se deixavam estar até se lembrarem de que ainda viviam; então se lançavam cegamente numa direção qualquer e não compreendiam o que deviam fazer por lá, e as ouvíamos caindo mais adiante e além e em outra parte. E por fim elas se arrastavam por toda parte e definhavam lentamente pelo quarto inteiro.

Mas mesmo quando estava sozinho eu podia ter medo. Por que devo agir como se não tivessem existido aquelas noites em que me levantava de medo de morrer e me agarrava ao fato de que estar sentado pelo menos ainda era alguma coisa viva? Ao fato de que os mortos não ficam sentados? Isso sempre acontecia num desses quartos ocasionais que logo me deixavam em apuros quando as coisas iam mal para mim, como se temessem ser interrogados e enredados em meus assuntos desagradáveis. Lá estava eu sentado, e a minha aparência provavelmente era tão terrível que nada tinha a coragem de dizer que estava do meu lado. Nem sequer a vela, à qual, no entanto, eu tinha acabado de prestar o favor de acendê-la, queria saber de mim. Queimava para si mesma, como num quarto vazio. A minha última esperança, então, era sempre a janela. Imaginava que lá fora ainda poderia haver algo que me pertencesse, mesmo agora, mesmo nessa súbita pobreza da morte. Mas mal tinha olhado em sua direção, desejava que ela tivesse sido trancada, fechada, como a parede. Pois sabia que lá fora as coisas prosseguiam com a mesma indiferença de sempre, que também lá fora não havia nada a não ser minha solidão. A solidão à qual me resolvera e cujo tamanho não guardava mais qualquer proporção com o meu coração. Lembrei-me de pessoas das quais certa vez me afastei e não compreendi como se podia abandoná-las.

Meu Deus, meu Deus, se ainda tenho noites assim pela frente, deixe-me pelo menos um dos pensamentos que, de vez em quando, fui capaz de pensar. Não é tão absurdo o que peço, pois sei que eles vieram precisamente do medo, porque meu medo era tão grande. Quando eu era garoto, me batiam no rosto e diziam que eu era covarde. Isso acontecia porque eu ainda não sabia ter medo. Mas desde então aprendi a ter medo com o medo real, que só aumenta quando aumenta a força que o gera. Não temos a menor ideia dessa força senão em nosso medo. Pois ela é tão completamente incompreensível, tão inteiramente contrária a nós que nosso cérebro se desagrega no momento em que nos esforçamos por pensá-la. E, no entanto, já acredito há algum tempo que é a *nossa* força, toda a nossa força, o que ainda é forte demais para nós. É verdade que não a conhecemos, mas não é precisamente aquilo que nos é mais próprio o que menos conhecemos? Penso, às vezes, em como surgiram o céu e a morte: afastamos de nós o que nos era mais precioso porque ainda havia tantas outras coisas a fazer antes, e porque junto conosco, pessoas ocupadas, ele não estava em segurança. O tempo passou e nos acostumamos a coisas menores. Não reconhecemos mais a nossa posse e nos horrorizamos com a sua imensidão exterior. Não poderia ser isso?

Agora entendo bem, aliás, o fato de alguém carregar a descrição de uma hora da morte bem no fundo de sua carteira durante tantos anos. Nem sequer precisaria ser uma especialmente escolhida; todas têm algo quase raro. Não se pode imaginar alguém, por exemplo, que anote como morreu Felix Arvers?[54] Foi no hospital. Ele morria de um modo suave e sereno, e a freira talvez achasse que ele já tinha ido mais longe do que realmente fora. A plenos pulmões, ela berrou uma ordem qualquer sobre onde encontrar isso e aquilo. Era uma freira relativamente pouco instruída; nunca tinha visto a palavra corredor, inevitável no momento, por escrito; podia acontecer, assim, que dissesse "coledor", achando que era assim que se dizia. Então Arvers adiou a morte. Pareceu-lhe necessário esclarecer isso primeiro. Ele ficou inteiramente lúcido e lhe explicou que se dizia "corredor". Então morreu. Era um poeta e detestava a imprecisão; ou talvez lhe importasse somente a verdade; ou lhe incomodava levar como última impressão o fato de o mundo seguir adiante com tanto desleixo. Isso não poderemos mais saber. Só não se deve achar que fosse pedantismo. Caso contrário, a mesma censura seria válida para são João de Deus[55], que levantou de um pulo enquanto morria e ainda chegou a tempo de cortar a corda com que um homem acabara de se enforcar em seu jardim, um fato que penetrou de maneira milagrosa na tensão fechada de sua agonia. Também a ele importava somente a verdade.

Há uma criatura que é completamente inofensiva quando entra em teus olhos; mal a percebes e logo a esqueces. Tão logo, porém, sem ser vista, vai parar de alguma maneira no ouvido, ela se desenvolve, eclode, por assim dizer, e já se viram casos em que chegou até o cérebro e medrou de

---

54. Felix Arvers (1806-1850): escritor francês. (N.T.)
55. João de Deus (1495-1550): canonizado em 1690 pelo Papa Alexandre VIII, foi o fundador da Ordem dos Irmãos Hospitaleiros e é o padroeiro dos hospitais, doentes e enfermeiros. (N.T.)

maneira devastadora nesse órgão, de modo semelhante aos pneumococos do cão, que entram pelo nariz.

Essa criatura é o vizinho.

Desde que ando sozinho por aí, tive inúmeros vizinhos; vizinhos de cima e de baixo, da direita e da esquerda, às vezes as quatro espécies ao mesmo tempo. Eu poderia simplesmente escrever a história dos meus vizinhos; seria a obra de uma vida. Seria, no entanto, mais a história dos sintomas que produziram em mim; eles compartilham com todas as criaturas semelhantes o fato de que somente podem ser demonstrados pelos danos que produzem em certos tecidos.

Tive vizinhos imprevisíveis e vizinhos muito metódicos. Fiquei sentado e tentei descobrir a lei dos primeiros; pois era evidente que mesmo eles também tinham uma. E quando alguma vez os pontuais não chegavam à noite, eu pensava sobre o que lhes poderia ter acontecido, deixava minha vela ardendo e me angustiava como faria uma jovem senhora. Tive vizinhos que odiavam e vizinhos que estavam enredados em um amor impetuoso; ou presenciei como uma coisa se transformava em outra no meio da noite, e então, obviamente, não se podia pensar em dormir. O que se podia observar, sobretudo, era o fato de o sono não ser de maneira alguma tão frequente como se supõe. Meus dois vizinhos petersburgueses, por exemplo, não ligavam muito para o sono. Um deles ficava de pé e tocava violino, e estou seguro de que enquanto isso olhava para as casas bem despertas cujas luzes não se apagavam nas inverossímeis noites de agosto. Do vizinho da direita, contudo, sei que ficava deitado; durante o meu tempo, ele já não se levantava mais de maneira alguma. Mantinha inclusive os olhos fechados, mas não se podia dizer que dormia. Ele ficava deitado e recitava longos poemas, poemas de Puchkin e Nekrassov[56], no tom em que as crianças recitam poemas quando se pede isso para elas. E apesar da música do meu vizinho da esquerda, foi o segundo,

---

56. Alexander S. Puchkin (1799-1837) e Nicolai A. Nekrassov (1821-1878): poetas russos. (N.T.)

com os seus poemas, que se encasulou em minha cabeça, e só Deus sabe o que teria eclodido daí se o estudante que às vezes o visitava não tivesse se enganado de porta certo dia. Ele me contou a história de seu conhecido, e resultou que era em certa medida tranquilizadora. Em todo caso, era uma história literal, unívoca, que fez perecer as muitas larvas de minhas suposições.

Esse pequeno funcionário ali do meu lado tivera certo domingo a ideia de resolver uma tarefa curiosa. Ele supunha que ainda viveria por um bom tempo, digamos, mais cinquenta anos. A generosidade que demonstrou para consigo mesmo o deixou num estado radiante. Mas aí ele queria superar a si próprio. Refletiu que esses anos poderiam ser convertidos em dias, em horas, em minutos, e até, caso se suportasse, em segundos, e calculou e calculou e chegou a um resultado como jamais tinha visto igual. Ele ficou tonto. Teve de descansar um pouco. O tempo é precioso, sempre ouvira dizer, e ficou espantado que uma pessoa que possuísse tal quantidade de tempo não fosse vigiada. Como seria fácil roubá-lo! Mas então o seu bom humor, um humor quase alegre, voltou, e ele vestiu seu casaco de peles para parecer um pouco maior e mais imponente e se presenteou com todo aquele capital fabuloso enquanto dizia para si mesmo com alguma condescendência:

– Nikolai Kusmitch – disse ele benevolente, e imaginou que, além disso, ainda estivesse sentado, sem o casaco de peles, magro e pobre, no sofá com estofamento de crina –, eu espero, Nikolai Kusmitch – disse ele –, que você não vá se gabar de sua riqueza. Tenha sempre em mente que isso não é o principal, que há pessoas pobres que são absolutamente respeitáveis; existem até nobres empobrecidos e filhas de general que andam pelas ruas e vendem coisas.

E o benfeitor ainda citou todo tipo de exemplos conhecidos na cidade inteira.

O outro Nikolai Kusmitch, o do sofá com estofamento de crina, aquele que recebera o presente, ainda não parecia nem um pouco exaltado, e se podia supor que seria sensato. E, de fato, não mudou nada em seu modo de vida modesto e regular, passando os domingos ocupado em colocar seus cálculos em ordem. Porém, já depois de algumas semanas, viu que gastava inacreditavelmente muito. Vou poupar, pensou ele. Levantava mais cedo, lavava-se com menos minúcia, tomava seu chá em pé, corria para o escritório e chegava cedo demais. Em toda parte poupava um pouquinho de tempo. Mas, no domingo, tudo que tinha poupado sumia. Então compreendeu que fora enganado. Eu não deveria ter trocado, disse para si mesmo. Quanto não dura um ano inteiro! Mas esse troco infame se vai sem que a gente saiba como. E ele teve uma tarde horrenda enquanto estava sentado num canto do sofá esperando pelo senhor vestido com peles, de quem queria pedir seu tempo de volta. Ele iria trancar a porta e não o deixaria sair até que tivesse devolvido seu tempo.

– Em notas – queria dizer –; por mim, em notas de dez anos.

Quatro notas de dez e uma de cinco, e que ficasse com o resto e fosse para o inferno. Sim, estava disposto a lhe presentear o resto, apenas para que não surgissem problemas. Nervoso, ele estava sentado no sofá com estofamento de crina e esperava, mas o senhor não veio. E ele, Nikolai Kusmitch, que há algumas semanas se vira ali sentado com facilidade, agora, que estava ali realmente sentado, não conseguia imaginar o outro Nikolai Kusmitch, o de casaco de peles, o generoso. Sabe lá Deus o que foi feito dele; provavelmente descobriram suas falcatruas e já está preso em algum lugar. Certamente não desgraçou apenas a ele. Esses vigaristas sempre trabalham por atacado.

Ocorreu-lhe que deveria existir uma repartição pública, uma espécie de Banco do Tempo, onde poderia pelo menos trocar uma parte de seus segundos miseráveis. Afinal, eram autênticos. Nunca tinha ouvido falar de semelhante instituição, mas no catálogo de endereços certamente deveria haver

algo assim, na letra B, ou talvez na letra T; era algo fácil de
conferir. Quem sabe ele também devesse verificar na letra I,
pois era de supor que se tratasse de uma instituição imperial;
isso correspondia à sua importância.

Mais tarde, Nikolai Kusmitch sempre assegurava que,
embora se achasse compreensivelmente abatido, não tinha
bebido nada naquela noite de domingo. Estava, portanto,
completamente sóbrio quando aconteceu o que segue, na
medida em que se pode mesmo dizer o que aconteceu. Talvez
ele tenha cochilado um pouco no seu canto, isso é algo que se
pode imaginar, em todo caso. De início, esse sono breve lhe
proporcionou um grande alívio. Eu me meti com os números,
dizia para si mesmo. Ora, eu não entendo nada de números.
Mas é evidente que não se deve dar importância demasiada
a eles; são, por assim dizer, apenas um arranjo do Estado por
amor à ordem. Ninguém jamais viu um número em outro
lugar senão numa folha de papel. Estava fora de questão que
alguém encontrasse um 7 ou um 25 numa reunião social.
Ali eles simplesmente não estavam. E então ocorreu aquela
pequena confusão, por pura distração: tempo e dinheiro,
como se essas coisas não pudessem ficar separadas. Nikolai
Kusmitch quase ria. Era bom que se descobrisse assim as
próprias artimanhas, e a tempo, era isso o que importava,
a tempo. Agora devia ser diferente. O tempo, sim, eis um
assunto embaraçoso. Mas acaso esse assunto dizia respeito
só a ele, será que para os outros o tempo também não se
transformava em segundos, conforme descobrira, mesmo
que não soubessem?

Nikolai Kusmitch não estava inteiramente livre de se
alegrar com a desgraça alheia: que pelo menos – ele queria
justamente pensar, mas então aconteceu algo singular. De
repente, ventava contra seu rosto; o vento passava por suas
orelhas, ele o sentia em suas mãos. Abriu os olhos. A janela
estava bem fechada. E quando estava ali sentado daquela
maneira, com os olhos bem abertos no quarto escuro, co-

meçou a compreender que aquilo que sentia era o tempo real que passava. Ele de fato os reconhecia, todos aqueles segundinhos, igualmente tépidos, um como o outro, mas rápidos, mas rápidos. Sabe Deus o que ainda pretendiam fazer. Por que aquilo tinha de acontecer justamente com *ele*, que sentia todo tipo de vento como uma ofensa? Ele ficaria ali sentado, e isso sempre continuaria daquela maneira, durante toda a sua vida. Ele adivinhava todas as neuralgias que apanharia enquanto isso; estava fora de si de tanta raiva. Levantou de um salto, mas as surpresas ainda não tinham acabado. Debaixo de seus pés também havia algo como um movimento, não apenas um, mas, algo estranho, vários movimentos que se misturavam oscilantes. Ficou paralisado de horror: será que poderia ser a Terra? Era a Terra, sem dúvida. Afinal, ela se movia. Falavam sobre isso na escola; as pessoas passavam com certa pressa por cima do assunto e mais tarde preferiam encobri-lo; não consideravam adequado falar disso. Mas agora que se tornara sensível, ele passou a sentir isso também. Será que os outros sentiam? Talvez, mas não demonstravam. Provavelmente não lhes importava, marinheiros que eram. Nikolai Kusmitch, porém, era um tanto sensível precisamente nesse ponto; evitava inclusive os bondes. Ele cambaleava no quarto de um lado para o outro como se estivesse sobre um convés e precisava se segurar à direita e à esquerda. Por infelicidade, ainda se lembrou de alguma coisa sobre a inclinação do eixo terrestre. Não, ele não podia suportar todos esses movimentos. Sentia-se miserável. Deitar-se e ficar calmo, tinha lido certa vez em algum lugar. E desde então Nikolai Kusmitch ficava deitado.

Ele ficava deitado e mantinha os olhos fechados. Havia momentos, dias menos movimentados por assim dizer, em que a situação era inteiramente tolerável. E depois ele teve aquela ideia dos poemas. Não era de acreditar o quanto isso ajudava. Quando se recitava um desses poemas lentamente, entoando de maneira uniforme a rima final, então se tinha de certo modo algo estável que se podia ver – interiormente, compreende-se. Era uma felicidade que soubesse todos aqueles poemas. Sempre tinha se interessado de modo bem especial pela literatura. Não se queixava do seu estado, garantiu-me o estudante, que o conhecia há bastante tempo. Somente que, com o passar do tempo, formara-se nele uma admiração exagerada por aqueles que, como o estudante, andavam por aí e suportavam o movimento da Terra.

Lembro-me dessa história com tanta exatidão porque ela me tranquilizou de uma maneira incomum. Posso dizer que nunca mais tive um vizinho tão agradável quanto esse Nikolai Kusmitch, que certamente também teria me admirado.

Depois dessa experiência, me propus a ir sempre direto aos fatos em casos semelhantes. Percebi como eram simples e tranquilizadores quando comparados com as suposições. Como se eu não soubesse que todas as nossas compreensões são tardias, nada mais que remates. Logo depois começa uma nova página com um conteúdo bem diferente, sem transição. De que me serve, no presente caso, o punhado de fatos que se deixam constatar brincando? Quero enumerá-los assim que tiver dito o que me ocupa no momento: que tenham contribuído para tornar a minha situação, que (como agora reconheço) era bem difícil, ainda mais incômoda.

Seja dito em meu favor que escrevi muito naqueles dias; escrevi com obstinação. Contudo, quando saía, não gostava de pensar em voltar para casa. Fazia inclusive pequenos rodeios e assim perdia uma meia hora durante a qual poderia ter escrito. Admito que isso fosse uma fraqueza. Assim que estava no meu quarto, porém, nada tinha a me censurar. Escrevia, tinha a *minha* vida e a vida ali ao lado era uma vida bem diferente com a qual não partilhava nada: a vida de um estudante de medicina que estudava para o seu exame. Eu não tinha nada semelhante pela frente; só isso já era uma diferença decisiva. E também sob outros aspectos as nossas condições eram tão diversas quanto possível. Tudo isso me parecia evidente. Até o momento em que soube que aquilo aconteceria; então esqueci que não havia nada em comum entre nós. Eu prestava atenção de tal maneira que meu coração se tornou inteiramente audível. Deixei tudo de lado e prestei atenção. E então aconteceu: eu jamais tinha me enganado.

Quase todo mundo conhece o ruído que um objeto de lata qualquer, redondo – uma tampa, vamos supor –, provoca quando alguém o deixa cair. Normalmente, ela nem sequer faz muito barulho quando chega ao chão; ela cai depressa, segue rolando sobre a borda e apenas se torna realmente desagradável quando o impulso chega ao fim e ela bate cambaleando em todas as direções antes de chegar ao repouso. Pois bem: isso é tudo; um objeto de lata desses caiu no apartamento ao lado, rolou, ficou deitado e, de entremeio, a intervalos regulares, alguém batia com os pés. Como todos os ruídos que se impõem pela repetição, esse também tinha se organizado interiormente; ele se transformava, nunca era exatamente o mesmo. Mas justamente isso falava a favor de sua regularidade. Ele podia ser forte ou suave ou melancólico; podia se passar de maneira precipitada, por assim dizer, ou deslizar infinitamente antes de silenciar. E a última oscilação era sempre surpreendente. Em comparação com ela, as batidas de pés que se acrescentavam tinham algo de quase mecânico. Mas dividiam o ruído de uma forma sempre diferente; essa parecia ser a sua tarefa. Agora posso ver esses detalhes muito melhor; o quarto ao lado está vazio. O estudante foi para casa, na província. Tinha que descansar. Moro no andar superior. À direita há outro prédio; o apartamento de baixo ainda está vazio: estou sem vizinhos.

Nessa disposição, quase fico admirado por não ter levado a coisa menos a sério. Embora eu sempre tenha sido advertido pela minha sensibilidade. Isso era algo que teria cabido aproveitar. Não se assuste, eu devia ter dito para mim mesmo, agora vai acontecer; eu sabia, afinal, que jamais me enganava. Mas isso se devia, talvez, precisamente aos fatos que deixei que me contassem; desde que os conhecia, tinha me tornado ainda mais assustadiço. De um modo quase fantasmagórico, roçou-me o pensamento de que a causa desse barulho era aquele movimento breve, lento e silencioso com que a pálpebra de seu olho direito se baixava e se fechava por conta própria enquanto ele lia. Isso era o essencial em sua história, uma insignificância. Ele já tinha perdido os exames algumas vezes, sua ambição tinha se tornado suscetível e seus familiares provavelmente o pressionavam sempre que escreviam. O que restava, assim, senão se concentrar? Porém, alguns meses antes da decisão surgiu aquela fraqueza, aquele cansaço pequeno e improvável, tão ridículo quanto uma cortina que não quer ficar presa no alto da janela. Estou certo de que ele pensou por semanas a fio que deveria ser possível controlar aquilo. Caso contrário, eu não teria tido a ideia de lhe oferecer a minha vontade. Pois certo dia compreendi que a sua tinha acabado. E desde então, quando eu sentia aquilo chegar, eu ficava parado do meu lado da parede e lhe dizia para se servir. E com o tempo ficou claro para mim que ele a aceitava. Talvez ele não devesse ter feito isso, em especial quando se pensa que ela não o ajudou realmente em nada. Mesmo supondo que estendêssemos a coisa um pouco, permanece a questão de saber se ele era de fato capaz de aproveitar os instantes que assim ganhávamos. E no que se refere às minhas despesas, comecei a senti-las. Sei que me perguntava se isso devia continuar assim exatamente na tarde em que alguém chegou ao nosso andar. Isso sempre provocava muita agitação na escadaria estreita do pequeno hotel. Um momento depois me pareceu que alguém entrava no apartamento de meu vizinho. As nossas portas eram as últimas do corredor, a sua era oblíqua e próxima da minha. Eu sabia, no entanto, que às vezes ele recebia amigos e, como já disse, eu absolutamente não me interessava pela sua situação. É possível que a sua porta ainda tivesse sido aberta várias vezes, que pessoas tivessem chegado e ido embora pelo corredor. Eu realmente não era responsável por isso.

Mas naquela mesma noite a coisa foi pior do que nunca. Ainda não era muito tarde, mas, de cansaço, eu já tinha ido para a cama; achava provável que dormiria. Foi quando me levantei sobressaltado, como se alguém tivesse me tocado. Logo depois a coisa começou. Algo saltou e rolou e correu contra alguma coisa e oscilou e bateu. As batidas de pés eram medonhas. Em meio a isso, no andar de baixo alguém batia no teto de maneira clara e irritada. Obviamente, o novo inquilino também se incomodara. Agora: devia ser sua porta. Eu estava tão desperto que julgava ouvir sua porta, embora ele lidasse com ela com uma cautela espantosa. Parecia-me que se aproximava. Certamente queria saber em que quarto aquilo estava. O que me causou estranheza foi a sua consideração realmente exagerada. Ele deveria ter acabado de perceber que o sossego não era algo importante naquele prédio. Por que, por tudo neste mundo, ele abafava seus passos? Por um momento, achei que estava diante da minha porta; então percebi, não havia dúvida quanto a isso, que entrara no apartamento ao lado. Entrou no apartamento ao lado sem maiores cerimônias.

E então (como devo descrever isso?), então tudo ficou em silêncio. Em silêncio, como quando cessa uma dor. Um silêncio estranhamente perceptível, inquietante, como se uma ferida sarasse. Eu teria podido dormir de imediato; teria podido respirar fundo e adormecer. Apenas meu espanto me mantinha acordado. Alguém falava no apartamento ao lado, mas isso também fazia parte do silêncio. É preciso ter vivenciado como era esse silêncio; ele não se deixa reproduzir. Também lá fora tudo estava como que equilibrado. Sentei na cama, prestei atenção e era como se estivesse no campo. Meu Deus, pensei, a mãe dele está aqui. Está sentada ao lado da vela, ela o anima, talvez a cabeça dele esteja levemente apoiada ao seu ombro. Logo ela o colocará para dormir. Agora compreendo os passos silenciosos lá fora no corredor. Ah, que exista alguém assim! Um ser diante do qual as portas se abrem de um modo bem diferente do que diante de nós. Agora podíamos dormir.

Quase já esqueci meu vizinho. Vejo bem que meu interesse por ele não era autêntico. É verdade que às vezes pergunto de passagem na portaria se há notícias dele e quais são. E me alegro quando são boas. Mas exagero. Não preciso realmente saber disso. O fato de às vezes experimentar uma vontade súbita de entrar no apartamento ao lado não tem mais absolutamente nada a ver com ele. É só um passo da minha porta à sua, e o quarto não está chaveado. Eu gostaria de saber como esse quarto realmente é por dentro. É fácil imaginar um quarto qualquer, e com frequência aquilo que imaginamos corresponde aproximadamente à realidade. Somente o quarto ao lado é sempre bem diferente do que imaginamos.

Digo a mim mesmo que é essa circunstância que me atrai. Mas sei muito bem que aquilo que me espera é um certo objeto de lata. Supus que se trata realmente de uma tampa, embora possa obviamente me enganar. Isso não me inquieta. É típico de meu caráter atribuir a questão a uma tampa. Podemos pensar que ele não a levou. Talvez o quarto tenha sido arrumado e a tampa colocada sobre a sua lata, como deve ser. E agora ambas formam juntas a noção *lata*, *lata redonda*, para ser mais preciso, uma noção simples e bem conhecida. É como se me lembrasse que as duas partes que formam a lata estão sobre a lareira. Sim, estão inclusive diante do espelho, de modo que atrás delas surge mais uma lata, enganosamente igual, imaginária. Uma lata a que não damos valor algum, mas para a qual um macaco, por exemplo, estenderia a mão. Na verdade, seriam inclusive dois macacos a estender a mão, pois também o macaco se duplicaria assim que subisse na borda da lareira. Pois bem, a tampa dessa lata não quer me deixar em paz.

Entremos em acordo sobre isto: a tampa de uma lata, de uma lata em bom estado, cuja borda não está dobrada de outro modo senão daquele que lhe é próprio – uma tampa dessas não deveria ter outro desejo senão o de se encontrar sobre a sua lata; isso deveria ser o máximo que ela é capaz de imaginar; uma satisfação insuperável, a realização de todos os seus desejos. Além disso, é algo ideal, por assim dizer, descansar uniformemente, atarraxada de modo paciente e suave, sobre o pequeno rebordo e sentir a borda encaixada em si, elástica e exatamente tão afiada quanto é a própria borda quando se está jogada por aí. Ah, mas como são poucas as tampas que ainda sabem dar valor a isso! Aqui se vê muito bem como a relação com o homem foi perturbadora para os objetos. Pois os homens, se for possível compará-los intei-ramente de passagem com essas tampas, encaixam-se muito mal e com desagrado nas suas atividades. Quer porque, na pressa, não tenham encontrado as atividades corretas, quer porque tenham sido encaixados de maneira torta e colérica, ou ainda porque as bordas correspondentes estão entortadas, cada uma de maneira diferente. Sejamos inteiramente fran-cos: no fundo, eles apenas pensam em saltar, rolar e fazer barulho tão logo seja possível. Pois de onde viriam todas as assim chamadas distrações e o ruído que provocam?

As coisas já observam isso há séculos. Não é de ad-mirar que estejam corrompidas, que percam o gosto pelo seu silencioso objetivo natural e queiram se aproveitar da existência da mesma maneira que a veem ser aproveitada ao seu redor. Elas tentam se esquivar de suas utilizações, tornam-se mal-humoradas e negligentes, e as pessoas não se espantam de forma alguma quando as surpreendem em alguma libertinagem. As pessoas conhecem isso tão bem por si mesmas. E se aborrecem por serem as mais fortes, porque

143

julgam ter mais direito a variações, porque se sentem imitadas; mas não ligam para isso, assim como não ligam para si mesmas. Quem, porém, se concentra – talvez um solitário, alguém que gostaria de repousar redondamente sobre si dia e noite – provoca oposição, zombaria, o ódio dos utensílios degenerados que, em sua má consciência, não podem mais suportar que algo se mantenha coeso e aspire à sua meta. Então se aliam para perturbá-lo, intimidá-lo e confundi-lo, e sabem que são capazes disso. Lançam piscadelas uns aos outros e começam a sedução, que cresce ao infinito e arrebata todas as criaturas e até o próprio Deus contra o único que talvez resista: o santo.

Como compreendo agora aqueles quadros estranhos[57], em que objetos de uso limitado e ordinário descansam e, lascivos e curiosos, fazem experimentos uns com os outros, estremecendo na luxúria vaga da distração. Esses caldeirões que andam por aí em ebulição, essas retortas que se põem a pensar e os funis ociosos que se enfiam em um buraco para seu prazer. E, surgidos do nada invejoso, também há membros e articulações debaixo deles, e rostos que lançam neles o seu vômito quente e traseiros sopradores que lhes dão contentamento.

E o santo se curva e se encolhe; mas em seus olhos ainda havia um olhar que julgou isso possível: ele olhou os objetos. E seus sentidos já se precipitam a partir da solução clara de sua alma. Sua oração já perde as folhas e pende da sua boca como um arbusto murcho. Seu coração caiu e o conteúdo escorreu para as trevas. Seu açoite o atinge debilmente como uma cauda que espanta moscas. Seu sexo está novamente num só lugar, e quando uma mulher se aproxima

---

57. "Como compreendo agora aqueles quadros estranhos": provável alusão a quadros de Hieronymus Bosch (c. 1450-1516) ou de Peter Bruegel, o Velho (1528-1569). (N.T.)

ereta em meio ao tumulto, o peito descoberto de seios fartos, ele aponta para ela como um dedo.

Houve tempos em que julguei essas pinturas antiquadas. Não que duvidasse delas. Eu podia imaginar que isso acontecia outrora aos santos, homens zelosos e precipitados que queriam encontrar Deus logo e a qualquer preço. Não exigimos mais isso de nós. Pressentimos que Ele é difícil demais para nós, que temos de adiá-Lo para fazer lentamente o longo trabalho que nos separa Dele. Sei agora, contudo, que esse trabalho é exatamente tão controverso quanto a santidade, que aquilo tudo surge em torno de todos os que estão sozinhos por causa dela, assim como se formava no passado em volta dos solitários de Deus em suas cavernas e abrigos vazios.

Quando se fala do solitário, sempre se pressupõe demais. Acredita-se que as pessoas saibam do que se trata. Não, não sabem. Nunca viram um solitário, apenas o odiaram sem conhecê-lo. Elas foram os vizinhos que o irritaram e as vozes no quarto ao lado que o tentaram. Açularam os objetos contra ele para que fizessem barulho e falassem mais alto que ele. As crianças se aliaram contra ele quando era delicado e criança e, à medida que crescia, crescia contra os adultos. Farejaram-no em seu esconderijo como se ele fosse um animal que pode ser caçado, e durante sua longa juventude não houve período em que a caça fosse proibida: E quando não se deixava esgotar e fugia, elas gritavam contra aquilo que provinha dele e diziam que era feio e suspeito. E se não dava ouvidos, elas se tornavam mais claras e comiam sua comida, esgotavam seu ar, cuspiam na sua pobreza para que se tornasse repulsiva para ele. Elas o difamavam como a um ser contagioso e atiravam pedras atrás dele para que se afastasse mais depressa. E o velho instinto delas tinha razão: pois ele era realmente seu inimigo.

Quando, porém, ele não levantava os olhos, elas refletiam. Suspeitavam que faziam a sua vontade ao fazer tudo aquilo; que o fortaleciam em sua solidão e o ajudavam a separar-se delas para sempre. E então mudavam de atitude e empregavam o último recurso, o mais extremo, a outra resistência: a fama. E com um barulho desses, quase qualquer pessoa levanta os olhos e se distrai.

Lembrei-me outra vez esta noite do pequeno livro verde que deve ter sido meu quando garoto; e não sei por que imagino que ele fora de Mathilde Brahe. Não me interessou quando o ganhei e o li apenas vários anos depois, acho que durante as férias em Ulsgaard. Mas ele foi importante para mim desde o primeiro momento. Estava completamente carregado de referências, mesmo visto de fora. O verde da encadernação tinha um significado, e logo se reconhecia que tinha de ser por dentro tal como era. Como se tivesse sido combinado, vinha primeiro essa folha de guarda lisa e branca, e depois a folha de título, que achávamos misteriosa. Ele bem poderia conter gravuras, assim parecia; mas não havia nenhuma, e, quase a contragosto, tínhamos de admitir que isso também estava em ordem. Recompensava-nos de algum modo encontrar em dado trecho o marcador estreito, que, mole e um pouco torto, tocante em sua confiança de ainda ser cor-de-rosa, estava, sabe Deus desde quando, entre as mesmas páginas. Talvez nunca tenha sido usado, e o encadernador o tenha colocado entre as páginas, rápida e diligentemente, sem olhar direito. Provavelmente, porém, não era um acaso. Podia ser que alguém tivesse terminado sua leitura ali, alguém que não leu nunca mais; que o destino tenha batido em sua porta naquele momento para ocupá-lo, que tenha se afastado de todos os livros, que, afinal, não são a vida. Não havia como saber se o livro continuara a ser lido. Também podíamos imaginar que simplesmente se tratava de abrir o livro repetidas vezes naquele trecho, e que assim acontecera, mesmo que às vezes apenas tarde da noite. Em todo caso, eu tinha medo das duas páginas como de um espelho diante do qual alguém está parado. Nunca as li. Não sei sequer se li o livro inteiro. Não era dos mais grossos, mas continha uma porção de histórias, especialmente durante a tarde; nessas horas, sempre havia alguma que ainda não conhecíamos.

Lembro-me apenas de duas. Eram elas: *O fim de Gricha Otrepiov*[58] e *A queda de Carlos, o Temerário*.[59]

Só Deus sabe se me causaram impressão quando as li. Mas agora, depois de tantos anos, me recordo da descrição de como o cadáver do falso tsar foi jogado no meio da multidão e ficou ali atirado por três dias, dilacerado e perfurado, uma máscara diante do rosto. Não há qualquer chance, obviamente, de que o pequeno livro venha a cair outra vez em minhas mãos. Mas essa passagem deve ter sido notável. Eu também teria gostado de reler sobre o encontro com a mãe. Ele deve ter se sentido muito seguro, já que a deixou vir a Moscou; estou inclusive convencido de que naquela época ele acreditava tão firmemente em si mesmo que pensava de fato em chamá-la. E essa Marie Nagoi[60], que

---

58. Gricha Otrepiov: supostamente um monge que abandonou seus votos, fez-se passar por Dimitri Ivanovitch, e assim, por legítimo herdeiro do trono russo. Dimitri Ivanovitch, que morreu em circunstâncias não esclarecidas aos dez anos de idade, em 1591, era o filho mais novo de Ivã IV (ou Ivã Grosni, que viveu de 1530 a 1584, cognominado "o Terrível") e meio-irmão de Fiodór Ivanovitch (1557-1598), o sucessor de Ivã IV. Possivelmente, Dimitri foi assassinado por ordem de Boris Godunov, que queria abrir caminho ao trono. Após a morte deste, Gricha Otrepiov subiu ao trono com auxílio polonês; já em 1606, porém, foi morto em uma rebelião. (N.T.)

59. Carlos, o Temerário (1432-1477): foi duque da Burgúndia de 1467 a 1477. Seu plano de fundar um reino independente fracassou: derrotado nas batalhas de Granson e de Murten, seu declínio começou em 1476 e foi selado na Batalha de Nancy, em 5 de janeiro de 1477. (N.T.)

60. Marie Nagoi: mãe de Dimitri Ivanovitch, que fora assassinado. Ela legitimou o falso tsar Gricha Otrepiov. (N.T.)

veio de seu convento miserável em poucos dias de viagem, tinha tudo a ganhar caso desse a sua confirmação. Mas será que a insegurança dele não começou exatamente com o seu reconhecimento? Não me recuso a acreditar que a força de sua metamorfose repousasse no fato de não ser mais filho de ninguém.

(Essa é a força, afinal, de todos os jovens que foram embora.)[61]

O povo que, sem imaginá-lo, o desejava, apenas o tornou mais livre e mais ilimitado em suas possibilidades. Mas a declaração da mãe, mesmo sendo um logro consciente, ainda teve o poder de diminuí-lo; ela o arrancou da plenitude de sua invenção; limitou-o a uma imitação cansada; degradou-o à condição do indivíduo que ele não era: transformou-o em impostor. E então, com um efeito desagregador mais silencioso, se somou essa Marina Mniczek[62], que o negou à sua maneira ao acreditar, como se mostrou mais tarde, não nele, mas em qualquer um. Não posso, obviamente, garantir o quanto tudo isso foi levado em conta nessa história. Seria algo a ser narrado, segundo me parece.

Porém, mesmo abstraindo-se disso, esse acontecimento não é de maneira alguma ultrapassado. Seria imaginável hoje um narrador que se voltasse com muita atenção para os últimos momentos; não lhe faltaria razão para tanto. Acontece muita coisa nesses momentos: como, saindo do sono mais profundo, ele salta até a janela e depois através dela para o interior do pátio, em meio aos guardas. Ele não pode se levantar sozinho; precisam ajudá-lo. Provavelmente o pé esteja quebrado. Apoiado em dois dos homens, sente que acreditam nele. Olha em volta: os outros também acreditam. Esses guardas gigantescos quase sentem pena dele; as coisas devem ter ido longe: eles conheceram Ivã Grosni em

---

61. Anotado à margem do manuscrito.
62. Marina Mniczek: esposa polonesa de Gricha Otrepiov, casou-se após a sua morte com o segundo pseudo-Dimitri. (N.T.)

toda a sua realidade, e acreditam nele. Ele gostaria de lhes explicar, mas abrir a boca significaria simplesmente gritar. A dor no pé é terrível, e ele tem tão pouca consideração por si mesmo nesse momento que não conhece outra coisa senão a dor. E então não há tempo. Eles se aproximam, ele vê Chuiski[63] e todos atrás dele. Logo tudo terá passado. Mas então os guardas fazem uma barreira ao seu redor. Eles não o entregam. E um milagre acontece. A crença daqueles velhos homens se propaga; de repente, ninguém mais quer avançar. Chuiski, próximo dele, grita desesperadamente para uma janela. Otrepiov não olha para trás. Sabe quem está lá parado; percebe que se faz silêncio, um silêncio completo, sem transição. Agora virá a voz que ele conhece de outrora; a voz alta, desafinada, que se cansa. E então ele escuta a tsarina-mãe, que o renega.

Até aqui as coisas andam por si mesmas, mas agora, por favor, um narrador, um narrador: pois das poucas linhas que ainda faltam deve emanar uma violência incontestável. Quer seja dito ou não, deve-se jurar que entre a voz e o tiro de pistola, infinitamente concentrados, havia nele outra vez a vontade e o poder de ser tudo. Caso contrário, não se entende como é admiravelmente consequente o fato de eles trespassarem sua roupa de noite e perfurarem seu corpo como se buscassem atingir a dureza de uma pessoa. E que na morte, durante três dias, ele ainda usasse a máscara a que já tinha quase renunciado.

Quando penso nisso agora, me parece estranho que no mesmo livro seja contado o fim daquele que durante toda a sua vida foi um, o mesmo, duro e impossível de ser mudado como o granito e sempre mais pesado sobre todos aqueles que o suportavam. Há um retrato dele em Dijon. Sabemos, de qualquer forma, que era baixo, torto, teimoso e desesperado.

---

63. Príncipe Wassili Chuiski: líder dos opositores de Gricha Otrepiov. (N.T.)

Apenas não teríamos pensado, talvez, nas mãos. São mãos muito quentes, que gostariam de se refrescar sem cessar e que se colocam involuntariamente sobre coisas frias, abertas, com o ar passando entre os dedos. Nessas mãos o sangue podia se precipitar da maneira como nos sobe à cabeça, e elas eram realmente cerradas como as cabeças dos loucos, enfurecidas de tantas ideias.

Viver com um sangue desses exigia uma cautela inacreditável. O duque estava trancado dentro de si mesmo com ele e, por vezes, o temia quando andava ao seu redor, curvado e escuro. Esse sangue ágil, meio português, que ele mal conhecia, podia ser-lhe terrivelmente estranho. Ele temia com frequência que esse sangue pudesse atacá-lo durante o sono e dilacerá-lo. Agia como se o dominasse, mas estava sempre com medo. Para que o sangue não se enciumasse, jamais ousava amar uma mulher, e tão impetuoso era esse sangue que o vinho jamais tocou seus lábios; em vez de beber, acalmava-o com doce de rosas. No entanto, ele bebeu certa vez, no acampamento diante de Lausanne, quando Granson estava perdida; ele estava doente, sozinho e tomou muito vinho puro. Mas naquela ocasião o seu sangue dormia. Em seus últimos anos absurdos, ele caía por vezes nesse sono pesado, animalesco. Então se mostrava o quanto ele estava em seu poder; pois quando o sangue dormia, o duque não era nada. Nessas ocasiões, ninguém de seu círculo devia se aproximar dele; não entendia o que falavam. Abatido como estava, não podia se apresentar aos embaixadores estrangeiros. Então ficava sentado e esperava seu sangue acordar. E na maioria das vezes o seu sangue se levantava de um pulo e irrompia do coração e gritava.

Por esse sangue, ele arrastava consigo todas as coisas a que não dava importância. Os três diamantes grandes e todas as pedras; as rendas de Flandres e as tapeçarias de Arras, aos montes. Sua tenda de seda com os cordões de ouro e quatrocentas barracas para o seu séquito. E quadros pintados sobre madeira, e os doze apóstolos de prata pura. E o príncipe de Tarento e o duque de Clèves e Philipp von Baden e o senhor de Château-Guyon. Pois queria convencer seu sangue de que era imperador e que esse sangue não estava acima dele: para que o sangue tivesse medo. Mas o seu sangue não acreditou nele apesar de tais provas; era um sangue desconfiado. Talvez conseguisse deixá-lo em dúvida por mais um momento. Mas as cornetas de Uri[64] traíram o duque. A partir daquele instante, seu sangue soube que estava dentro de um homem perdido: e quis sair.

Hoje vejo as coisas assim; outrora, porém, o que me impressionava acima de tudo era ler sobre o Dia de Reis, quando buscavam o duque.

O jovem príncipe loreno que, dias antes, logo após a batalha notavelmente rápida, entrara a cavalo na sua miserável cidade de Nancy, acordou bem cedo as pessoas da vizinhança e perguntou pelo duque. Um mensageiro após outro foi enviado, e ele próprio aparecia de tempos em tempos à janela, inquieto e preocupado. Nem sempre reconhecia quem traziam em seus carros e padiolas; apenas via que não era o duque. Ele também não estava entre os feridos, e, quanto aos prisioneiros, que ainda eram trazidos sem parar, nenhum o tinha visto. Os fugitivos, porém, levavam notícias diferentes para toda parte e estavam confusos e assustadiços, como se temessem correr ao seu encontro. Já anoitecia e não se tinha ouvido nada dele. A notícia de que tinha desaparecido teve tempo de circular durante a longa noite de inverno. E onde quer que chegasse, gerava em todos uma súbita e exagerada certeza de que ele estava vivo. Talvez o duque jamais tenha sido tão real na imaginação de todos quanto naquela noite. Não havia casa em que as pessoas não estivessem de vigília esperando por ele e imaginando suas batidas na porta. E se não vinha, era porque já tinha passado.

---

64. Cornetas de Uri: cornetas de guerra das tropas suíças que lutaram contra Carlos, o Temerário. Uri é um cantão suíço. (N.T.)

Esfriou naquela noite, e era como se a ideia de que ele existisse também se congelasse, tão dura se tornou. E anos e anos se passaram até que derretesse. Todas aquelas pessoas, sem saber direito disso, insistiam nele agora. O destino para que as conduzira só era suportável por meio da sua figura. Foi tão difícil para eles aprender que ele existia; agora, porém, que o conheciam, achavam que era fácil perceber sua presença e não esquecê-lo.

Na manhã seguinte, contudo, dia 7 de janeiro, uma terça-feira, as buscas recomeçaram. E dessa vez havia um guia presente. Era um pajem do duque, e se dizia que, de longe, tinha visto o seu senhor cair; agora ele devia mostrar o lugar. Ele próprio nada contara; quem o tinha trazido e falado por ele era o conde de Campobasso. Agora ele ia à frente e os outros se conservavam próximos, atrás dele. Quem o via assim, embuçado e estranhamente inseguro, dificilmente acreditaria que fosse de fato Gian-Battista Colonna, que era belo como uma moça e tinha membros finos. Ele tremia de frio; o ar estava rígido da baixa temperatura, e o som sob os passos era como o do ranger de dentes. De resto, todos passavam frio. Apenas o bobo do duque, apelidado de Luís XI, se exercitava. Ele fazia o papel de cachorro: corria na frente, voltava e caminhava por algum tempo de quatro ao lado do pajem; quando, porém, via um corpo de longe, corria em sua direção, se inclinava e procurava persuadi-lo a fazer um esforço e ser aquele que estavam buscando. Dava-lhe um tempinho para pensar, mas então voltava mal-humorado até os outros, proferia ameaças e maldições e se queixava da teimosia e da indolência dos mortos. E as pessoas continuavam andando, e aquilo não acabava mais. A cidade ainda mal podia ser vista; pois entrementes o tempo se fechara, apesar do frio, e se tornara cinzento e opaco. O campo jazia plano e indiferente diante deles, e quanto mais o grupo pequeno e denso avançava, mais desorientado parecia. Ninguém falava, exceto uma velha que os acompanhava e resmungava alguma coisa balançando a cabeça; talvez rezasse.

152

De repente, o primeiro do grupo parou e olhou em volta. Então se virou rapidamente para Lupi, o médico português do duque, e apontou para frente. Alguns passos adiante havia uma superfície congelada, uma espécie de lago ou charco, e lá estavam caídos, meio afundados, dez ou doze corpos. Estavam quase inteiramente nus e pilhados. Lupi andava curvado e atento de um para outro. Era possível reconhecer Olivier de la Marche e o clérigo andando sozinhos para lá e para cá. A velha, porém, já choramingava ajoelhada na neve e se curvava sobre uma grande mão aberta cujos dedos apontavam em sua direção. Todos se aproximaram correndo. Com a ajuda de alguns criados, Lupi tentou desvirar o corpo, que estava de bruços. Porém o rosto estava congelado, e como o arrancaram do gelo, uma das faces perdeu sua pele fina e quebradiça, e quanto à outra, viram que fora arrancada por cães ou lobos; e o todo estava cindido por um grande ferimento que começava na orelha, de maneira que estava fora de questão falar de um rosto.

Uma após a outra, as pessoas olharam em torno; cada uma achava ter o romano[65] às suas costas. Mas viram apenas o bobo que chegou correndo, irritado e ensanguentado. Ele segurava um casaco e o sacudia, como se alguma coisa devesse cair dele, mas o casaco estava vazio. Então começou a procura por sinais particulares, e alguns foram achados. Fizeram uma fogueira e lavaram o corpo com água quente e vinho. Apareceram a cicatriz no pescoço e os lugares dos dois grandes abscessos. O médico não tinha mais dúvidas. Porém ainda conferiram outras coisas. Há alguns passos dali, Luís XI tinha encontrado a carcaça de Moreau, o grande cavalo negro que o duque cavalgava no dia da batalha de Nancy. O bobo estava sentado em cima dele e balançava as pernas curtas. O sangue ainda lhe escorria do nariz para a boca, e se via que sentia seu gosto. Um dos criados lembrou que o

---

65. O romano: Gian-Battista Colonna, que provinha de uma antiga família romana. (N.T.)

duque tinha uma unha encravada no pé esquerdo; agora todos a procuravam. O bobo, porém, se sacudiu como se sentisse cócegas e gritou:

– Oh, monsenhor, perdoe-os por descobrirem teus defeitos grosseiros, os idiotas, e por não te reconhecerem no meu rosto comprido em que estão as tuas virtudes.

(O bobo do duque foi o primeiro a entrar na sala em que o corpo foi velado. Isso foi na casa de um certo Georg Marquis, ninguém soube dizer por quê. A mortalha ainda não havia sido estendida e assim ele viu tudo. O branco da camisola e o carmesim do casaco se destacavam de maneira brusca e desagradável um do outro em meio ao negro do baldaquim e do leito. Numa das extremidades havia botas escarlate de cano longo, com grandes esporas douradas. E se surgisse alguma dúvida de que aquilo lá em cima fosse uma cabeça, bastava olhar a coroa. Era uma grande coroa ducal, ornada com pedras quaisquer. Luís XI andou ao redor e olhou tudo com atenção. Inclusive apalpou o cetim, ainda que pouco entendesse de tecidos. Devia ser um cetim de boa qualidade, talvez um pouco barato para a casa burgúndia. Ele recuou para ter uma visão do conjunto. As cores descombinavam singularmente à luz invernal. Ele gravou cada uma delas isoladamente em sua memória.

– Bem vestido – disse enfim com aprovação –, talvez um tantinho bem demais.

A morte lhe parecia um titereiro que precisava depressa de um duque.)[66]

Diante de certas coisas que não mudarão mais, fazemos bem quando simplesmente as constatamos, sem lamentar o fato ou mesmo apenas julgá-lo. Assim, ficou claro para mim que nunca fui um leitor de verdade. Na infância, eu imaginava a leitura como uma profissão que assumiríamos

---

66. Anotado na margem do manuscrito.

mais tarde, assim que viessem todas as profissões, uma atrás da outra. Falando sinceramente, eu não tinha nenhuma ideia exata de quando isso poderia acontecer. Contava que perceberia isso quando a vida, de certo modo, se transformasse e tão-somente viesse de fora tal como antes vinha só de dentro. Eu imaginava que isso seria claro e inequívoco e que de modo algum pudesse vir a ser mal-entendido. De maneira alguma seria algo simples; ao contrário, seria algo exigente, complexo e difícil, mas em todo o caso visível. O que havia de singularmente ilimitado na infância, de desproporcionado, de não exatamente determinável, teria sido superado. Porém, não era possível reconhecer como. No fundo, isso só fazia aumentar e se fechava por todos os lados, e quanto mais olhávamos para fora, tanto mais coisas interiores agitávamos dentro de nós: só Deus sabe de onde vinham. Mas talvez isso crescesse até atingir um ponto extremo e então se interrompesse de um golpe. Era fácil de observar que os adultos se preocupavam muito pouco com isso; andavam de um lado para o outro e julgavam e agiam, e se alguma vez estivessem em dificuldades, isso se devia a circunstâncias externas.

Adiei a leitura para quando essas transformações começassem. Mais tarde travaríamos relações com livros tal qual com conhecidos; haveria tempo para tanto, um tempo determinado, uniforme e que passaria de maneira agradável, exatamente o quanto conviesse a cada um. É claro que alguns estariam mais próximos de nós, e também não quer dizer que estivéssemos seguros de, vez por outra, não perder uma meia hora debruçados sobre eles: um passeio, um encontro, alguns momentos no teatro antes do início da peça ou uma carta urgente. E, graças a Deus, estaria inteiramente fora de questão que o nosso cabelo se desgrenhasse como se tivéssemos dormido em cima dele, que nossas orelhas ardessem e nossas mãos ficassem frias como metal, que uma vela longa ao nosso lado queimasse até o fim, até o fundo do castiçal.

Menciono esses fatos porque os experimentei em mim mesmo de um modo consideravelmente acentuado naquelas férias em Ulsgaard, quando me lancei à leitura de maneira tão repentina. Logo ficou claro que eu não conseguia. Eu sem dúvida tinha começado a ler antes do tempo que tinha previsto para tanto. Porém, o ano passado em Sorö, em meio a outros jovens com mais ou menos a mesma idade que eu, me deixou desconfiado em relação a tais estimativas. Lá, experiências rápidas e inesperadas se aproximaram de mim, e podia-se ver claramente que me tratavam como a um adulto. Eram experiências em tamanho natural, tão difíceis quanto podiam ser. Na mesma medida, porém, em que compreendi sua realidade, meus olhos também se abriram para a realidade infinita de minha infância. Eu sabia que ela não terminaria, assim como a outra realidade não começava apenas agora. Disse a mim mesmo que, obviamente, cada um tinha o direito de delimitar etapas, mas elas eram inventadas. E ficou demonstrado que eu era inepto demais para imaginar algumas. Sempre que tentava, a vida me dava a entender que nada sabia delas. No entanto, se eu insistisse que minha infância tinha passado, no mesmo instante todo o futuro também desaparecia, restando-me exatamente tão pouco quanto um soldadinho de chumbo tem debaixo de si para poder ficar em pé.

De modo compreensível, essa descoberta me afastou ainda mais dos outros. Ela me mantinha ocupado dentro de mim e me preenchia com uma espécie de alegria definitiva que eu tomava por aflição, porque ia muito além da minha idade. Ela também me inquietava quando eu lembrava que muitas coisas simplesmente poderiam acabar sendo negligenciadas, pois não havia prazo determinado para nada. E quando voltei a Ulsgaard nesse estado de espírito e vi todos os livros, me lancei sobre eles, apressado, quase com a consciência pesada. De algum modo, pressenti naquela época o que mais tarde senti tantas vezes: que não temos o direito de abrir um livro se não nos comprometemos a ler todos. A cada linha tirávamos um pedaço do mundo. Antes dos livros ele estava intacto, e talvez esteja inteiro outra vez depois deles. Como, porém, eu poderia absorver todos eles, eu, que não sabia ler? Ali estavam eles, mesmo naquela biblioteca modesta, numa maioria tão desesperadora e unida. Eu me lancei, teimoso e desesperado, de um livro a outro, e abri caminho entre as páginas como alguém que tem diante de si uma tarefa desproporcional às suas forças. Naquela época, li Schiller[67] e Baggesen[68], Öhlenschläger[69] e Schack-Staffeldt[70], o que havia de Walter Scott[71] e de Calderón.[72] Caiu-me muita coisa nas mãos que, por assim dizer, já devia ter sido lida, para outras era cedo demais; para meu presente de então, não havia quase nada maduro. E, apesar disso, eu lia.

Anos depois, acontecia às vezes que eu acordasse durante a noite e visse as estrelas, tão reais, avançando tão importantes, e não pudesse compreender como alguém conseguia se decidir a perder tanto mundo. Era mais ou menos esse o meu estado de espírito, acho, sempre que levantava os olhos dos livros e olhava para fora, onde estava o verão, onde Abelone chamava. Foi muito inesperado para nós que ela tivesse de chamar e que eu nem sequer respondesse. Isso aconteceu durante a nossa época mais feliz. Mas como aquilo tinha se apoderado de mim, me agarrei obstinadamente à leitura e, importante e teimoso, me escondi de nossos festejos diários. Desajeitado como eu era para aproveitar as muitas, e por vezes modestas, ocasiões de uma felicidade natural, não era sem agrado que me deixava prometer reconciliações futuras para os desentendimentos crescentes, reconciliações que se tornavam tão mais atraentes quanto mais eram adiadas.

67.Friedrich Schiller (1759-1805): poeta alemão. (N.T.)

68. Jens I. Baggesen (1764-1826): escritor dinamarquês. (N.T.)

69. Adam G. Öhlenschläger (1779-1850): dramaturgo e poeta lírico dinamarquês. (N.T.)

70. Adolph W. Schack-Staffeldt (1769-1826): escritor dinamarquês. (N.T.)

71. Sir Walter Scott (1771-1832): escritor escocês. (N.T.)

72. Calderón de la Barca (1600-1681): dramaturgo espanhol. (N.T.)

De resto, certo dia meu sono de leitura acabou tão subitamente quanto havia começado; e então irritamos um ao
outro a valer. Pois Abelone não me poupou nenhuma zombaria
e superioridade, e, quando a encontrava no caramanchão,
ela dizia estar lendo. Numa das manhãs de domingo o livro
estava fechado ao lado dela, mas ela parecia ocupada mais do
que o suficiente com as groselhas que tirava cautelosamente
de seus pequenos cachos com a ajuda de um garfo.

Deve ter sido numa dessas manhãs, tais como as há
em julho; horas novas, descansadas, em que por toda parte
acontece alguma coisa alegre e irrefletida. De milhões de
pequenos movimentos irreprimíveis forma-se um mosaico da
mais convincente existência; as coisas se agitam, passando
umas por dentro das outras e lançando-se na atmosfera, e
o seu frescor torna as sombras claras e dá ao sol um brilho
leve e espiritual. Não há no jardim uma coisa principal;
tudo está em toda parte e teríamos de estar em tudo para
não perder nada.

Porém o todo também estava na pequena atividade de
Abelone. Era uma invenção das mais felizes que ela fizesse
precisamente isso e exatamente assim como fazia. As suas
mãos claras na obscuridade ajudavam uma à outra com tanta
leveza e com tamanho acordo entre si, e, diante do garfo, as
frutinhas redondas saltavam travessas para dentro da vasilha,
revestida com folhas de videira pálidas de orvalho, onde
outras já se acumulavam, vermelhas e douradas, refletindo a
luz, com grãos sadios na polpa ácida. Eu não desejava outra
coisa senão olhar, mas como provavelmente seria censurado
por isso, peguei o livro, também para parecer desembara-
çado, me sentei no outro lado da mesa e, sem folhear muito,
comecei a ler um trecho qualquer.

– Se ao menos você lesse em voz alta, seu rato de
biblioteca – disse Abelone depois de um momento.

Isso não soou nem um pouco hostil, e como, segundo
eu achava, estava seriamente na hora de uma conciliação,

logo passei a ler em voz alta até o final do parágrafo e cheguei ao título seguinte: À Bettine.[73]

– Não, as respostas não – interrompeu-me Abelone e colocou o pequeno garfo repentinamente sobre a mesa, como se estivesse esgotada.

Logo depois, riu da expressão com que eu a olhava.

– Meu Deus, Malte, como você leu mal!

Tive de admitir que em momento algum estivera concentrado na tarefa.

– Só li para que você me interrompesse – confessei e enrubesci e folheei para trás em busca do título do livro. Só então soube do que se tratava.

– Por que não devo ler as respostas? – perguntei curioso.

Era como se Abelone não tivesse me ouvido. Ficou ali sentada em seu vestido claro, como se por toda parte, por dentro, ficasse inteiramente escura como ficaram os seus olhos.

– Dê aqui! – disse ela subitamente como se estivesse furiosa, tomou o livro da minha mão e o abriu exatamente onde queria.

E então leu uma das cartas de Bettine.

Não sei o que entendi daquilo, mas era como se me fosse prometido solenemente que um dia compreenderia. E enquanto sua voz se elevava e, por fim, quase se parecia com um canto, me envergonhei por ter imaginado tão mesquinhamente a nossa reconciliação. Eu entendi, sem dúvida, que ela estava acontecendo. Porém agora ela acontecia de maneira grandiosa em algum lugar muito acima de mim, onde eu não alcançava.

A promessa continua se cumprindo; em algum momento, o mesmo livro foi parar entre os meus, entre os poucos livros

---

73. Bettine von Arnim (1785-1859): seu livro autobiográfico *Correspondência de Goethe com uma criança* foi publicado em 1835, três anos depois da morte do poeta. (N.T.)

de que não me desfaço. Agora ele também se abre nos trechos que quero, e quando os leio, não é possível decidir se penso em Bettine ou em Abelone. Não, Bettine se tornou mais real em mim; Abelone, que eu conheci, foi como uma preparação para ela, e agora, em mim, foi absorvida por Bettine como pela sua própria essência involuntária. Pois, com todas as suas cartas, essa estranha Bettine cresceu, se tornou a mais vasta das figuras. Desde o início ela se difundiu de tal forma no todo como se existisse após a sua morte. Por toda parte ela se introduziu bem fundo no ser, como parte dele, e o que lhe aconteceu estava eternamente na natureza; nela se reconheceu e dela se separou quase dolorosamente; adivinhou-se no passado, como se fizesse parte das tradições, invocou-se como um espírito e se suportou.

Ainda existias há um instante, Bettine; eu te sinto. Não está a Terra ainda aquecida do teu calor, e os pássaros não deixam espaço para a tua voz? O orvalho é outro, mas as estrelas ainda são as estrelas das tuas noites. Ou será que o mundo não provém sobretudo de ti? Pois quantas vezes não o incendiaste com teu amor e o viste ardendo e se consumindo, e o substituíste secretamente por outro enquanto todos dormiam. Sentias-te em grande harmonia com Deus quando, a cada manhã, exigias Dele uma nova Terra para que chegasse a vez de todos que Ele tinha criado. Parecia-te mesquinho poupá-la e melhorá-la, tu a consumias e estendias as mãos pedindo sempre mais mundo. Pois o teu amor estava à altura de tudo.

Como é possível que todos não falem ainda do teu amor? O que aconteceu desde então que fosse mais digno de nota? O que os ocupa, afinal? Tu mesma conhecias o valor do teu amor, tu o dizias em voz alta diante do teu maior poeta para que ele o humanizasse; pois esse amor ainda era uma força da natureza. Ele, porém, dissuadiu as pessoas desse amor quando que te escreveu. Todos leram essas respostas e o crédito que lhe dão é maior, pois para eles o poeta é mais claro do que a natureza. Mas talvez se mostre algum dia que neste ponto estava o limite de sua grandeza. Essa amante lhe foi imposta e ele não a suportou. O que significa o fato de ele não ter podido retribuir? Um amor assim não precisa de retribuição, contém em si o apelo e a resposta; atende a si mesmo. Porém o poeta, com toda a sua magnificência, deveria ter se humilhado diante dele e escrito o que ele ditou, com as duas mãos e de joelhos, como João em Patmos.[74] Não havia escolha diante dessa voz que "cumpria a função dos anjos"; que viera para envolvê-lo e puxá-lo para dentro do eterno. Ali estava o carro de sua ascensão flamejante. Ali estava preparado para a sua morte o mito obscuro que ele deixou vazio.

O destino gosta de inventar desenhos e figuras. Sua dificuldade reside no complexo. A própria vida, porém, é difícil por sua simplicidade. Ela possui apenas algumas coisas de um tamanho que não é adequado para nós. O santo, ao recusar o destino, escolhe tais coisas perante Deus. O fato de a mulher, porém, de acordo com a sua natureza, precisar fazer a mesma escolha com relação ao homem evoca a fatalidade de todas as relações amorosas: resoluta e sem destino como se fosse eterna, ela fica parada ao lado dele, que se transforma. A amante sempre supera o amado porque a vida é maior do que o destino. A sua entrega quer ser imensurável: essa é a sua felicidade. Porém a mágoa sem nome do seu amor sempre foi esta: que exijam dela que restrinja essa entrega.

Não há outra queixa de que as mulheres já tenham se queixado; as duas primeiras cartas de Heloísa[75] não contêm outra coisa, e cinco séculos depois ela se eleva das cartas da portuguesa; nós a reconhecemos como o grito de um

---

74. Patmos: ilha em que o evangelista João teve as visões que descreveu no livro do Apocalipse. (N.T.)

75. Heloísa (1101-1164): forçada a separar-se do clérigo Pedro Abelardo (1079-1142), Heloísa manteve com ele uma correspondência que se tornaria célebre. (N.T.)

pássaro. E de súbito a figura distante de Safo[76] atravessa o espaço iluminado dessa compreensão, figura que os séculos não encontraram, pois a procuraram no destino.

Nunca me atrevi a comprar um jornal dele. Não estou certo de que sempre tenha realmente consigo alguns exemplares quando se arrasta de um lado para o outro durante a noite inteira do lado de fora do Jardim de Luxemburgo. Ele dá as costas para as grades e sua mão toca a borda de pedra sobre a qual se encontram as barras. Apequena-se tanto que passam muitas pessoas todo dia que jamais o viram. É verdade que ainda tem um resto de voz em si e que chama a atenção para sua mercadoria, mas isso não é outra coisa que um ruído numa lâmpada ou no fogão, ou que o gotejar, a intervalos característicos, dentro de uma gruta. E o mundo é organizado de tal forma que há pessoas que passam a sua vida inteira durante a pausa em que ele, mais silencioso do que tudo que se move, avança como um ponteiro, como a sombra de um ponteiro, como o tempo.

Como estava errado por não querer olhar para ele! Tenho vergonha de anotar que muitas vezes perto dele assumi o passo dos outros, como se ignorasse sua presença. Então ouvia a voz dentro dele dizer "La Presse", e mais uma vez logo depois e mais uma terceira em intervalos rápidos. E as pessoas ao meu lado olhavam em volta e procuravam a voz. Apenas eu me apressava mais que os outros, como se nada tivesse percebido, como se estivesse muitíssimo ocupado interiormente.

E estava de fato. Estava ocupado em fazer uma ideia dele, empreendi o trabalho de imaginá-lo, e suava do esforço. Pois tive de criá-lo como se cria um morto do qual não existem mais provas, não existem mais vestígios; como algo que cabe fazer de uma maneira completamente interior. Sei agora que me ajudou um pouco pensar nos muitos cristos gastos de marfim estriado que encontramos em todos os

---

76. Safo: poetisa grega nascida por volta de 600 a.C. (N.T.)

antiquários. O pensamento em uma *pietà* qualquer vinha e ia embora: tudo isso, provavelmente, apenas para evocar certa inclinação de seu rosto comprido, e a barba desoladora na sombra das faces e a cegueira definitivamente dolorosa de seu rosto fechado, que mantinha levantado obliquamente. Mas, além disso, havia tantas coisas que faziam parte dele; pois naquela ocasião eu já tinha compreendido que nada nele era secundário: não o modo como o casaco ou o manto, afastado atrás, deixava ver a gola inteiramente, essa gola baixa que formava um arco grande em volta do pescoço esticado e cheio de reentrâncias sem tocá-lo; não a gravata de um preto esverdeado, atada com folga ao redor da gola; e especialmente não o chapéu, um velho chapéu de feltro, rígido e de copa alta, que ele usava como todos os cegos usam seus chapéus: sem relação com as linhas do rosto, sem a possibilidade de que esse acessório e a sua pessoa formassem uma nova unidade externa; nada mais que um objeto estranho e convencional qualquer. Fui tão longe em minha covardia de não olhar para ele que, por fim, mesmo sem motivo, a imagem desse homem se transformava intensa e dolorosamente dentro de mim num infortúnio tão severo que, atormentado por isso, decidi intimidar e suprimir a crescente habilidade de minha imaginação por meio do fato externo. Era por volta do entardecer. Propus-me a passar logo por ele, olhando-o atentamente.

É preciso dizer: a primavera se aproximava. O vento diurno se acalmara, as ruelas estavam longas e contentes; em suas extremidades, as casas brilhavam, novas como as rupturas recentes em um metal branco. Porém era um metal que nos surpreendia por sua leveza. Nas ruas largas e contínuas passavam muitas pessoas, quase sem temer os carros, que eram poucos. Devia ser um domingo. Os ornamentos das torres de Saint-Sulpice[77] exibiam-se alegres e inesperadamente altos na calmaria, e, através das ruelas estreitas, quase romanas, via-se involuntariamente a estação do ano.

---

77. Saint-Sulpice: igreja parisiense. (N.T.)

No jardim e diante dele havia tanto movimento de pessoas que não o vi logo. Ou será que de início não o reconheci entre a multidão?

Soube de imediato que a ideia que fazia dele não tinha valor. Não limitado por nenhuma cautela ou dissimulação, o abandono de sua miséria ultrapassou meus recursos. Eu não tinha entendido nem o ângulo de inclinação da sua postura nem o horror com que a parte interna de suas pálpebras parecia enchê-lo continuamente. Nunca tinha pensado em sua boca, que estava contraída como a abertura de um escoadouro. Possivelmente ele tinha lembranças; agora, porém, nada mais se acrescentava à sua alma a não ser a cotidiana sensação amorfa da borda de pedra atrás dele sobre a qual sua mão se gastava. Eu ficara parado e, enquanto via tudo isso quase ao mesmo tempo, percebi que ele usava outro chapéu e uma gravata sem dúvida domingueira; ela era axadrezada, com quadrados oblíquos amarelos e roxos, e quanto ao chapéu, era um chapéu de palha novo e barato, com uma fita verde. É claro que essas cores nada importam, e é mesquinho que me lembre delas. Apenas quero dizer que estavam nele como a parte mais mole no ventre de um pássaro. Ele próprio não tinha nenhum contentamento com isso, e quem, dentre todas aquelas pessoas (olhei em volta) poderia pensar que esse luxo seria por sua causa?

Meu Deus, me ocorreu com violência, então é assim que *És*. Há provas da Tua existência. Esqueci todas elas e jamais pedi alguma – pois que imenso compromisso não surge com a certeza! E, no entanto, agora elas me são mostradas. Esse é Teu gosto, nisso Te comprazes. Que pudéssemos aprender sobretudo a suportar, e não julgar. Que coisas são condenáveis? Que coisas são piedosas? Apenas Tu o sabes.

Quando o inverno chegar outra vez e eu precisar de um casaco novo, conceda-me que o use *dessa forma* enquanto for novo.

Não se trata de querer me distinguir deles quando ando por aí usando roupas melhores, minhas desde o princípio, ou de dar importância ao fato de morar em algum lugar. É que não estou pronto. Não tenho coragem para levar a vida deles. Se o meu braço se atrofiasse, acho que o esconderia. Ela, porém (não sei, aliás, quem era), ela aparecia todo dia na frente dos terraços dos cafés e, embora lhe fosse muito difícil tirar o sobretudo e se puxar para fora das roupas e roupas de baixo em confusão, não temia o esforço e tirava roupas por tanto tempo que era difícil ficar esperando. E então ficava parada diante de nós, modesta, com seu coto magro, atrofiado, e víamos que era algo raro.

Não, não se trata de querer me distinguir deles; porém seria presunção minha querer ser igual a eles. Não sou. Eu não teria a sua força nem as suas proporções. Eu me alimento, e assim, de refeição em refeição, careço de qualquer segredo; eles, porém, se mantêm quase como se fossem criaturas eternas. Eles ficam parados em seus cantos cotidianos, mesmo em novembro, e não gritam por causa do inverno. Vem a névoa e os deixa indistintos e imprecisos: eles continuam existindo. Viajei, adoeci, muitas coisas aconteceram comigo: mas eles não morreram.

(Não sei como é possível que os colegiais se levantem nos quartos tomados pelo frio que cheira sombriamente; não sei quem dá forças a esses esqueletinhos apressados para que saiam correndo de casa para a cidade adulta, para o sombrio resto da noite, para o eterno dia de aula, ainda pequenos, sempre cheios de pressentimentos, sempre atrasados. Não consigo fazer ideia da quantidade de proteção que é consumida sem cessar.)[78]

Esta cidade está cheia de homens que deslizam devagar para perto delas. A maioria se defende primeiro; há aquelas, porém, essas mocinhas pálidas e já velhas, que sempre se abandonam sem resistência, mocinhas fortes, intactas no seu íntimo, que nunca foram amadas.

---

78. Anotado na margem do manuscrito.

Talvez penses, meu Deus, que devo abandonar tudo e amá-las. Ou qual seria a razão porque é tão difícil não segui-las quando me ultrapassam? Por que invento de repente as palavras mais doces, mais noturnas, e minha voz se detém macia dentro de mim entre a garganta e o coração? Por que imagino como, com cautela indizível, as manteria ocupadas, essas bonecas com que a vida brincou abrindo seus braços primavera após primavera, sem motivo algum, até se soltarem dos ombros? Elas nunca caíram muito alto de uma esperança; por isso não estão danificadas. Porém foram machucadas e já estão estragadas demais para a vida. Apenas gatos perdidos entram à noite em seus quartos e as arranham secretamente e dormem em cima delas. Às vezes sigo uma delas por duas ruas. Elas andam ao longo das casas, as pessoas não cessam de aparecer e as ocultam, e elas desaparecem atrás delas como se não fossem nada.

E no entanto, sei que se alguém tentasse amá-las, elas seriam pesadas para ele como pessoas que foram longe demais e param de caminhar. Acho que apenas Jesus as suportaria, ele, que ainda tem a ressurreição em todos os seus membros; só que elas não lhe importam. Apenas aquelas que amam o seduzem, não aquelas que esperam com um pequeno talento para ser amadas, um talento como uma lâmpada fria.

Se eu estiver destinado a coisas extremas, sei que não ajudará me disfarçar com as minhas melhores roupas. Ele não foi parar entre os últimos mesmo pertencendo à realeza? Ele, que em vez de ascender desceu até o fundo. É verdade que às vezes acreditei nos outros reis, embora os parques não provem mais nada. Porém é noite, é inverno, passo frio, acredito nele. Pois o esplendor é apenas um instante, e jamais vimos algo mais duradouro do que o infortúnio. Porém o rei deve durar.

Não é ele o único que se mantém debaixo de sua loucura como flores de cera debaixo de uma campânula de vidro? Nas igrejas, as pessoas rezavam pelos outros pedindo vida longa; dele, porém, o chanceler Jean Charlier Gerson exigia que fosse eterno, e isso quando ele já era o mais miserável, ruim e só pobreza apesar de sua coroa.

Isso foi quando, de tempos em tempos, estranhos de rosto enegrecido o atacavam em sua cama para lhe arrancar dos abscessos a camisa apodrecida que já fazia muito tempo tomava por uma parte de si próprio. O quarto estava escuro, e eles puxavam de qualquer jeito os farrapos apodrecidos debaixo de seus braços rígidos. Então um deles o iluminou e só aí eles descobriram a ferida purulenta no seu peito, em que o amuleto de ferro estava afundado, pois todas as noites ele o apertava contra si com toda a força de seu ardor; agora estava fundo nele, terrivelmente precioso numa bainha de pérolas de pus como um resto milagroso no fundo de um relicário. Tinham escolhido criados duros, mas eles não foram imunes ao nojo quando os vermes, incomodados, se ergueram do fustão de Flandres e, caídos das pregas, se meteram em suas mangas. As coisas tinham sem dúvida ficado piores desde os dias da *parva regina*[79]; pois ela ainda ficava deitada ao seu lado, jovem e clara como era. Então ela morreu. Depois disso, ninguém mais ousou deitar uma concubina ao lado daquela carniça. Ela não passara adiante as palavras e gestos de ternura com que o rei podia ser tranquilizado. Assim, ninguém mais penetrou na selva desse espírito; ninguém o ajudou a sair dos desfiladeiros de sua alma; ninguém compreendeu quando ele próprio, repentinamente, saiu sozinho com o olhar redondo de um animal que vai para o campo. Quando reconheceu o rosto ocupado de Juvenal, lembrou-se do reino, de como havia sido nos últimos tempos. E quis recuperar o que tinha perdido.

Os acontecimentos daquele tempo, contudo, não podiam ser comunicados com meias-palavras. Quando algo

---

79. *Parva regina*: pequena rainha. Em latim no original. (N.T.)

acontecia, então acontecia com todo o seu peso, e era como se fosse feito de uma só peça quando se falava a respeito. Ou o que podia ser subtraído do fato de seu irmão ter sido assassinado, de ontem Valentina Visconti, que ele sempre chamara de sua querida irmã, ter se ajoelhado diante dele, afastando o véu negro de viúva do rosto desfigurado pela queixa e pela acusação? E hoje um advogado tenaz e falante ficou na sua frente por horas a fio e demonstrou o direito do assassino do príncipe por tanto tempo até que o crime se tornasse transparente e parecesse querer ascender, iluminado, aos céus. E ser justo significava dar razão a todos, pois Valentina de Orléans morreu de desgosto, embora lhe tivesse sido prometida a vingança. E de que adiantava perdoar vezes sem conta o duque burgúndio; ele fora acometido pelo ardor sombrio do desespero, de modo que já fazia semanas que estava embrenhado no bosque de Argilly morando numa tenda e dizendo que tinha de ouvir o bramido dos cervos durante a noite para se acalmar.

Quando tinha refletido sobre tudo isso vezes seguidas do princípio ao fim, breves como eram esses fatos, o povo exigia vê-lo, e o via: perplexo. Porém o povo se alegrava; compreendia que esse era o rei: esse homem tranquilo, esse homem paciente, que apenas estava ali para permitir que Deus agisse acima dele com sua impaciência tardia. Nesses momentos iluminados no balcão de seu Hôtel de Saint-Pol[80], talvez o rei suspeitasse de seu progresso secreto; lembrou-se do dia de Roosbecke, quando seu tio De Berry o pegou pela mão para lhe mostrar sua primeira vitória acabada; então ele viu, naquele dia de novembro em que o sol demorara estranhamente para se pôr, as massas dos geidunos[81], tal como foram sufocados em seu próprio aperto, pois foram atacados a cavalo de todos os lados. Entrelaçados uns nos outros como um cérebro gigantesco, jaziam num monte que eles próprios tinham formado para se tornarem impenetráveis. Ficava-se

---

80. Hôtel de Saint-Pol: antiga residência dos reis franceses. (N.T.)

81. Geidunos: povo da Gália bélgica (área da atual Gand ou Gent). (N.T.)

168

sem fôlego ao ver aqui e ali os seus rostos asfixiados; era impossível deixar de imaginar que até muito acima desses corpos, ainda em pé por causa do tumulto, o ar fora deslocado pela saída repentina de tantas almas desesperadas.

Aquilo havia sido gravado em sua memória como o início de sua glória. E ele não esquecera. Porém, se aquilo fora o triunfo da morte, o fato de estar aqui parado sobre seus joelhos fracos, em pé dentro de todos esses olhos, era o mistério do amor. Pelo exemplo dos outros, pudera ver que aquele campo de batalha podia ser compreendido, por mais monstruoso que fosse. Isso aqui não queria ser compreendido; era exatamente tão extraordinário quanto fora outrora o cervo com a coleira dourada no bosque de Senlis. Só que agora ele próprio era a aparição e outros estavam mergulhados na contemplação. E ele não duvidava de que estavam sem fôlego e tomados pela mesma expectativa vasta que o assaltou naquele dia adolescente de caçadas quando a cara tranquila saiu do meio dos ramos olhando em volta. O mistério de sua visibilidade se espalhou sobre sua figura delicada; ele não se mexia por medo de se desfazer e o sorriso tênue no seu rosto largo e simples assumiu uma duração natural como nos santos de pedra, sem cansá-lo. Assim ele se mantinha, e era um daqueles momentos que são a eternidade vista em pequena escala. A multidão mal suportava a situação. Fortalecida, alimentada por uma consolação inesgotavelmente aumentada, ela interrompeu o silêncio com gritos de alegria. Porém em cima, no balcão, só estava ainda Juvenal de Ursins, que, assim que silenciaram, gritou que o rei estaria presente na Rue Saint-Denis, na Irmandade da Paixão[82], para ver os mistérios.

Em tais dias, o rei estava cheio de uma consciência suave. Se um pintor, naquela época, tivesse buscado algum

---

82. Irmandade da Paixão: associação de leigos que encenava mistérios. O mistério era um tipo de drama medieval caracterizado pela encenação de sacramentos ou pela dramatização de certas passagens da Bíblia. (N.T.)

indício de como seria a existência no paraíso, não teria encontrado modelo mais perfeito do que a figura sosse- gada do rei, tal como estava parada diante de uma das janelas altas do Louvre, os ombros curvados. Ele folheava o pequeno livro de Christine de Pisan, que se chamava *O caminho do longo aprendizado* e lhe fora dedicado. Não lia as disputas eruditas daquele parlamento alegórico que se propusera encontrar o príncipe que fosse digno de reinar sobre o mundo. O livro sempre se abria nos trechos mais simples: lá onde se falava do coração que, durante treze anos, estivera como uma retorta sobre o fogo da dor apenas para destilar a água da amargura para os olhos; ele compreendeu que a verdadeira consolação só começava quando a felicidade estivesse suficientemente dissipada e se fosse para sempre. Nada estava mais próximo dele do que esse consolo. E enquanto seu olhar parecia abranger a ponte lá adiante, gostava de ver o mundo através desse coração escolhido pela poderosa Cumeia[83] para seguir gran- des caminhos – o mundo de então: os mares perigosos, as cidades com suas torres estranhas, cidades contidas pela pressão das amplidões; a solidão extática das montanhas reunidas e os céus investigados com dúvida receosa e que só então se fechavam como o crânio de um bebê.

Quando alguém entrava, porém, ele se assustava, e aos poucos o seu espírito começou a se embaçar. Ele per- mitia que o afastassem da janela e o mantivessem ocupado. Acostumaram-no a passar horas a fio olhando gravuras, e ele estava contente com isso; apenas o irritava o fato de nunca ter várias imagens diante de si quando folheava e de elas estarem presas nos in-fólios, o que não permitia que pudessem ser mescladas entre si. Então alguém se lembrou de um jogo de cartas que havia sido completamente esquecido, e quem o trouxe ao rei caiu nas suas graças, tal foi o contentamento que esses cartões coloridos, móveis e cheios de imagens lhe

---

83. Cumeia: alusão à sibila de Cumas, profetisa da Antiguidade. (N.T.)

deram. E enquanto o jogo de cartas estava na moda entre os cortesãos, o rei ficava sentado em sua biblioteca e jogava sozinho. Exatamente como colocava agora dois reis um ao lado do outro, Deus também o colocara recentemente lado a lado com o imperador Vencesláu[84]; às vezes morria uma rainha, e então ele colocava um ás de copas sobre ela, que era como uma lápide. Não o admirava que houvesse vários papas nesse jogo; colocou Roma em cima, na borda da mesa, e aqui, abaixo de sua mão direita, estava Avignon. Roma lhe era indiferente; por alguma razão, imaginava-a redonda e não insistiu mais nisso. Mas ele conhecia Avignon. E mal pensara nisso, sua memória repetiu o alto palácio hermético e se esforçou em demasia. Ele fechou os olhos e teve de respirar fundo. Tinha medo de ter sonhos ruins nessa noite.

No fim das contas, porém, era realmente uma ocupação repousante, e estavam certos em fazer com que a praticasse sem parar. Essas horas o fortaleciam na opinião de que era o rei, o rei Carlos VI.[85] Isso não quer dizer que exagerasse sua importância; longe dele a ideia de ser mais do que uma dessas cartas de jogo, porém se fortalecia nele a certeza de que também era uma carta determinada, talvez uma carta ruim, que se jogava com irritação, que sempre perdia: mas sempre a mesma: mas nunca outra. E, no entanto, quando uma semana tinha se passado assim, numa confirmação regular de si mesmo, sentia que ficava apertado dentro de si. A pele se esticava na testa e na nuca, como se de repente ele sentisse o seu contorno de maneira demasiado nítida. Ninguém sabia a que tentação ele cedia quando perguntava sobre os mistérios e não podia esperar que começassem. E uma vez que tinham começado, morava mais na Rue Saint-Denis do que em seu Hôtel de Saint-Pol.

---

84. Venceslau (1361-1419): Carlos VI encontrou-se com o rei da Alemanha e da Boêmia em Reims (França) no ano de 1397 para acabar com o cisma. (N.T.)

85. Carlos VI (1368-1422): rei francês também chamado de Carlos, o Louco. (N.T.)

O funesto nesses poemas encenados é que sempre cresciam e se ampliavam, chegando a ter dez mil versos, de modo que o tempo neles era por fim o tempo real, mais ou menos como se fizéssemos um globo na escala da Terra. O estrado oco, com o inferno por baixo e o paraíso por cima, representado pela armação sem balaustrada de um balcão preso a uma coluna, só contribuía para diminuir a ilusão. Pois aquele século trouxera o céu e o inferno realmente à Terra: vivia da força de ambos para resistir a si mesmo.

Eram os dias daquela cristandade de Avignon que há uma geração se reunira em torno de João XXII[86], recorrendo a ele de maneira tão espontânea que logo depois de sua morte surgira a massa desse palácio na sede de seu pontificado, um palácio fechado e pesado como um derradeiro corpo de emergência para as almas sem casa de todos. Ele próprio, contudo, o ancião pequeno, leve e espiritual, ainda morava em um lugar aberto. Enquanto ele, mal tendo chegado, começou a agir rápida e concisamente por todos os lados, sem adiamentos, as travessas temperadas com veneno estavam sobre a sua mesa; a primeira taça sempre tinha de ser derramada fora, pois o pedaço de unicórnio tinha uma cor péssima[87] quando o copeiro o retirava dela. Perplexo, sem saber onde devia se esconder, o septuagenário carregava de um lado para o outro as imagens de cera que tinham feito dele para arruiná-lo; e se arranhava nas longas agulhas que as trespassavam. Elas podiam ser derretidas. Porém ele já tinha se horrorizado tanto com esses simulacros misteriosos, que, contra a sua vontade forte, pensou várias vezes que poderia ser letal a si próprio e se desfazer como a cera

---

86. João XXII (1254-1334): Jacques de Cahors foi escolhido papa em 1316 e foi o segundo de seis papas que tiveram de residir no exílio de Avignon, que durou de 1309 a 1377. Durante seu pontificado, o trono de Roma foi ocupado por um antipapa. (N.T.)

87. "O pedaço de unicórnio tinha uma cor péssima": alusão a um procedimento para verificar a existência de veneno em bebidas e alimentos. (N.T.)

no fogo. Seu corpo apequenado se tornou ainda mais seco de terror e mais resistente. Porém agora ousavam atacar o corpo de seu reino; em Granada, os judeus foram incitados a exterminar todos os cristãos, e dessa vez tinham subornado executores mais terríveis. Ninguém duvidou, logo depois dos primeiros boatos, do conluio dos leprosos; alguns já tinham visto como jogavam pacotes de sua terrível decomposição nos poços. Não era leviandade crédula o que levava as pessoas a acreditar nisso de imediato; ao contrário, a fé tinha se tornado tão difícil e pesada que caía das mãos trêmulas e se precipitava no fundo dos poços. E outra vez o zeloso ancião tinha de ter cautela com o veneno. Na época de seus ataques supersticiosos, prescreveu o ângelus para si mesmo e para o seu círculo como proteção contra os demônios do crepúsculo; e agora essa oração tranquilizadora soava a cada entardecer em todo o mundo agitado. Normalmente, contudo, todas as suas bulas e cartas se pareciam mais a um vinho aromático do que a uma tisana. O império não se submetera ao seu tratamento, mas ele não se cansava de acumular provas de sua doença; e já havia quem viesse do Extremo Oriente para consultar esse médico altivo.

Mas então aconteceu o inacreditável. Ele tinha pregado no Dia de Todos os Santos, mais longa e fervorosamente do que nunca; como que tomado por uma necessidade súbita de revê-la, mostrou sua fé; com toda a força, retirou-a lentamente do tabernáculo octogenário e a expôs no púlpito: e então gritaram com ele. A Europa inteira gritou: essa fé não prestava.

Naquela ocasião, o papa desapareceu. Por dias a fio ele não tomou medida alguma, mas ficou ajoelhado em seu quarto de orações e perscrutou o mistério daqueles que agiam prejudicando suas próprias almas. Por fim apareceu, esgotado pela meditação grave, e abjurou sua fé. Abjurou uma vez depois da outra. Abjurar se tornou a paixão senil de seu espírito. Podia ocorrer que mandasse acordar os cardeais durante a noite para falar com eles do seu arrependimento. E pode ser que aquilo que fizesse sua vida durar além das medidas fosse, afinal, apenas a esperança de também se humilhar diante de Napoleão Orsini, que o odiava e não queria vir.

Jacques de Cahors tinha abjurado. E podia-se pensar que o próprio Deus quisera provar seu erro, pois logo depois enviou o filho do conde De Ligny, um jovem que apenas parecia esperar pela sua maioridade na Terra para adentrar virilmente nas volúpias celestes da alma. Havia muitos que se lembravam desse garoto claro em seu cardinalato, e de como, no começo de sua adolescência, se tornara bispo e, mal completara dezoito anos, morrera no êxtase de sua perfeição. Encontravam-se pessoas que tinham estado mortas: pois o ar em volta de seu túmulo, que se tornara limpo e no qual jazia uma vida pura, ainda agiu por muito tempo sobre os mortos. Mas não havia algo de desesperado nessa santidade prematura? Não era uma injustiça contra todos que o tecido puro dessa alma se rasgasse, como se apenas precisasse ser tingido luminosamente na cuba de tintureiro da época? Não se sentiu algo como uma espécie de contragolpe quando esse jovem príncipe saltou da Terra em sua ascensão passional? Por que os luminosos não se demoram entre aqueles que fabricam velas com esforço? Não fora essa escuridão que tinha levado João XXII a afirmar que *antes* do Juízo Final não havia bem-aventurança completa, em parte alguma, nem mesmo entre os bem-aventurados? E, de fato, quanta obstinação sabichona há em imaginar que, enquanto aqui reina uma confusão tão espessa, em algum lugar já existam rostos banhados pela luz divina, apoiados em anjos e apaziguados pela inesgotável visão de Deus.

Eis que estou sentado nesta noite fria, escrevendo, e sei de todas essas coisas. Sei delas, talvez, porque encontrei aquele homem quando eu era pequeno. Ele era muito grande; acho até que devia chamar atenção por seu tamanho.

Por mais improvável que fosse, de algum modo eu tinha conseguido sair sozinho de casa por volta do entardecer; corri, dobrei uma esquina e no mesmo instante me choquei contra ele. Não entendo como aquilo que aconteceu depois pôde se passar em cinco segundos. Por mais concentrada que seja a narrativa, ela demora muito mais. Eu tinha me machucado ao bater nele; eu era pequeno, já me parecia muito que não chorasse e, involuntariamente, esperava ser consolado. Visto que ele não fez isso, achei que estivesse constrangido; não se lembrou, supus, do gracejo adequado para resolver a situação. Eu já estava contente o bastante por ajudá-lo, mas para isso era necessário olhá-lo no rosto. Disse há pouco que ele era grande. Ele não tinha se curvado sobre mim, como seria natural, de maneira que se encontrava numa altura para a qual eu não estava preparado. Continuava não existindo outra coisa diante de mim senão o cheiro e a singular dureza, que eu tinha sentido, de seu casaco. De repente veio o seu rosto. Como era? Não sei, não quero saber. Era o rosto de um inimigo. E ao lado desse rosto, bem próximo, à altura dos olhos terríveis, estava, como uma segunda cabeça, seu punho. Ainda antes que tivesse tempo de baixar meu rosto eu já corria; esquivei-me à esquerda passando por ele e corri em frente por uma ruela vazia e medonha, uma ruela de uma cidade estranha, uma cidade em que nada é perdoado.

Naquela ocasião, experimentei o que agora compreendo: aquele tempo difícil, maciço e desesperado. O tempo em que o beijo de dois que se reconciliavam era apenas o sinal para os assassinos, parados em volta. Eles bebiam do mesmo copo, montavam o mesmo cavalo de sela diante dos olhos de todos e se dizia que passariam a noite num só leito: e apesar de todos esses contatos, seu asco mútuo se tornava tão grande que sempre que um via as artérias pulsantes do outro era agitado por um nojo doentio como o que surge à vista de um sapo. O tempo em que um irmão atacava o outro de surpresa e o mantinha prisioneiro por causa de seu quinhão maior na herança; o rei, sem dúvida, intervinha em favor do prejudicado e lhe dava liberdade e posses; ocupado com outros destinos distantes, o mais velho lhe concedia sossego e se arrependia por carta de seus atos. No entanto, apesar de tudo isso, o libertado não recuperava mais o equilíbrio. O século mostra-o indo de igreja em igreja vestido com roupas de peregrino, inventando votos sempre mais estranhos. Coberto de amuletos, ele sussurra seus temores para os monges de Saint-Denis, e em seus registros consta há tempo a vela de cem libras que lhe pareceu por bem consagrar a são Luís. Sua própria existência não importava mais; até seu fim sentiu a inveja e a ira de seu irmão numa constelação desfigurada acima de seu coração. E aquele conde De Foix, Gaston Phöbus, admirado por todos, não matou publicamente seu primo Ernault, capitão do rei da Inglaterra em Lourdes? E o que foi esse assassinato evidente comparado ao acaso terrível de que não soltou o pequeno e afiado canivete de unhas quando, num gesto trêmulo de censura, tocou o pescoço de seu filho, que estava deitado, com a mão célebre pela sua beleza? O quarto estava escuro e era preciso iluminá-lo para ver o sangue que vinha de tão longe e que agora abandonava para sempre uma linhagem excelente ao sair em segredo do minúsculo ferimento desse rapaz esgotado.

Quem podia ser forte e se abster do assassinato? Quem, nesse tempo, não sabia que o extremo era inevitável? Aqui e ali, um estranho pressentimento assaltava aquele que durante o dia cruzara seu olhar com o olhar apreciador de seu assassino. Ele se retirava, se fechava à chave, escrevia sua última vontade e, por fim, mandava que trouxessem a liteira de vime trançado, o hábito dos celestinos[88] e a cama de cinzas. Menestréis desconhecidos apareciam diante de seu castelo, e ele os presenteava regiamente pelas suas vozes, que se harmonizavam com seus pressentimentos vagos. Havia dúvida no olhar dos cães, que se tornavam menos seguros em seus serviços. Um novo sentido, mais direto, se revelava

---

88. Celestinos: ordem religiosa beneditina fundada no século XIII pelo papa Celestino V. (N.T.)

176

por trás do lema de uma vida inteira. Hábitos de longo tempo pareciam antiquados, mas era como se não se formasse mais nenhum substituto para eles. Se surgissem projetos, lidava-se com eles de um modo geral, sem acreditar realmente neles; em compensação, certas lembranças assumiam um aspecto inesperadamente definitivo. À tardinha, diante do fogo, acreditava-se estar entregue a elas. Porém a noite lá fora, que não se conhecia mais, tornava-se de repente bastante nítida à audição. O ouvido experimentado em tantas noites perigosas ou ao ar livre distinguia partes isoladas do silêncio. E, no entanto, era diferente dessa vez. Não era a noite entre ontem e hoje: era uma noite. Noite. *Beau Sire Dieu*[89], e então a ressurreição. O louvor a uma mulher amada dificilmente penetrava esses momentos: estavam todas dissimuladas em albas e sirventescas[90], incompreensíveis sob longos e pomposos nomes que arrastavam atrás de si. Quando muito, apareciam no escuro sob a forma do olhar cheio e feminil de um bastardo.

E então, antes do jantar tardio, essa meditação acerca das mãos na bacia de prata. As próprias mãos. Podia-se determinar alguma ligação entre o que tocavam? Alguma sequência, alguma continuidade no pegar e no largar? Não. Todos os homens experimentavam a parte e a contraparte. Todos se suprimiam, e não havia ação.

Não havia ação, exceto entre os frades missionários. O rei, tão logo viu como se portavam, redigiu ele próprio os seus salvos-condutos. Dirigia-se a eles chamando-os de seus queridos irmãos; jamais alguém havia se aproximado tanto dele. Eles foram autorizados textualmente, importantes que eram, a circular entre os homens seculares; pois o rei

89. *Beau Sire Dieu*: bom Senhor Deus. Em francês no original. (N.T.)
90. Albas e sirventescas: a alba é um gênero de poesia medieval, sobretudo da lírica provençal, em cujas composições se alude à despedida de dois amantes ao romper da aurora. A sirventesca (ou sirvente) é um gênero poético dos séculos XII e XIII, de origem provençal e inspiração guerreira, no qual se procurava louvar e engrandecer os senhores feudais. (N.T.)

não queria outra coisa senão que contagiassem a muitos e os arrebatassem para a sua enérgica ação, na qual havia ordem. Quanto a ele próprio, ansiava por aprender com eles. Não usava, exatamente da mesma maneira que eles, os sinais e as vestimentas de um sentido? Quando olhava para eles, podia acreditar que isso se deixasse aprender: ir e vir, se expressar e se curvar de uma maneira que não deixasse dúvidas. Esperanças imensas atravessaram seu coração. Nesse salão estranhamente impreciso e de iluminação inquieta do Hospital da Trindade, ele ficava sentado diariamente no seu melhor lugar, se levantava de agitação e se concentrava como um estudante. Outros choravam; ele, porém, estava cheio de lágrimas brilhantes por dentro e apenas apertava as mãos frias uma contra a outra para poder suportar. Por vezes, no ápice, quando um ator determinado saía subitamente de seu vasto campo de visão, o rei levantava o rosto e se assustava: há quanto tempo ele já estava ali? Era o monsenhor são Miguel, no alto, que avançara até a beira da armação vestindo sua armadura prateada e polida.

Em tais momentos ele se levantava. Olhava em torno como antes de uma decisão. Ele estava bem próximo de reconhecer aí a contraparte dessa ação: a grande, inquietante e profana paixão em que atuava. De repente, porém, estava acabado. Todos se moviam absurdamente. Tochas vinham em sua direção e sombras informes se lançavam contra o alto da abóbada. Homens que não conhecia o puxavam. Ele queria representar: mas não saía nada da sua boca, seus movimentos não produziam gesto algum. Eles se apertavam tão estranhamente ao seu redor; veio-lhe a ideia de que deveria carregar a cruz. E queria esperar que a trouxessem. Porém eles eram mais fortes e o empurraram lentamente para fora.

Muitas coisas mudaram lá fora. Não sei como. Mas por dentro e diante de Ti, meu Deus, por dentro diante de Ti, espectador:

não carecemos de ação? Descobrimos, decerto, que não conhecemos o papel; procuramos um espelho, gostaríamos de tirar a maquiagem e aquilo que é falso e sermos verdadeiros. Mas em algum ponto, uma peça de roupa que esquecemos ainda fica presa em nós. Um traço de exagero permanece em nossas sobrancelhas, e não percebemos que os cantos de nossa boca estão tortos. E assim andamos por aí, uma zombaria e uma coisa pela metade: nem reais nem atores.

Foi no teatro de Orange.[91] Sem levantar direito os olhos, apenas consciente das pedras rústicas que agora formam a sua fachada, entrei pela pequena porta de vidro do vigia. Eu me encontrava entre corpos de colunas caídos e pequenos arbustos de malva, mas só por um momento eles encobriram a visão da concha aberta do anfiteatro, que ali estava, dividida pelas sombras da tarde, como um gigantesco relógio de sol côncavo. Fui rapidamente na sua direção. Subindo entre as fileiras de degraus, senti como eu diminuía naquele lugar. No alto, um pouco mais acima, maldistribuídos, estavam parados alguns desconhecidos com uma curiosidade ociosa; suas roupas eram desagradavelmente nítidas, mas a escala deles era insignificante. Por um momento, me observaram e se admiraram da minha pequenez. Isso fez com que eu me virasse.

Oh, eu estava inteiramente despreparado. Encenavam uma peça. Um drama imenso e sobre-humano estava em andamento, o drama desse enorme cenário, cuja divisão vertical entrava triplamente em cena, retumbante de grandeza, quase aniquiladora e subitamente comedida no excesso.

Eu me sentei tomado de feliz perplexidade. Esta proeminência com sombras organizadas de tal maneira que lembravam uma face, com a escuridão concentrada da boca no meio, limitada em cima pela cornija de um penteado de cachos uniformes: essa era a enérgica máscara antiga capaz

---

91. Orange: cidade francesa no vale do rio Ródano, em que há um anfiteatro romano e um antigo arco do triunfo. (N.T.)

de dissimular tudo, atrás da qual o mundo se condensou num rosto. Aqui, neste círculo de assentos, grande e curvo, reinava uma existência expectante, vazia, sugadora: todos os acontecimentos estavam ali em frente: os deuses e o destino. E de cima (quando se olhava para o alto) vinha facilmente, passando por cima do muro: o eterno cortejo do céu.

Aquela hora, compreendo hoje, me excluiu para sempre dos nossos teatros. O que devo fazer lá? O que devo fazer diante de um palco em que essa parede (a parede de ícones[92] das igrejas russas) foi demolida porque não se tem mais a força de espremer a ação através de sua dureza, ação gasosa que sai em gotas de óleo, opulentas e pesadas? Agora as peças caem em pedaços através da peneira grossa e furada dos palcos, se acumulam e são removidas quando é o bastante. É a mesma realidade crua que está jogada pelas ruas e nas casas, com a única diferença que há mais dela reunida no palco do que normalmente cabe numa só noite.

(Sejamos sinceros. Não temos teatro, assim como não temos Deus: para isso se precisa de comunhão. Cada um possui suas ideias e temores particulares, deixando que o outro veja deles o quanto lhe serve e é útil. Diluímos sem cessar o nosso entendimento para que baste, em vez de gritar para a parede de uma necessidade comum atrás da qual o incompreensível tem tempo de se acumular e se intensificar.)[93]

Se tivéssemos um teatro, estarias, oh trágica, sempre tão delgada, tão real, tão sem subterfúgios de forma, diante daqueles que satisfazem sua curiosidade apressada com a tua dor exposta? Tu, indizivelmente comovedora, anteviste a realidade da tua dor quando, representando aquela vez em

---

92. Parede de ícones: nas igrejas cristãs do Oriente, espécie de divisória ou biombo que separa a nave, onde ficam os fiéis, do santuário, reservado ao clero; suporte para as imagens pictóricas dos santos. (N.T.)

93. Anotado na margem do manuscrito.

Verona, quase ainda uma criança, seguraste rosas à tua frente, como uma máscara que deveria te ocultar sempre mais.

É verdade que eras filha de atores[94], e, quando os teus representavam, queriam ser vistos; mas tu eras diferente. Para ti, esse ofício deveria se tornar aquilo que a vida de freira foi para Mariana Alcoforado sem que ela o soubesse, um disfarce, denso e duradouro o bastante para ser infeliz atrás dele sem reservas, com o mesmo empenho com que bem-aventurados invisíveis são bem-aventurados. Em todas as cidades em que te apresentavas, descreviam teus gestos, mas não entendiam como, mais desesperada a cada dia que passava, sempre erguias uma barreira diante de ti para te ocultar. Seguravas teu cabelo, tuas mãos, qualquer objeto denso, diante das partes translúcidas. Teu hálito embaciava as partes transparentes; te fazias pequena; te escondias como as crianças se escondem, e então soltavas aquele grito breve e feliz, e apenas um anjo, quando muito, teria permissão para te procurar. Porém, quando levantavas os olhos com cautela, não havia dúvida de que eles tinham te visto o tempo inteiro, todos os presentes na sala feia, oca e cheia de olhos: a ti, a ti, a ti e a nada mais.

E te ocorria a ideia de estender o braço para eles fazendo o gesto contra o mau-olhado. E buscavas arrancar deles o teu rosto, que agarravam e puxavam. E querias ser tu mesma. Os atores que representavam contigo perdiam a coragem; arrastavam-se ao longo dos bastidores como se tivessem sido trancados numa jaula com uma pantera e diziam o esperado apenas para não te irritar. Mas tu os fazias sair, colocava-os de pé e tratava-os como se fossem coisas reais. As portas frágeis, as cortinas falsas, os objetos sem a parte de trás te compeliam ao protesto. Sentias teu coração crescer sem parar até se transformar numa realidade imensa, e, assustada, procuravas mais uma vez afastar de ti os olhares como se fossem longos fios de teia de aranha; mas então, com

---

94. Filha de atores: alusão à atriz italiana Eleonora Duse (1859-1924). (N.T.)

medo do pior, as pessoas já irrompiam em aplausos, como se quisessem afastar alguma coisa de si no último momento, alguma coisa que as obrigaria a mudar suas vidas.

As mulheres que são amadas vivem mal e em perigo. Ah, se superassem a si mesmas e se tornassem mulheres que amam! Em volta das mulheres que amam há apenas certezas. Ninguém mais suspeita delas e elas próprias não são capazes de se revelar. Nelas o segredo se tornou completo, e elas o gritam inteiro como rouxinóis; ele não tem partes. Elas se lamentam por uma só pessoa, mas a natureza inteira lhes faz coro: é o lamento por alguém eterno. Lançam-se atrás de quem perderam e já com os primeiros passos o ultrapassam, e diante delas está apenas Deus. A lenda delas é a de Bíblis[95], que persegue Cauno até a Lícia. O ímpeto de seu coração a fez correr o mundo em seu encalço até que suas forças se acabassem; mas tão forte era a comoção de seu ser, que ela, caindo, ressurgiu depois da morte em forma de fonte, apressada, como fonte apressada.

Que outra coisa aconteceu à portuguesa senão que se transformasse em fonte por dentro? E a ti, Heloísa? E a todas as mulheres que amam cujos lamentos nos chegaram: Gaspara Stampa; condessa De Die[96] e Clara d'Anduze[97]; Louise Labbé[98], Marceline Desbordes[99], Elisa Mercoeur?[100] Porém tu, Aïsse[101], pobre fugitiva, já hesitas e desistes. A

---

95. Bíblis: conforme narrado nas *Metamorfoses*, de Ovídio, filha de Mileto que se apaixona pelo irmão gêmeo, Cauno, persegue-o até cair esgotada e se desmancha em lágrimas transformando-se numa fonte. (N.T.)

96. Condessa De Die (1160-1240): Beatrice, Comtesse de Die, poetisa provençal. (N.T.)

97. Clara d'Anduze: poetisa provençal do século XIII. (N.T.)

98. Louise Labbé (1525-1566): poetisa francesa.

99. Marceline Desbordes (1786-1859): poetisa francesa. (N.T.)

100. Elisa Mercoeur (1809-1835): poetisa francesa. (N.T.)

101. Aïsse: alusão à Charlotte Haydée (1694-1733), escritora francesa e dama da sociedade parisiense. (N.T.)

cansada Julie Lespinasse.[102] A lenda desoladora do parque feliz: Marie-Anne de Clermont.[103]

Ainda me lembro bem de quando certa vez, há tempos, encontrei em casa um porta-joias; era do tamanho de duas mãos, em forma de leque e com uma borda floral incrustada no marroquim verde-escuro. Eu o abri: estava vazio. É o que posso dizer agora depois de tanto tempo. Porém quando o abri naquela ocasião, vi apenas em que consistia aquele vazio: em veludo, em um pequeno monte de veludo claro que já não era mais novo; na ranhura para a joia, um tantinho de melancolia mais clara, vazia, que corria ali dentro. Era possível suportar isso por um momento. Porém, diante das mulheres que, como amadas, ficam para trás, talvez seja sempre assim.

Folheiem para trás os seus diários. Por volta da primavera não havia sempre uma época em que o ano que iniciava as atingia como uma censura? O desejo de ser alegres estava em vocês, e no entanto, quando saíam para o espaçoso ar livre, surgia lá fora um estranhamento no ar, e vocês ficavam inseguras para prosseguir como se estivessem em um navio. O jardim começava, mas vocês (era isso que acontecia) arrastavam o inverno e o ano passado para dentro dele; para vocês, no melhor dos casos, se tratava de uma continuação. Enquanto vocês esperavam que suas almas participassem, sentiam subitamente o peso de seus membros e algo como a possibilidade de adoecer penetrava no pressentimento aberto de vocês. Vocês a atribuíam ao vestido leve demais, lançavam o xale sobre os ombros, caminhavam até o fim da aleia: e então ficavam paradas, com o coração aos pulos

---

102. Julie Lespinasse (1732-1776): escritora francesa e dama da sociedade parisiense, famosa pelas suas cartas de amor. (N.T.)

103. Marie-Anne de Bourbon-Condé, Princesse de Clermont (1697-1741): seu casamento secreto com Louis de Melun, Duc de joyeuse, na floresta de Chantilly, foi seguido pela sua morte em um acidente de caça. (N.T.)

no amplo caminho circular, decididas a se harmonizar com tudo aquilo. Mas um pássaro piava e estava sozinho e as desmentia. Ah, deveriam vocês ter morrido?

Talvez. Talvez seja novo o fato de superarmos isso: o ano e o amor. As flores e os frutos estão maduros quando caem; os animais se sentem e se encontram uns aos outros e ficam contentes por isso. Nós, porém, que nos propusemos Deus, não podemos acabar o que começamos. Adiamos nossa natureza, precisamos de mais tempo. O que é um ano para nós? O que são todos os anos? Ainda antes que tenhamos começado Deus, já rezamos para Ele: permita-nos suportar a noite. E depois a doença. E depois o amor.

Que Clémence de Bourges[104] tivesse de morrer em sua aurora! Ela, que era sem igual; entre os instrumentos que sabia tocar como ninguém, o mais belo, tocado de maneira inesquecível mesmo na nota mais breve de sua voz. Sua juventude foi de uma determinação tão grande que uma amante a transbordar pôde dedicar o livro de sonetos a esse coração nascente, obra em que cada verso estava insaciado. Louise Labbé não temia assustar essa criança com os longos sofrimentos do amor. Ela lhe mostrou a intensificação noturna da saudade; prometeu-lhe a dor como um espaço maior; e pressentia que com sua dor experiente ficava atrás da dor obscuramente esperada que embelezava essa adolescente.

Jovens de meu país: que numa tarde de verão a mais bela de vocês encontrasse na biblioteca sombria o livrinho que Jan de Tournes[105] imprimiu em 1556. Que levasse consigo o volume liso e refrescante para o jardim repleto de zumbidos ou lá para o outro lado, junto ao flox[106], em cujo odor

---

104. Clémence de Bourges (1535-1561): amiga de Louise Labbé. (N.T.)
105. Jan de Tournes (1504-1564): impressor lionês que publicou uma edição das obras de Louise Labbé em 1556. (N.T.)
106. Flox: arbusto de folhas finas e flores de cores variadas. (N.T.)

demasiado doce há um sedimento de doçura pura. Que ela o encontrasse cedo. Nos dias em que seus olhos começam a se preocupar consigo mesmos, enquanto a boca jovem ainda é capaz de morder pedaços grandes demais de uma maçã e ficar cheia.

E quando chegasse o tempo das amizades mais agitadas, que o segredo de vocês, jovens, fosse o de chamarem uma à outra de Dika, Anaktoria, Gyrinno e Atthis.[107] Que alguém, um vizinho talvez, um homem mais velho que viajou durante sua juventude e há tempos tem fama de esquisitão, lhes revelasse esses nomes. Que às vezes as convidasse para a sua casa por causa de seus famosos pêssegos ou por causa das gravuras de equitação de Ridinger[108] no corredor branco, em cima, das quais tanto se falou que é obrigatório tê-las visto.

Talvez vocês o convençam a contar histórias. Talvez esteja entre vocês aquela que possa lhe pedir para buscar os antigos diários de viagem, quem pode saber? A mesma que um dia saiba arrancar dele que alguns trechos de poemas de Safo chegaram até nós, e que não sossega até saber o que é quase um segredo: que esse homem retraído às vezes gostava de empregar suas horas de ócio na tradução desses fragmentos de versos. Ele tem de admitir que há tempos não tinha pensado nisso, e o que já traduziu, garante, não é grande coisa. Quando elas insistem muito, no entanto, ele se alegra de recitar algumas estrofes para essas amigas sem malícia. Até descobre em sua memória o texto grego e o diz em voz alta, pois a tradução, na sua opinião, não transmite nada, e para mostrar a essa juventude as belas e autênticas quebras de verso da linguagem ornamental maciça que foi dobrada em chamas tão fortes.

---

107. Dika, Anaktoria, Gyrinno e Atthis: amantes de Safo mencionadas em seus poemas. (N.T.)

108. Johann Elias Ridinger (1698-1769): pintor e gravador alemão célebre por seus quadros de animais e de caçadas. (N.T.)

Por tudo isso, ele se entusiasma outra vez pelo trabalho. E tem tardezinhas belas, quase juvenis, tardezinhas de outono, por exemplo, que têm muitas noites quietas diante de si. Em seu gabinete, então, há luz até tarde. Ele não fica sempre curvado sobre as folhas; reclina-se com frequência, fecha os olhos sobre uma linha que releu e o seu sentido se espalha em seu sangue. Nunca esteve tão seguro acerca da Antiguidade. Quase gostaria de rir das gerações que a lamentaram como um espetáculo perdido em que gostariam de ter se apresentado. Agora compreende momentaneamente o significado dinâmico daquela antiga unidade do mundo, unidade que era algo como uma assimilação nova e simultânea de todo o trabalho humano. Não o desconcerta o fato de que, com suas manifestações de certo modo completas, essa cultura consequente pareça formar um todo para muitos olhares posteriores, um todo que se dissipou no todo. Lá, sem dúvida, a metade celeste da vida se encaixou de fato no recipiente semicircular da existência, como dois hemisférios formando uma esfera dourada e intacta. Porém mal isso tinha acontecido, os espíritos fechados nela sentiram essa realização absoluta apenas como uma parábola; a estrela maciça perdeu seu peso e subiu no espaço, e em sua curvatura dourada se refletiu discretamente a tristeza daquilo que não pudera ser levado a cabo.

Enquanto o solitário pensa isso na sua noite, enquanto pensa e compreende, nota um prato de frutas sobre o peitoril. Involuntariamente, apanha uma maçã e a coloca diante de si sobre a mesa. Como a minha vida envolve essa fruta, pensa ele. Em volta de tudo o que está acabado, cresce e se intensifica o que ainda está por fazer.

E então, acima do que ainda está por fazer, surge-lhe, quase depressa demais, a figura pequena, estendida até o infinito, que (segundo o testemunho de Galeno[109]) todos tinham em mente quando diziam: a poetisa. Pois assim como o mundo se levantou atrás dos trabalhos de Hércules exigindo

---

109. Galeno (c.131-210): médico grego. (N:T.)

ser demolido e reconstruído, assim as bem-aventuranças e desesperos com que as épocas têm de subsistir saíram das reservas do ser e acorreram aos atos de seu coração para serem vividos.

Ele entende de súbito esse coração resoluto que estava pronto a cumprir todo o amor até o fim. Não lhe causa admiração que fosse incompreendido; que nessa amante que pertence inteiramente ao futuro apenas se veja o exagero e não a nova unidade de medida para o amor e para a dor. Que se interprete o lema de sua existência da maneira que justamente era crível naquela época, que por fim se atribua a ela a morte reservada àqueles que o deus incita a amar sem serem correspondidos. É possível que mesmo entre as amigas que formou tenha havido aquelas que não compreenderam que na culminância de suas ações ela não se lamentava por alguém que deixou seu abraço aberto, mas por alguém improvável que estivesse à altura do seu amor.

Neste momento, o homem pensativo se levanta e se dirige à sua janela; seu quarto alto lhe parece muito pequeno e ele gostaria de ver estrelas se fosse possível. Ele não se engana sobre si mesmo. Sabe que esse movimento o completa porque entre as jovens da vizinhança há uma que lhe interessa. Ele tem desejos (não para si, não, mas para ela); é para ela que numa hora noturna que passa entende as exigências do amor. Promete a si próprio que nada lhe dirá sobre isso. Parece-lhe o auge estar sozinho e acordado e pensar por causa dela quanta razão tinha aquela amante: quando ela sabia que a união nada pode significar senão um aumento da solidão; quando, com sua intenção infinita, não levava em conta a meta terrena do sexo. Quando, na escuridão dos abraços, não cavava buscando satisfação, mas anseio. Quando desprezava que, de duas criaturas, uma fosse a amante e a outra a amada, levando amadas fracas para a sua cama e as incandescendo até se tornarem amantes que a deixavam. Essas despedidas supremas transformaram seu coração em natureza. Acima do destino, ela cantava o hino nupcial para suas antigas prediletas; enaltecia seus casamentos; exagerava os atributos do marido próximo para que elas reunissem suas forças para ele como para um deus e ainda superassem a *sua* magnificência.

Mais uma vez, Abelone, te senti e te compreendi nesses últimos anos, inesperadamente, depois de não ter pensado em ti por muito tempo.

Foi em Veneza, no outono, num daqueles salões em que estrangeiros se reúnem passageiramente em volta da dama da casa, estrangeira como eles. Essas pessoas ficam paradas por ali com suas xícaras de chá e se encantam sempre que um vizinho informado as vira rápida e disfarçadamente na direção da porta para lhes sussurrar um nome que soa veneziano. Elas estão preparadas para os nomes mais inesperados, nada pode surpreendê-las; pois por mais parcimoniosas que normalmente possam ser em suas vidas, nessa cidade se entregam sem preocupações às mais exageradas possibilidades. Em sua existência costumeira, confundem constantemente o extraordinário com o proibido, de modo que a expectativa do prodigioso, que agora se permitem, aparece em seus rostos na forma de uma expressão rude e dissoluta. O que lhes acontece em casa apenas momentaneamente, nos concertos ou quando estão sozinhas com um romance é ostentado por elas como um estado justificado nessas circunstâncias lisonjeiras. Assim como, inteiramente desprevenidas, não percebendo perigo algum, se deixam estimular pelas confissões quase mortais da música como por indiscrições corporais, assim se entregam, sem dominar o mínimo que seja a existência de Veneza, ao proveitoso desfalecimento das gôndolas. Casais que não são mais jovens, que durante toda a viagem tinham apenas réplicas odiosas um para o outro, mergulham em silenciosa afabilidade; ao homem sobrevém o agradável cansaço de seus ideais, enquanto ela se sente jovem e acena encorajadoramente com a cabeça para os nativos indolentes, sorrindo como se tivesse dentes de açúcar que se desmancham sem parar. E, se prestamos atenção, descobrimos que partirão amanhã ou depois de amanhã ou no final de semana.

Agora eu estava ali parado entre eles e me alegrava por não partir. Em breve faria frio. A Veneza mole e opiada de seus preconceitos e necessidades desaparece com esses estrangeiros sonolentos, e, certa manhã, aí está a outra Veneza, a real, a desperta, frágil a ponto de se quebrar, de maneira alguma um sonho: a Veneza que foi querida no meio do nada sobre bosques submersos, obtida à força, e, por fim, inteiramente existente. O corpo enrijecido, limitado ao mais necessário, através do qual o arsenal sempre desperto impelia o sangue de seu trabalho; e o espírito desse corpo, penetrante e a se ampliar constantemente, espírito que era mais forte que o perfume de países aromáticos. O Estado influente, que trocava o sal e o vidro de sua pobreza pelos tesouros dos povos. O belo contrapeso do mundo que, até em seus ornamentos, está cheio de energias latentes que se ramificavam sempre mais finamente: esta Veneza.

A consciência de que a conhecia me acometeu com tamanho protesto em meio a todas essas pessoas que se enganavam que levantei os olhos para, de algum modo, me manifestar. Seria possível que nesses salões não houvesse uma só pessoa que esperasse espontaneamente ser esclarecida sobre a essência daquele ambiente? Um jovem que compreendesse de imediato que aqui não se oferecia um deleite, mas um exemplo da vontade como não se poderia encontrar mais exigente e mais severo em parte alguma? Caminhei de um lado para o outro; minha verdade me inquietava. Visto que tinha me surpreendido aqui, entre tantas pessoas, trazia com ela o desejo de ser dita, defendida, provada. Surgiu-me uma imagem grotesca: no momento seguinte, de ódio, eu bateria palmas para chamar a atenção sobre o equívoco que todos difundiam com sua tagarelice.

Foi nesse ridículo estado de espírito que a percebi. Sozinha, ela estava parada em frente a uma janela radiante e me observava; não propriamente com os olhos, que estavam sérios e pensativos, mas, por assim dizer, com a boca, que imitava de forma irônica a expressão evidentemente irritada do meu rosto. Senti de imediato a tensão impaciente em minhas feições e assumi um rosto sereno, depois do que a sua boca se tornou natural e altiva. Então, após breve reflexão, sorrimos um para o outro ao mesmo tempo.

Ela lembrava, caso se queira, certo retrato de juventude da bela Benedicte von Qualen[110], que representou um papel na vida de Baggesen. Não se podia ver a quietude escura de seus olhos sem supor a obscuridade clara de sua voz. De resto, o trançado de seu cabelo e o decote de seu vestido claro eram tão típicos de Copenhague que eu estava decidido a lhe dirigir a palavra em dinamarquês.

Eu ainda não estava perto o bastante quando uma torrente, vinda do outro lado, fluiu na direção dela; nossa condessa hospitaleira em pessoa, com sua distração cálida e entusiasmada, se lançou sobre ela com uma multidão a fim de levá-la para cantar imediatamente. Eu estava certo de que a jovem se desculparia dizendo que ninguém naquele grupo poderia ter interesse em ouvir uma canção em dinamarquês. E realmente fez isso assim que pôde falar. A aglomeração em torno da figura luminosa se tornou mais diligente; alguém sabia que ela também cantava em alemão. "E em italiano", completou uma voz sorridente com convicção maliciosa. Eu não conhecia nenhuma desculpa que pudesse lhe desejar, mas não duvidava que resistiria. Uma mágoa seca já se espalhava sobre os rostos fatigados de tanto sorrir daqueles que tentavam convencê-la, e a boa condessa, para não se humilhar, já dava um passo para trás, compassiva e digna, e eis que, quando absolutamente não era mais necessário, ela cedeu. Senti como fiquei pálido de desilusão; meu olhar se

---

110. Benedicte von Qualen (1774-1813): o poeta dinamarquês Jens Baggesen lhe escreveu inúmeras cartas de amor. (N.T.)

encheu de censura, porém me virei para o outro lado, pois não valia a pena deixar que ela visse isso. Ela, porém, se livrou dos outros e estava de repente do meu lado. Seu vestido me iluminava, o perfume floral de seu calor me envolvia.

– Eu realmente quero cantar – disse em dinamarquês junto à minha face –, não porque eles pediram, não pelas aparências: mas porque preciso.

De suas palavras irrompia aquela mesma intolerância irritada da qual ela tinha acabado de me libertar.

Segui lentamente o grupo com que ela se afastou. Junto a uma porta alta, porém, fiquei para trás e deixei que as pessoas se deslocassem e se arrumassem. Apoiei-me ao interior negro e polido da porta e esperei. Alguém me perguntou o que estavam preparando, se alguém cantaria. Disse que não sabia. Enquanto eu mentia, ela já cantava.

Eu não podia vê-la. Aos poucos, abriu-se espaço em torno de uma daquelas canções italianas que os estrangeiros julgam das mais autênticas por serem tão evidentemente convencionais. Ela, que a cantava, não acreditava nisso. Levantou-a com esforço, levou-a por demais a sério. Pelos aplausos na frente se podia perceber quando tinha acabado. Eu estava triste e envergonhado. Surgiu uma movimentação e me propus a sair assim que alguém saísse.

De súbito, porém, tudo ficou quieto. Fez-se um silêncio que há pouco ninguém teria julgado possível; ele se prolongou, se estendeu e agora a voz se elevava no meio dele. (Abelone, pensei. Abelone.) Dessa vez ela era forte, cheia e, contudo, não era pesada; feita de uma só peça, sem rupturas, sem emendas. Era uma canção alemã desconhecida. Ela a cantava de uma maneira singularmente simples, como uma coisa necessária. Ela cantava:

> Tu, a quem não digo que passo
> as noites em pranto,
> tu, cujo ser me deixa lasso
> e cuja voz é um acalanto.

Tu, que não me dizes quando
ela, por mim, não dorme:
como seria se suportando
esse esplendor enorme
o deixássemos sem saciar?
       (breve pausa, hesitando:)
Veja os amantes a fazer confissões:
mal abrem os corações
e já estão a se enganar.

Outra vez o silêncio. Só Deus sabe como isso era possível. Então as pessoas se mexeram, esbarraram umas nas outras, pediram desculpas, tossicaram. Já queriam passar a um ruído geral desvanecedor quando a voz irrompeu subitamente, decidida, vasta e densa:

Tu me fazes solitário. Em tudo podes te transformar.
Num momento és tu, noutro, o murmurar,
ou é um perfume sem traços.
Ah, meu destino foi tudo isso perder,
apenas tu voltas sempre a renascer:
Porque nunca te retive, te prendo em meus abraços.

Ninguém tinha esperado por isso. Todos estavam como que curvados sob essa voz. E, por fim, havia nela tal segurança como se há anos tivesse sabido que nesse momento teria de começar a cantar.

Às vezes, antes disso, eu tinha me perguntado por que Abelone não voltou para Deus as calorias de seu sentimento grandioso. Sei que ela ansiava por tirar de seu amor tudo que fosse transitivo, mas será que seu coração veraz podia se enganar e não saber que Deus é apenas uma direção dada ao amor, e não seu objeto? Será que não sabia que não precisava temer que seu amor fosse correspondido?

Será que não conhecia a reserva desse amado superior que adia calmamente o prazer para deixar que nosso coração, criaturas lentas que somos, se realize inteiramente? Ou ela queria evitar Cristo? Temia ela, detida a meio caminho dele, tornar-se sua amada ao tocá-lo? Será por isso que pensava com desagrado em Julie Reventlow?

Quase acredito nisso quando penso em como uma amante tão ingênua quanto Mechthild[111], uma tão entusiasmada quanto Teresa de Ávila[112] ou uma tão ferida quanto a bem-aventurada Rosa de Lima[113] puderam se prostrar diante desse alívio divino, transigentes porém amadas. Ah, aquele que era um ajudante para os fracos, para essas mulheres fortes é uma injustiça; quando não esperavam mais nada senão o caminho infinito, aproxima-se delas outra vez, no limbo em que aguardam expectantes, uma figura que as mima com abrigo e as perturba com virilidade. A forte lente refratora de seus corações volta a reunir os raios já paralelos desses corações, e elas, que os anjos já esperavam conservar inteiras para Deus, ardem na secura de suas ânsias.

(Ser amado significa inflamar-se. Amar é: iluminar com óleo inesgotável. Ser amado é se desvanecer; amar é perdurar.)[114]

Apesar disso, é possível que em anos posteriores Abelone tenha tentado pensar com o coração para entrar em contato com Deus de uma forma discreta e imediata. Consigo imaginar cartas suas que lembrem o atento exame interior da princesa Amalie Galitzin[115], mas se essas cartas eram dirigidas

---

111. Mechthild von Magdeburg (1210-1283): freira cisterciense e mística. (N.T.)

112. Teresa de Ávila (1515-1582): mística espanhola. (N.T.)

113. Rosa de Lima (1586-1617): mística peruana canonizada em 1671 pelo papa Clemente X. (N.T.)

114. Anotado na margem do manuscrito.

115. Princesa Amalie Galitzin (1748-1806): amiga de Voltaire e Diderot, voltou à religião depois de grave enfermidade no ano de 1786. Sua casa tornou-se o centro da renovação católica na Vestefália (Alemanha). (N.T.)

a alguém que há anos estava próximo dela, como deve ter sofrido com sua transformação! E ela própria: presumo que nada temesse senão essa transformação fantasmagórica que não se percebe porque constantemente perdemos todas as suas provas como se fossem o que há de mais alheio.

Será difícil me convencer de que a história do filho pródigo não é a lenda daquele que não queria ser amado. Quando criança, todos na casa o amavam. Ele crescia, não sabia que as coisas podiam ser diferentes e, como era uma criança, se habituou à ternura deles.

Quando rapaz, porém, quis abandonar seus hábitos. Ele não teria podido dizer isso, mas quando passava o dia inteiro fora vagabundeando e nem sequer queria que os cães o acompanhassem, então isso acontecia porque eles também o amavam; porque seus olhares eram observadores e neles havia interesse, expectativa e preocupação; porque também diante deles não se podia fazer nada sem alegrar ou magoar. O que ele tinha em mente naquela época, porém, era a íntima indiferença de seu coração, indiferença que às vezes o acometia de manhã cedo nos campos com tamanha clareza que começava a correr para não ter tempo e fôlego de ser mais do que um momento ligeiro em que a manhã toma consciência de si mesma.

O segredo de sua vida ainda não vivida se abria diante dele. Involuntariamente, abandonou a trilha e seguiu caminhando campo adentro, os braços abertos, como se com essa largura pudesse abranger mais direções de uma só vez. E então, num lugar qualquer, jogou-se atrás de uma moita e ninguém lhe deu importância. Fez uma flauta, atirou uma pedra num pequeno animal de rapina, se inclinou e forçou um besouro a dar meia-volta: nada disso se tornou um destino, e os céus passavam como se fosse sobre a natureza. Por fim veio a tarde, repleta de ideias; você era um bucaneiro na ilha de Tortuga[116] e não havia qualquer obrigação de sê-lo; sitiava Campeche e conquistava Vera Cruz[117]; era possível ser o exército inteiro ou um comandante a cavalo ou um navio no mar: isso dependia de como você se sentia. Se lhe vinha a ideia de se ajoelhar, então você se transformava rapidamente em Deodato de Gozon[118] e matava o dragão, notando, exaltado, que esse heroísmo era arrogância e que lhe faltava obediência. Pois você não se poupava nada que dissesse respeito ao assunto. Porém, por mais ideias que aparecessem, nos intervalos ainda sobrava tempo para ser não mais que um pássaro, sem importar a espécie. Só que então chegava a hora de voltar para casa.

Meu Deus, quanta coisa havia para ser abandonada e esquecida! Pois era necessário esquecer bem; caso contrário, você se traía quando o pressionavam. Por mais que você hesitasse e olhasse para trás, finalmente o frontão aparecia. A primeira janela do alto ficava de olho em você; devia haver alguém parado atrás dela. Os cães, nos quais a expectativa crescera durante o dia inteiro, corriam através dos arbustos e o arrebanhavam de maneira a se transformar naquele que achavam que fosse. E a casa fazia o resto. Bastava entrar em seu cheiro pleno e quase tudo já estava decidido. Bagatelas ainda podiam mudar; no todo, você já era aquele pelo qual o tomavam aqui; aquele para quem, há muito tempo, já tinham feito uma vida a partir de seu pequeno passado e dos próprios desejos deles; a criatura de todos, que dia e noite estava sob a influência do amor deles, entre suas esperanças e suspeitas, diante de suas censuras ou aplausos.

Para alguém assim, não adianta subir as escadas com indizível cautela. Todos estarão na sala, e basta a porta se

---

116. Tortuga: ilha situada a noroeste do Haiti. No século XVII, foi a base dos piratas ingleses e franceses que assolavam o Caribe. (N.T.)

117. Campeche e Vera Cruz: cidades mexicanas. (N.T.)

118. Deodato de Gozon: cavaleiro francês que, apesar de proibição, teria matado o dragão de Rodes, num ato de desobediência e arrogância. (N.T.)

mover, olham na sua direção. Ele permanece no escuro; quer esperar suas perguntas. Mas então vem o pior. Tomam-no pelas mãos, arrastam-no até a mesa, e todos os presentes se esticam curiosos diante da lâmpada. Eles estão confortáveis, permanecem na sombra, e apenas sobre ele recai, com a luz, toda a vergonha de possuir um rosto.

Será que vai ficar e repetir mentirosamente a vida aproximada que lhe atribuem e se assemelhar a todos eles com o seu rosto inteiro? Será que vai se dividir entre a veracidade terna de sua vontade e o embuste grosseiro que a corrompe aos seus próprios olhos? Vai renunciar a se tornar *aquilo* que poderia prejudicar as pessoas de sua família que têm coração fraco?

Não, ele partirá. Por exemplo, enquanto todos estiverem ocupados em arrumar sua mesa de aniversário com os objetos mal-escolhidos que, novamente, devem compensar tudo. Partir para sempre. Apenas muito mais tarde lhe ficará claro com que intensidade se propôs naquela ocasião a jamais amar para não colocar ninguém na terrível situação de ser amado. Isso lhe ocorre anos depois, e, como outros propósitos, esse também foi impossível de cumprir. Pois em sua solidão ele amou e amou; a cada vez ele amou com a dissipação de toda a sua natureza e com um medo indizível pela liberdade do outro. Lentamente, ele aprendeu a atravessar o objeto amado com os raios luminosos de seu sentimento em vez de consumi-lo. E ficou mal-acostumado pelo encanto de reconhecer através da forma sempre mais transparente da amada as lonjuras que ela abria para a sua infinita vontade de posse.

E como podia chorar por noites a fio ansiando também ser atravessado por tais raios. Porém uma amada que cede está longe de ser uma amante. Oh, noites inconsoláveis em que recebia de volta, aos pedaços, os presentes copiosos que dera, pesados de transitoriedade! Como lembrava então dos trovadores que nada temiam mais do que serem ouvidos.

Ele daria todo dinheiro que acumulara e multiplicara para não continuar passando por isso. Ele as magoava com seus pagamentos grosseiros, temendo dia a dia que elas pudessem fazer a tentativa de aceitar seu amor. Pois tinha perdido a esperança de conhecer a amante que o trespassasse.

Mesmo na época em que a pobreza o apavorava diariamente com novos rigores, em que sua cabeça se tornou o objeto predileto da miséria e ficou completamente enxovalhada, em que se abriram chagas por todo o seu corpo como se fossem olhos auxiliares para ver na negrura das tribulações, em que o horrorizava o lixo sobre o qual o tinham abandonado porque era igual e ele: mesmo então, quando refletia, ser correspondido era seu maior pavor. O que eram todas as escuridões desde então comparadas com a tristeza densa daqueles abraços em que tudo se perdia? Você não acordava com a sensação de não ter futuro? Não andava absurdamente de um lado para o outro sem direito a qualquer perigo? Não teve de prometer centenas de vezes que não morreria? Talvez o que tenha feito a sua vida durar em meio aos restos tenha sido a teimosia dessa lembrança ruim que, de retorno em retorno, queria conservar um lugar. Por fim, o reencontraram. E só então, somente nos anos de pastor, o seu vasto passado se aquietou.

Quem pode descrever o que lhe aconteceu naquela época? Qual o poeta que terá a força persuasiva para harmonizar a longa duração de seus dias de então com a brevidade da vida? Qual será a arte vasta o bastante para invocar ao mesmo tempo a sua figura esguia e disfarçada e toda a abundância de espaço de suas noites gigantescas?

Esse era o tempo que começou para ele com a sensação de que era universal e anônimo como um convalescente irresoluto. Ele não amava, a não ser que amasse existir. O amor baixo de seus cordeiros não lhe importava; como a luz que cai através das nuvens, esse amor se espalhava ao redor dele e brilhava suavemente sobre os prados. No encalço da fome inocente de seus animais, caminhava calado pelos campos do mundo. Estrangeiros o viram na Acrópole, e talvez ele tenha sido por longo tempo pastor em Les Baux[119] e visto o tempo petrificado sobreviver à alta linhagem que, apesar de todas as conquistas do sete e do três, não foi capaz de subjugar os dezesseis raios de sua estrela. Ou devo imaginá-lo em Orange, apoiado ao bucólico arco do triunfo? Devo vê-lo nas sombras, habitadas por almas, de Allyscamps[120], ver como seu olhar segue uma libélula entre os túmulos, abertos como os túmulos de ressuscitados?

Pouco importa. Não vejo somente ele, vejo sua existência, que naquela época começou o longo caminho do amor a Deus, vejo o trabalho sossegado e sem objetivo. Pois lhe sobreveio – a ele, que gostaria de se conter para sempre – a imutabilidade crescente de seu coração. E desta vez queria ser ouvido. Todo o seu ser, que na longa solidão se tornara presciente e imperturbável, lhe prometeu que aquele em quem agora pensava sabia amar com um amor penetrante, radiante. Porém, enquanto anelava ser finalmente amado de maneira tão magistral, sua sensibilidade habituada à distância compreendeu o extremo afastamento de Deus. Vieram noites em que pensava em se lançar sobre ele no espaço; horas cheias de descobertas em que se sentia forte o bastante para mergulhar na direção da Terra a fim de arrebatá-la na enchente de seu coração. Ele era como alguém que ouve uma língua magnífica e se propõe febrilmente a poetar nela. Ainda o aguardava a perplexidade de saber como essa língua é difícil; de início, não queria acreditar que uma longa vida poderia se passar para que se chegasse a formar as primeiras

---

119. Les Baux: cidade em ruínas na região da Provença (França). A "alta linhagem" são os príncipes de Les Baux, família provençal que floresceu nos séculos XIV e XV e reinava sobre a região. Essa família julgava descender de Baltazar, um dos três reis magos, e a estrela de Belém fazia parte de seu brasão. Essa estrela tinha dezesseis pontas, um número que não trazia sorte. Por essa razão, a família adotou os números três e sete como números de sorte. (N.T.)

120. Allyscamps: antigo cemitério romano nas proximidades de Arles (França). (N.T.)

e equivocadas frases, que carecem de sentido. Ele se pôs a aprender como um corredor na competição; porém a densidade do que tinha de ser superado o retardou. Não dava para imaginar o que podia ser mais humilhante do que essa condição de iniciante. Tinha descoberto a pedra filosofal e agora era obrigado a transmutar constantemente o ouro depressa fabricado de sua felicidade no chumbo grumoso da paciência. Ele, que tinha se adaptado ao espaço, abria corredores tortos sem saída nem direção, como um verme. E como aprendia a amar com tanto esforço e aflição, foi-lhe mostrado como havia sido negligente e insignificante todo o amor que achava ter dado até então. Como nada pudera ser feito desse amor, porque não tinha começado a trabalhar nele e a realizá-lo.

Nesses anos, ocorreram nele as grandes transformações. No trabalho duro de se aproximar de Deus, quase o esqueceu, e tudo o que, com o tempo, talvez esperasse alcançar dele era *sa patience de supporter une âme*.[121] Já fazia tempo que os acasos do destino que tanto preocupam os homens não lhe importavam; agora, porém, mesmo as dores e os prazeres necessários perderam o ressaibo condimentado e se tornaram para ele puros e nutritivos. Das raízes de seu ser cresceu a planta de uma alegria fértil, planta forte e resistente ao inverno. Ele estava inteiramente absorvido pela tarefa de dominar aquilo que constituía sua vida interior e não queria negligenciar nada, pois não duvidava que seu amor estivesse em tudo isso e que aumentava. Sim, sua disposição interior ia tão longe que decidiu recuperar o mais importante daquilo que outrora não pudera realizar, daquilo que simplesmente só ficara à espera. Ele pensava sobretudo na infância, que lhe parecia tanto mais irrealizada quanto mais calmamente nela refletia; todas as recordações dela tinham em si a vagueza dos pressentimentos, e o fato de serem consideradas como algo do passado quase as transformava em uma coisa futura.

---

121. *Sa patience de supporter une âme*: sua paciência para suportar uma alma. Em francês no original. (N.T.)

Tomar tudo isso mais uma vez sobre si, e agora realmente, foi a razão pela qual o homem que se tornara estrangeiro voltou para casa. Não sabemos se ficou; sabemos apenas que retornou.

Neste trecho, aqueles que contaram a história nos procuram fazer recordar da casa, de como era; pois lá o tempo transcorrido foi pequeno, um pouco de tempo contado, e todos na casa saberiam dizer quanto. Os cães envelheceram, mas ainda estão vivos. Segundo o relato, um deles começou a uivar. Todo o trabalho cotidiano foi interrompido. Rostos apareceram nas janelas, rostos envelhecidos e crescidos de comovente semelhança. E um dos rostos bem velhos é atingido de modo súbito e pálido pelo reconhecimento. O reconhecimento? Só o reconhecimento, de fato? O perdão. Perdão do quê? O amor. Meu Deus: o amor.

Ele, o reconhecido, não tinha mais pensado, ocupado como estava, que o amor ainda pudesse existir. É compreensível que de tudo que então aconteceu somente isto nos tenha sido legado: seu gesto, o gesto inaudito que nunca fora visto antes; o gesto de súplica com que se lançou aos pés deles, implorando para que não o amassem. Assustados e cambaleantes, eles o levantaram. Interpretaram o seu ímpeto à maneira deles ao perdoar. Deve ter sido indescritivelmente libertador para ele que todos o tenham entendido mal, apesar da clareza desesperada de sua atitude. Talvez pudesse ficar. Pois reconhecia mais e mais a cada dia que o amor não lhe dizia respeito, amor de que tinham tanto orgulho e para o qual se encorajavam mutuamente às escondidas. Ele quase tinha de sorrir quando se esforçavam, e ficou claro quão pouco podiam pensar nele.

Será que sabiam quem ele era? Agora era alguém terrivelmente difícil de amar, e sentia que apenas um ente seria capaz disso. Mas esse ente ainda não queria fazê-lo.

Coleção **L&PM** POCKET

600.**Crime e castigo** – Dostoiévski
601.**Mistério no Caribe** – Agatha Christie
602.**Odisseia (2): Regresso** – Homero
603.**Piadas para sempre (2)** – Visconde da Casa Verde
604.**À sombra do vulcão** – Malcolm Lowry
605(8).**Kerouac** – Yves Buin
606.**E agora são cinzas** – Angeli
607.**As mil e uma noites** – Paulo Caruso
608.**Um assassino entre nós** – Ruth Rendell
609.**Crack-up** – F. Scott Fitzgerald
610.**Do amor** – Stendhal
611.**Cartas do Yage** – William Burroughs e Allen Ginsberg
612.**Striptiras (2)** – Laerte
613.**Henry & June** – Anaïs Nin
614.**A piscina mortal** – Ross Macdonald
615.**Geraldão (2)** – Glauco
616.**Tempo de delicadeza** – A. R. de Sant'Anna
617.**Tiros na noite 2: Medo de tiro** – Dashiell Hammett
618.**Snoopy em Assim é a vida, Charlie Brown! (3)** – Schulz
619.**1954 – Um tiro no coração** – Hélio Silva
620.**Sobre a inspiração poética (Íon) e ...** – Platão
621.**Garfield e seus amigos (8)** – Jim Davis
622.**Odisseia (3): Ítaca** – Homero
623.**A louca matança** – Chester Himes
624.**Factótum** – Bukowski
625.**Guerra e Paz: volume 1** – Tolstói
626.**Guerra e Paz: volume 2** – Tolstói
627.**Guerra e Paz: volume 3** – Tolstói
628.**Guerra e Paz: volume 4** – Tolstói
629(9).**Shakespeare** – Claude Mourthé
630.**Bem está o que bem acaba** – Shakespeare
631.**O contrato social** – Rousseau
632.**Geração Beat** – Jack Kerouac
633.**Snoopy: É Natal! (4)** – Charles Schulz
634.**Testemunha da acusação** – Agatha Christie
635.**Um elefante no caos** – Millôr Fernandes
636.**Guia de leitura (100 autores que você precisa ler)** – Organização de Léa Masina
637.**Pistoleiros também mandam flores** – David Coimbra
638.**O prazer das palavras** – vol. 1 – Cláudio Moreno
639.**O prazer das palavras** – vol. 2 – Cláudio Moreno
640.**Novíssimo testamento: com Deus e o diabo, a dupla da criação** – Iotti
641.**Literatura Brasileira: modos de usar** – Luís Augusto Fischer
642.**Dicionário de Porto-Alegrês** – Luís A. Fischer
643.**Clô Dias & Noites** – Sérgio Jockymann
644.**Memorial de Isla Negra** – Pablo Neruda
645.**Um homem extraordinário e outras histórias** – Tchékhov
646.**Ana sem terra** – Alcy Cheuiche
647.**Adultérios** – Woody Allen

651.**Snoopy: Posso fazer uma pergunta, professora? (5)** – Charles Schulz
652(10).**Luís XVI** – Bernard Vincent
653.**O mercador de Veneza** – Shakespeare
654.**Cancioneiro** – Fernando Pessoa
655.**Non-Stop** – Martha Medeiros
656.**Carpinteiros, levantem bem alto a cumeeira & Seymour, uma apresentação** – J.D.Salinger
657.**Ensaios céticos** – Bertrand Russell
658.**O melhor de Hagar 5** – Dik e Chris Browne
659.**Primeiro amor** – Ivan Turguêniev
660.**A trégua** – Mario Benedetti
661.**Um parque de diversões da cabeça** – Lawrence Ferlinghetti
662.**Aprendendo a viver** – Sêneca
663.**Garfield, um gato em apuros (9)** – Jim Davis
664.**Dilbert (1)** – Scott Adams
666.**A imaginação** – Jean-Paul Sartre
667.**O ladrão e os cães** – Naguib Mahfuz
669.**A volta do parafuso** *seguido de* **Daisy Miller** – Henry James
670.**Notas do subsolo** – Dostoiévski
671.**Abobrinhas da Brasilônia** – Glauco
672.**Geraldão (3)** – Glauco
673.**Piadas para sempre (3)** – Visconde da Casa Verde
674.**Duas viagens ao Brasil** – Hans Staden
676.**A arte da guerra** – Maquiavel
677.**Além do bem e do mal** – Nietzsche
678.**O coronel Chabert** *seguido de* **A mulher abandonada** – Balzac
679.**O sorriso de marfim** – Ross Macdonald
680.**100 receitas de pescados** – Sílvio Lancellotti
681.**O juiz e seu carrasco** – Friedrich Dürrenmatt
682.**Noites brancas** – Dostoiévski
683.**Quadras ao gosto popular** – Fernando Pessoa
685.**Kaos** – Millôr Fernandes
686.**A pele de onagro** – Balzac
687.**As ligações perigosas** – Choderlos de Laclos
689.**Os Lusíadas** – Luís Vaz de Camões
690(11).**Átila** – Éric Deschodt
691.**Um jeito tranquilo de matar** – Chester Himes
692.**A felicidade conjugal** *seguido de* **O diabo** – Tolstói
693.**Viagem de um naturalista ao redor do mundo** – vol. 1 – Charles Darwin
694.**Viagem de um naturalista ao redor do mundo** – vol. 2 – Charles Darwin
695.**Memórias da casa dos mortos** – Dostoiévski
696.**A Celestina** – Fernando de Rojas
697.**Snoopy: Como você é azarado, Charlie Brown! (6)** – Charles Schulz
698.**Dez (quase) amores** – Claudia Tajes
699.**Poirot sempre espera** – Agatha Christie
701.**Apologia de Sócrates** *precedido de* **Êutifron** e *seguido de* **Críton** – Platão

702. **Wood & Stock** – Angeli
703. **Striptiras (3)** – Laerte
704. **Discurso sobre a origem e os fundamentos da desigualdade entre os homens** – Rousseau
705. **Os duelistas** – Joseph Conrad
706. **Dilbert (2)** – Scott Adams
707. **Viver e escrever (vol. 1)** – Edla van Steen
708. **Viver e escrever (vol. 2)** – Edla van Steen
709. **Viver e escrever (vol. 3)** – Edla van Steen
710. **A teia da aranha** – Agatha Christie
711. **O banquete** – Platão
712. **Os belos e malditos** – F. Scott Fitzgerald
713. **Libelo contra a arte moderna** – Salvador Dalí
714. **Akropolis** – Valerio Massimo Manfredi
715. **Devoradores de mortos** – Michael Crichton
716. **Sob o sol da Toscana** – Frances Mayes
717. **Batom na cueca** – Nani
718. **Vida dura** – Claudia Tajes
719. **Carne trêmula** – Ruth Rendell
720. **Cris, a fera** – David Coimbra
721. **O anticristo** – Nietzsche
722. **Como um romance** – Daniel Pennac
723. **Emboscada no Forte Bragg** – Tom Wolfe
724. **Assédio sexual** – Michael Crichton
725. **O espírito do Zen** – Alan W.Watts
726. **Um bonde chamado desejo** – Tennessee Williams
727. **Como gostais** *seguido de* **Conto de inverno** – Shakespeare
728. **Tratado sobre a tolerância** – Voltaire
729. **Snoopy: Doces ou travessuras? (7)** – Charles Schulz
730. **Cardápios do Anonymus Gourmet** – J.A. Pinheiro Machado
731. **100 receitas com lata** – J.A. Pinheiro Machado
732. **Conhece o Mário?** vol.2 – Santiago
733. **Dilbert (3)** – Scott Adams
734. **História de um louco amor** *seguido de* **Passado amor** – Horacio Quiroga
735(11). **Sexo: muito prazer** – Laura Meyer da Silva
736(12). **Para entender o adolescente** – Dr. Ronald Pagnoncelli
737(13). **Desembarcando a tristeza** – Dr. Fernando Lucchese
738. **Poirot e o mistério da arca espanhola & outras histórias** – Agatha Christie
739. **A última legião** – Valerio Massimo Manfredi
741. **Sol nascente** – Michael Crichton
742. **Duzentos ladrões** – Dalton Trevisan
743. **Os devaneios do caminhante solitário** – Rousseau
744. **Garfield, o rei da preguiça (10)** – Jim Davis
745. **Os magnatas** – Charles R. Morris
746. **Pulp** – Charles Bukowski
747. **Enquanto agonizo** – William Faulkner
748. **Aline: viciada em sexo (3)** – Adão Iturrusgarai
749. **A dama do cachorrinho** – Anton Tchékhov
750. **Tito Andrônico** – Shakespeare
751. **Antologia poética** – Anna Akhmátova
752. **O melhor de Hagar 6** – Dik e Chris Browne
753(12). **Michelangelo** – Nadine Sautel

754. **Dilbert (4)** – Scott Adams
755. **O jardim das cerejeiras** *seguido de* **Tio Vânia** – Tchékhov
756. **Geração Beat** – Claudio Willer
757. **Santos Dumont** – Alcy Cheuiche
758. **Budismo** – Claude B. Levenson
759. **Cleópatra** – Christian-Georges Schwentzel
760. **Revolução Francesa** – Frédéric Bluche, Stéphane Rials e Jean Tulard
761. **A crise de 1929** – Bernard Gazier
762. **Sigmund Freud** – Edson Sousa e Paulo Endo
763. **Império Romano** – Patrick Le Roux
764. **Cruzadas** – Cécile Morrisson
765. **O mistério do Trem Azul** – Agatha Christie
768. **Senso comum** – Thomas Paine
769. **O parque dos dinossauros** – Michael Crichton
770. **Trilogia da paixão** – Goethe
773. **Snoopy: No mundo da lua! (8)** – Charles Schulz
774. **Os Quatro Grandes** – Agatha Christie
775. **Um brinde de cianureto** – Agatha Christie
776. **Súplicas atendidas** – Truman Capote
779. **A viúva imortal** – Millôr Fernandes
780. **Cabala** – Roland Goetschel
781. **Capitalismo** – Claude Jessua
782. **Mitologia grega** – Pierre Grimal
783. **Economia: 100 palavras-chave** – Jean-Paul Betbèze
784. **Marxismo** – Henri Lefebvre
785. **Punição para a inocência** – Agatha Christie
786. **A extravagância do morto** – Agatha Christie
787(13). **Cézanne** – Bernard Fauconnier
788. **A identidade Bourne** – Robert Ludlum
789. **Da tranquilidade da alma** – Sêneca
790. **Um artista da fome** *seguido de* **Na colônia penal e outras histórias** – Kafka
791. **Histórias de fantasmas** – Charles Dickens
796. **O Uraguai** – Basílio da Gama
797. **A mão misteriosa** – Agatha Christie
798. **Testemunha ocular do crime** – Agatha Christie
799. **Crepúsculo dos ídolos** – Friedrich Nietzsche
802. **O grande golpe** – Dashiell Hammett
803. **Humor barra pesada** – Nani
804. **Vinho** – Jean-François Gautier
805. **Egito Antigo** – Sophie Desplancques
806(14). **Baudelaire** – Jean-Baptiste Baronian
807. **Caminho da sabedoria, caminho da paz** – Dalai Lama e Felizitas von Schönborn
808. **Senhor e servo e outras histórias** – Tolstói
809. **Os cadernos de Malte Laurids Brigge** – Rilke
810. **Dilbert (5)** – Scott Adams
811. **Big Sur** – Jack Kerouac
812. **Seguindo a correnteza** – Agatha Christie
813. **O álibi** – Sandra Brown
814. **Montanha-russa** – Martha Medeiros
815. **Coisas da vida** – Martha Medeiros
816. **A cantada infalível** *seguido de* **A mulher do centroavante** – David Coimbra
819. **Snoopy: Pausa para a soneca (9)** – Charles Schulz
820. **De pernas pro ar** – Eduardo Galeano

821.**Tragédias gregas** – Pascal Thiercy
822.**Existencialismo** – Jacques Colette
823.**Nietzsche** – Jean Granier
824.**Amar ou depender?** – Walter Riso
825.**Darmapada: A doutrina budista em versos**
826.**J'Accuse...! – a verdade em marcha** – Zola
827.**Os crimes ABC** – Agatha Christie
828.**Um gato entre os pombos** – Agatha Christie
831.**Dicionário de teatro** – Luiz Paulo Vasconcellos
832.**Cartas extraviadas** – Martha Medeiros
833.**A longa viagem de prazer** – J. J. Morosoli
834.**Receitas fáceis** – J. A. Pinheiro Machado
835.(14).**Mais fatos & mitos** – Dr. Fernando Lucchese
836.(15).**Boa viagem!** – Dr. Fernando Lucchese
837.**Aline: Finalmente nua!!!** (4) – Adão Iturrusgarai
838.**Mônica tem uma novidade!** – Mauricio de Sousa
839.**Cebolinha em apuros!** – Mauricio de Sousa
840.**Sócios no crime** – Agatha Christie
841.**Bocas do tempo** – Eduardo Galeano
842.**Orgulho e preconceito** – Jane Austen
843.**Impressionismo** – Dominique Lobstein
844.**Escrita chinesa** – Viviane Alleton
845.**Paris: uma história** – Yvan Combeau
846.(15).**Van Gogh** – David Haziot
848.**Portal do destino** – Agatha Christie
849.**O futuro de uma ilusão** – Freud
850.**O mal-estar na cultura** – Freud
853.**Um crime adormecido** – Agatha Christie
854.**Satori em Paris** – Jack Kerouac
855.**Medo e delírio em Las Vegas** – Hunter Thompson
856.**Um negócio fracassado e outros contos de humor** – Tchékhov
857.**Mônica está de férias!** – Mauricio de Sousa
858.**De quem é esse coelho?** – Mauricio de Sousa
860.**O mistério Sittaford** – Agatha Christie
861.**Manhã transfigurada** – L. A. de Assis Brasil
862.**Alexandre, o Grande** – Pierre Briant
863.**Jesus** – Charles Perrot
864.**Islã** – Paul Balta
865.**Guerra da Secessão** – Farid Ameur
866.**Um rio que vem da Grécia** – Cláudio Moreno
868.**Assassinato na casa do pastor** – Agatha Christie
869.**Manual do líder** – Napoleão Bonaparte
870.(16).**Billie Holiday** – Sylvia Fol
871.**Bidu arrasando!** – Mauricio de Sousa
872.**Os Sousa: Desventuras em família** – Mauricio de Sousa
874.**E no final a morte** – Agatha Christie
875.**Guia prático do Português correto – vol. 4** – Cláudio Moreno
876.**Dilbert (6)** – Scott Adams
877.(17).**Leonardo da Vinci** – Sophie Chauveau
878.**Bella Toscana** – Frances Mayes
879.**A arte da ficção** – David Lodge
880.**Striptiras (4)** – Laerte
881.**Skrotinhos** – Angeli
882.**Depois do funeral** – Agatha Christie
883.**Radici 7** – Iotti
884.**Walden** – H. D. Thoreau
885.**Lincoln** – Allen C. Guelzo
886.**Primeira Guerra Mundial** – Michael Howard
887.**A linha de sombra** – Joseph Conrad
888.**O amor é um cão dos diabos** – Bukowski
890.**Despertar: uma vida de Buda** – Jack Kerouac
891.(18).**Albert Einstein** – Laurent Seksik
892.**Hell's Angels** – Hunter Thompson
893.**Ausência na primavera** – Agatha Christie
894.**Dilbert (7)** – Scott Adams
895.**Ao sul do lugar nenhum** – Bukowski
896.**Maquiavel** – Quentin Skinner
897.**Sócrates** – C.C.W. Taylor
899.**O Natal de Poirot** – Agatha Christie
900.**As veias abertas da América Latina** – Eduardo Galeano
901.**Snoopy: Sempre alerta! (10)** – Charles Schulz
902.**Chico Bento: Plantando confusão** – Mauricio de Sousa
903.**Penadinho: Quem é morto sempre aparece** – Mauricio de Sousa
904.**A vida sexual da mulher feia** – Claudia Tajes
905.**100 segredos de liquidificador** – José Antonio Pinheiro Machado
906.**Sexo muito prazer 2** – Laura Meyer da Silva
907.**Os nascimentos** – Eduardo Galeano
908.**As caras e as máscaras** – Eduardo Galeano
909.**O século do vento** – Eduardo Galeano
910.**Poirot perde uma cliente** – Agatha Christie
911.**Cérebro** – Michael O'Shea
912.**O escaravelho de ouro e outras histórias** – Edgar Allan Poe
913.**Piadas para sempre (4)** – Visconde da Casa Verde
914.**100 receitas de massas light** – Helena Tonetto
915.(19).**Oscar Wilde** – Daniel Salvatore Schiffer
916.**Uma breve história do mundo** – H. G. Wells
917.**A Casa do Penhasco** – Agatha Christie
919.**John M. Keynes** – Bernard Gazier
920.(20).**Virginia Woolf** – Alexandra Lemasson
921.**Peter e Wendy** *seguido de* **Peter Pan em Kensington Gardens** – J. M. Barrie
922.**Aline: numas de colegial (5)** – Adão Iturrusgarai
923.**Uma dose mortal** – Agatha Christie
924.**Os trabalhos de Hércules** – Agatha Christie
926.**Kant** – Roger Scruton
927.**A inocência do Padre Brown** – G.K. Chesterton
928.**Casa Velha** – Machado de Assis
929.**Marcas de nascença** – Nancy Huston
930.**Aulete de bolso**
931.**Hora Zero** – Agatha Christie
932.**Morte na Mesopotâmia** – Agatha Christie
934.**Nem te conto, João** – Dalton Trevisan
935.**As aventuras de Huckleberry Finn** – Mark Twain
936.(21).**Marilyn Monroe** – Anne Plantagenet
937.**China moderna** – Rana Mitter
938.**Dinossauros** – David Norman
939.**Louca por homem** – Claudia Tajes
940.**Amores de alto risco** – Walter Riso
941.**Jogo de damas** – David Coimbra
942.**Filha é filha** – Agatha Christie
943.**M ou N?** – Agatha Christie
945.**Bidu: diversão em dobro!** – Mauricio de Sousa

946.**Fogo** – Anaïs Nin
947.**Rum: diário de um jornalista bêbado** – Hunter Thompson
948.**Persuasão** – Jane Austen
949.**Lágrimas na chuva** – Sergio Faraco
950.**Mulheres** – Bukowski
951.**Um pressentimento funesto** – Agatha Christie
952.**Cartas na mesa** – Agatha Christie
954.**O lobo do mar** – Jack London
955.**Os gatos** – Patricia Highsmith
956(22).**Jesus** – Christiane Rancé
957.**História da medicina** – William Bynum
958.**O Morro dos Ventos Uivantes** – Emily Brontë
959.**A filosofia na era trágica dos gregos** – Nietzsche
960.**Os treze problemas** – Agatha Christie
961.**A massagista japonesa** – Moacyr Scliar
963.**Humor do miserê** – Nani
964.**Todo o mundo tem dúvida, inclusive você** – Édison de Oliveira
965.**A dama do Bar Nevada** – Sergio Faraco
969.**O psicopata americano** – Bret Easton Ellis
970.**Ensaios de amor** – Alain de Botton
971.**O grande Gatsby** – F. Scott Fitzgerald
972.**Por que não sou cristão** – Bertrand Russell
973.**A Casa Torta** – Agatha Christie
974.**Encontro com a morte** – Agatha Christie
975(23).**Rimbaud** – Jean-Baptiste Baronian
976.**Cartas na rua** – Bukowski
977.**Memória** – Jonathan K. Foster
978.**A abadia de Northanger** – Jane Austen
979.**As pernas de Úrsula** – Claudia Tajes
980.**Retrato inacabado** – Agatha Christie
981.**Solanin (1)** – Inio Asano
982.**Solanin (2)** – Inio Asano
983.**Aventuras de menino** – Mitsuru Adachi
984(16).**Fatos & mitos sobre sua alimentação** – Dr. Fernando Lucchese
985.**Teoria quântica** – John Polkinghorne
986.**O eterno marido** – Fiódor Dostoiévski
987.**Um safado em Dublin** – J. P. Donleavy
988.**Mirinha** – Dalton Trevisan
989.**Akhenaton e Nefertiti** – Carmen Seganfredo e A. S. Franchini
990.**On the Road – o manuscrito original** – Jack Kerouac
991.**Relatividade** – Russell Stannard
992.**Abaixo de zero** – Bret Easton Ellis
993(24).**Andy Warhol** – Mériam Korichi
995.**Os últimos casos de Miss Marple** – Agatha Christie
996.**Nico Demo: Aí vem encrenca** – Mauricio de Sousa
998.**Rousseau** – Robert Wokler
999.**Noite sem fim** – Agatha Christie
1000.**Diários de Andy Warhol (1)** – Editado por Pat Hackett
1001.**Diários de Andy Warhol (2)** – Editado por Pat Hackett
1002.**Cartier-Bresson: o olhar do século** – Pierre Assouline
1003.**As melhores histórias da mitologia: vol. 1** – A.S. Franchini e Carmen Seganfredo
1004.**As melhores histórias da mitologia: vol. 2** – A.S. Franchini e Carmen Seganfredo
1005.**Assassinato no beco** – Agatha Christie
1006.**Convite para um homicídio** – Agatha Christie

1008.**História da vida** – Michael J. Benton
1009.**Jung** – Anthony Stevens
1010.**Arsène Lupin, ladrão de casaca** – Maurice Leblanc
1011.**Dublinenses** – James Joyce
1012.**120 tirinhas da Turma da Mônica** – Mauricio de Sousa
1013.**Antologia poética** – Fernando Pessoa
1014.**A aventura de um cliente ilustre** *seguido de* **O último adeus de Sherlock Holmes** – Sir Arthur Conan Doyle
1015.**Cenas de Nova York** – Jack Kerouac
1016.**A corista** – Anton Tchékhov
1017.**O diabo** – Leon Tolstói
1018.**Fábulas chinesas** – Sérgio Capparelli e Márcia Schmaltz
1019.**O gato do Brasil** – Sir Arthur Conan Doyle
1020.**Missa do Galo** – Machado de Assis
1021.**O mistério de Marie Rogêt** – Edgar Allan Poe
1022.**A mulher mais linda da cidade** – Bukowski
1023.**O retrato** – Nicolai Gogol
1024.**O conflito** – Agatha Christie
1025.**Os primeiros casos de Poirot** – Agatha Christie
1027(25).**Beethoven** – Bernard Fauconnier
1028.**Platão** – Julia Annas
1029.**Cleo e Daniel** – Roberto Freire
1030.**Til** – José de Alencar
1031.**Viagens na minha terra** – Almeida Garrett
1032.**Profissões para mulheres e outros artigos feministas** – Virginia Woolf
1033.**Mrs. Dalloway** – Virginia Woolf
1034.**O cão da morte** – Agatha Christie
1035.**Tragédia em três atos** – Agatha Christie
1037.**O fantasma da Ópera** – Gaston Leroux
1038.**Evolução** – Brian e Deborah Charlesworth
1039.**Medida por medida** – Shakespeare
1040.**Razão e sentimento** – Jane Austen
1041.**A obra-prima ignorada** *seguido de* **Um episódio durante o Terror** – Balzac
1042.**A fugitiva** – Anaïs Nin
1043.**As grandes histórias da mitologia greco-romana** – A. S. Franchini
1044.**O corno de si mesmo & outras historietas** – Marquês de Sade
1045.**Da felicidade** *seguido de* **Da vida retirada** – Sêneca
1046.**O horror em Red Hook e outras histórias** – H. P. Lovecraft
1047.**Noite em claro** – Martha Medeiros
1048.**Poemas clássicos chineses** – Li Bai, Du Fu e Wang Wei
1049.**A terceira moça** – Agatha Christie
1050.**Um destino ignorado** – Agatha Christie
1051(26).**Buda** – Sophie Royer
1052.**Guerra Fria** – Robert J. McMahon
1053.**Simons's Cat: as aventuras de um gato travesso e comilão – vol. 1** – Simon Tofield
1054.**Simons's Cat: as aventuras de um gato travesso e comilão – vol. 2** – Simon Tofield
1055.**Só as mulheres e as baratas sobreviverão** – Claudia Tajes
1057.**Pré-história** – Chris Gosden
1058.**Pintou sujeira!** – Mauricio de Sousa
1059.**Contos de Mamãe Gansa** – Charles Perrault
1060.**A interpretação dos sonhos: vol. 1** – Freud

1061. **A interpretação dos sonhos: vol. 2** – Freud
1062. **Frufru Rataplã Dolores** – Dalton Trevisan
1063. **As melhores histórias da mitologia egípcia** – Carmem Seganfredo e A.S. Franchini
1064. **Infância. Adolescência. Juventude** – Tolstói
1065. **As consolações da filosofia** – Alain de Botton
1066. **Diários de Jack Kerouac – 1947-1954**
1067. **Revolução Francesa – vol. 1** – Max Gallo
1068. **Revolução Francesa – vol. 2** – Max Gallo
1069. **O detetive Parker Pyne** – Agatha Christie
1070. **Memórias do esquecimento** – Flávio Tavares
1071. **Drogas** – Leslie Iversen
1072. **Manual de ecologia (vol.2)** – J. Lutzenberger
1073. **Como andar no labirinto** – Affonso Romano de Sant'Anna
1074. **A orquídea e o serial killer** – Juremir Machado da Silva
1075. **Amor nos tempos de fúria** – Lawrence Ferlinghetti
1076. **A aventura do pudim de Natal** – Agatha Christie
1077. **Amores que matam** – Patricia Faur
1079. **Histórias de pescador** – Mauricio de Sousa
1080. **Pedaços de um caderno manchado de vinho** – Bukowski
1081. **A ferro e fogo: tempo de solidão (vol.1)** – Josué Guimarães
1082. **A ferro e fogo: tempo de guerra (vol.2)** – Josué Guimarães
1084(17). **Desembarcando o Alzheimer** – Dr. Fernando Lucchese e Dra. Ana Hartmann
1085. **A maldição do espelho** – Agatha Christie
1086. **Uma breve história da filosofia** – Nigel Warburton
1088. **Heróis da História** – Will Durant
1089. **Concerto campestre** – L. A. de Assis Brasil
1090. **Morte nas nuvens** – Agatha Christie
1092. **Aventura em Bagdá** – Agatha Christie
1093. **O cavalo amarelo** – Agatha Christie
1094. **O método de interpretação dos sonhos** – Freud
1095. **Sonetos de amor e desamor** – Vários
1096. **120 tirinhas do Dilbert** – Scott Adams
1097. **200 fábulas de Esopo**
1098. **O curioso caso de Benjamin Button** – F. Scott Fitzgerald
1099. **Piadas para sempre: uma antologia para morrer de rir** – Visconde da Casa Verde
1100. **Hamlet (Mangá)** – Shakespeare
1101. **A arte da guerra (Mangá)** – Sun Tzu
1104. **As melhores histórias da Bíblia (vol.1)** – A. S. Franchini e Carmen Seganfredo
1105. **As melhores histórias da Bíblia (vol.2)** – A. S. Franchini e Carmen Seganfredo
1106. **Psicologia das massas e análise do eu** – Freud
1107. **Guerra Civil Espanhola** – Helen Graham
1108. **A autoestrada do sul e outras histórias** – Julio Cortázar
1109. **O mistério dos sete relógios** – Agatha Christie
1110. **Peanuts: Ninguém gosta de mim... (amor)** – Charles Schulz
1111. **Cadê o bolo?** – Mauricio de Sousa
1112. **O filósofo ignorante** – Voltaire
1113. **Totem e tabu** – Freud
1114. **Filosofia pré-socrática** – Catherine Osborne
1115. **Desejo de status** – Alain de Botton
1118. **Passageiro para Frankfurt** – Agatha Christie

1120. **Kill All Enemies** – Melvin Burgess
1121. **A morte da sra. McGinty** – Agatha Christie
1122. **Revolução Russa** – S. A. Smith
1123. **Até você, Capitu?** – Dalton Trevisan
1124. **O grande Gatsby (Mangá)** – F. S. Fitzgerald
1125. **Assim falou Zaratustra (Mangá)** – Nietzsche
1126. **Peanuts: É para isso que servem os amigos (amizade)** – Charles Schulz
1127(27). **Nietzsche** – Dorian Astor
1128. **Bidu: Hora do banho** – Mauricio de Sousa
1129. **O melhor do Macanudo Taurino** – Santiago
1130. **Radicci 30 anos** – Iotti
1131. **Show de sabores** – J.A. Pinheiro Machado
1132. **O prazer das palavras** – vol. 3 – Cláudio Moreno
1133. **Morte na praia** – Agatha Christie
1134. **O fardo** – Agatha Christie
1135. **Manifesto do Partido Comunista (Mangá)** – Marx & Engels
1136. **A metamorfose (Mangá)** – Franz Kafka
1137. **Por que você não se casou... ainda** – Tracy McMillan
1138. **Textos autobiográficos** – Bukowski
1139. **A importância de ser prudente** – Oscar Wilde
1140. **Sobre a vontade na natureza** – Arthur Schopenhauer
1141. **Dilbert (8)** – Scott Adams
1142. **Entre dois amores** – Agatha Christie
1143. **Cipreste triste** – Agatha Christie
1144. **Alguém viu uma assombração?** – Mauricio de Sousa
1145. **Mandela** – Elleke Boehmer
1146. **Retrato do artista quando jovem** – James Joyce
1147. **Zadig ou o destino** – Voltaire
1148. **O contrato social (Mangá)** – J.-J. Rousseau
1149. **Garfield fenomenal** – Jim Davis
1150. **A queda da América** – Allen Ginsberg
1151. **Música na noite & outros ensaios** – Aldous Huxley
1152. **Poesias inéditas & Poemas dramáticos** – Fernando Pessoa
1153. **Peanuts: Felicidade é...** – Charles M. Schulz
1154. **Mate-me por favor** – Legs McNeil e Gillian McCain
1155. **Assassinato no Expresso Oriente** – Agatha Christie
1156. **Um punhado de centeio** – Agatha Christie
1157. **A interpretação dos sonhos (Mangá)** – Freud
1158. **Peanuts: Você não entende o sentido da vida** – Charles M. Schulz
1159. **A dinastia Rothschild** – Herbert R. Lottman
1160. **A Mansão Hollow** – Agatha Christie
1161. **Nas montanhas da loucura** – H.P. Lovecraft
1162(28). **Napoleão Bonaparte** – Pascale Fautrier
1163. **Um corpo na biblioteca** – Agatha Christie
1164. **Inovação** – Mark Dodgson e David Gann
1165. **O que toda mulher deve saber sobre os homens: a afetividade masculina** – Walter Riso
1166. **O amor está no ar** – Mauricio de Sousa
1167. **Testemunha de acusação & outras histórias** – Agatha Christie
1168. **Etiqueta de bolso** – Celia Ribeiro
1169. **Poesia reunida (volume 3)** – Affonso Romano de Sant'Anna

1170.**Emma** – Jane Austen
1171.**Que seja em segredo** – Ana Miranda
1172.**Garfield sem apetite** – Jim Davis
1173.**Garfield: Foi mal...** – Jim Davis
1174.**Os irmãos Karamázov (Mangá)** – Dostoiévski
1175.**O Pequeno Príncipe** – Antoine de Saint-Exupéry
1176.**Peanuts: Ninguém mais tem o espírito aventureiro** – Charles M. Schulz
1177.**Assim falou Zaratustra** – Nietzsche
1178.**Morte no Nilo** – Agatha Christie
1179.**É, soneca boa** – Mauricio de Sousa
1180.**Garfield a todo o vapor** – Jim Davis
1181.**Em busca do tempo perdido (Mangá)** – Proust
1182.**Cai o pano: o último caso de Poirot** – Agatha Christie
1183.**Livro para colorir e relaxar** – Livro 1
1184.**Para colorir sem parar**
1185.**Os elefantes não esquecem** – Agatha Christie
1186.**Teoria da relatividade** – Albert Einstein
1187.**Compêndio da psicanálise** – Freud
1188.**Visões de Gerard** – Jack Kerouac
1189.**Fim de verão** – Mohiro Kitoh
1190.**Procurando diversão** – Mauricio de Sousa
1191.**E não sobrou nenhum e outras peças** – Agatha Christie
1192.**Ansiedade** – Daniel Freeman & Jason Freeman
1193.**Garfield: pausa para o almoço** – Jim Davis
1194.**Contos do dia e da noite** – Guy de Maupassant
1195.**O melhor de Hagar 7** – Dik Browne
1196.(29).**Lou Andreas-Salomé** – Dorian Astor
1197.(30).**Pasolini** – René de Ceccatty
1198.**O caso do Hotel Bertram** – Agatha Christie
1199.**Crônicas de motel** – Sam Shepard
1200.**Pequena filosofia da paz interior** – Catherine Rambert
1201.**Os sertões** – Euclides da Cunha
1202.**Treze à mesa** – Agatha Christie
1203.**Bíblia** – John Riches
1204.**Anjos** – David Albert Jones
1205.**As tirinhas do Guri de Uruguaiana 1** – Jair Kobe
1206.**Entre aspas (vol.1)** – Fernando Eichenberg
1207.**Escrita** – Andrew Robinson
1208.**O spleen de Paris: pequenos poemas em prosa** – Charles Baudelaire
1209.**Satíricon** – Petrônio
1210.**O avarento** – Molière
1211.**Queimando na água, afogando-se na chama** – Bukowski
1212.**Miscelânea septuagenária: contos e poemas** – Bukowski
1213.**Que filosofar é aprender a morrer e outros ensaios** – Montaigne
1214.**Da amizade e outros ensaios** – Montaigne
1215.**O medo à espreita e outras histórias** – H.P. Lovecraft
1216.**A obra de arte na era de sua reprodutibilidade técnica** – Walter Benjamin
1217.**Sobre a liberdade** – John Stuart Mill
1218.**O segredo de Chimneys** – Agatha Christie
1219.**Morte na rua Hickory** – Agatha Christie
1220.**Ulisses (Mangá)** – James Joyce
1221.**Ateísmo** – Julian Baggini

1222.**Os melhores contos de Katherine Mansfield** – Katherine Mansfield
1223.(31).**Martin Luther King** – Alain Foix
1224.**Millôr Definitivo: uma antologia de A Bíblia do Caos** – Millôr Fernandes
1225.**O Clube das Terças-Feiras e outras histórias** – Agatha Christie
1226.**Por que sou tão sábio** – Nietzsche
1227.**Sobre a mentira** – Platão
1228.**Sobre a leitura seguido do Depoimento de Céleste Albaret** – Proust
1229.**O homem do terno marrom** – Agatha Christie
1230.(32).**Jimi Hendrix** – Franck Médioni
1231.**Amor e amizade e outras histórias** – Jane Austen
1232.**Lady Susan, Os Watson e Sanditon** – Jane Austen
1233.**Uma breve história da ciência** – William Bynum
1234.**Macunaíma: o herói sem nenhum caráter** – Mário de Andrade
1235.**A máquina do tempo** – H.G. Wells
1236.**O homem invisível** – H.G. Wells
1237.**Os 36 estratagemas: manual secreto da arte da guerra** – Anônimo
1238.**A mina de ouro e outras histórias** – Agatha Christie
1239.**Pic** – Jack Kerouac
1240.**O habitante da escuridão e outros contos** – H.P. Lovecraft
1241.**O chamado de Cthulhu e outros contos** – H.P. Lovecraft
1242.**O melhor de Meu reino por um cavalo!** – Edição de Ivan Pinheiro Machado
1243.**A guerra dos mundos** – H.G. Wells
1244.**O caso da criada perfeita e outras histórias** – Agatha Christie
1245.**Morte por afogamento e outras histórias** – Agatha Christie
1246.**Assassinato no Comitê Central** – Manuel Vázquez Montalbán
1247.**O papai é pop** – Marcos Piangers
1248.**O papai é pop 2** – Marcos Piangers
1249.**A mamãe é rock** – Ana Cardoso
1250.**Paris boêmia** – Dan Franck
1251.**Paris libertária** – Dan Franck
1252.**Paris ocupada** – Dan Franck
1253.**Uma anedota infame** – Dostoiévski
1254.**O último dia de um condenado** – Victor Hugo
1255.**Nem só de caviar vive o homem** – J.M. Simmel
1256.**Amanhã é outro dia** – J.M. Simmel
1257.**Mulherzinhas** – Louisa May Alcott
1258.**Reforma Protestante** – Peter Marshall
1259.**História econômica global** – Robert C. Allen
1260.(33).**Che Guevara** – Alain Foix
1261.**Câncer** – Nicholas James
1262.**Akhenaton** – Agatha Christie
1263.**Aforismos para a sabedoria de vida** – Arthur Schopenhauer
1264.**Uma história do mundo** – David Coimbra
1265.**Ame e não sofra** – Walter Riso
1266.**Desapegue-se!** – Walter Riso

1267. **Os Sousa: Uma família do barulho** – Mauricio de Sousa
1268. **Nico Demo: O rei da travessura** – Mauricio de Sousa
1269. **Testemunha de acusação e outras peças** – Agatha Christie
1270. (34). **Dostoiévski** – Virgil Tanase
1271. **O melhor de Hagar 8** – Dik Browne
1272. **O melhor de Hagar 9** – Dik Browne
1273. **O melhor de Hagar 10** – Dik e Chris Browne
1274. **Considerações sobre o governo representativo** – John Stuart Mill
1275. **O homem Moisés e a religião monoteísta** – Freud
1276. **Inibição, sintoma e medo** – Freud
1277. **Além do princípio de prazer** – Freud
1278. **O direito de dizer não!** – Walter Riso
1279. **A arte de ser flexível** – Walter Riso
1280. **Casados e descasados** – August Strindberg
1281. **Da Terra à Lua** – Júlio Verne
1282. **Minhas galerias e meus pintores** – Kahnweiler
1283. **A arte do romance** – Virginia Woolf
1284. **Teatro completo v. 1: As aves da noite** *seguido de* **O visitante** – Hilda Hilst
1285. **Teatro completo v. 2: O verdugo** *seguido de* **A morte do patriarca** – Hilda Hilst
1286. **Teatro completo v. 3: O rato no muro** *seguido de* **Auto da barca de Camiri** – Hilda Hilst
1287. **Teatro completo v. 4: A empresa** *seguido de* **O novo sistema** – Hilda Hilst
1289. **Fora de mim** – Martha Medeiros
1290. **Divã** – Martha Medeiros
1291. **Sobre a genealogia da moral: um escrito polêmico** – Nietzsche
1292. **A consciência de Zeno** – Italo Svevo
1293. **Células-tronco** – Jonathan Slack
1294. **O fim do ciúme e outros contos** – Proust
1295. **A jangada** – Júlio Verne
1296. **A ilha do dr. Moreau** – H.G. Wells
1297. **Ninho de fidalgos** – Ivan Turguêniev
1298. **Jane Eyre** – Charlotte Brontë
1299. **Sobre gatos** – Bukowski
1300. **Sobre o amor** – Bukowski
1301. **Escrever para não enlouquecer** – Bukowski
1302. **222 receitas** – J. A. Pinheiro Machado
1303. **Reinações de Narizinho** – Monteiro Lobato
1304. **O Saci** – Monteiro Lobato
1305. **Memórias da Emília** – Monteiro Lobato
1306. **O Picapau Amarelo** – Monteiro Lobato
1307. **A reforma da Natureza** – Monteiro Lobato
1308. **Fábulas** *seguido de* **Histórias diversas** – Monteiro Lobato
1309. **Aventuras de Hans Staden** – Monteiro Lobato
1310. **Peter Pan** – Monteiro Lobato
1311. **Dom Quixote das crianças** – Monteiro Lobato
1312. **O Minotauro** – Monteiro Lobato
1313. **Um quarto só seu** – Virginia Woolf
1314. **Sonetos** – Shakespeare
1315. (35). **Thoreau** – Marie Berthoumieu e Laura El Makki
1316. **Teoria da arte** – Cynthia Freeland
1317. **A arte da prudência** – Baltasar Gracián
1318. **O louco** *seguido de* **Areia e espuma** – Khalil Gibran
1319. **O profeta** *seguido de* **O jardim do profeta** – Khalil Gibran
1320. **Jesus, o Filho do Homem** – Khalil Gibran
1321. **A luta** – Norman Mailer
1322. **Sobre o sofrimento do mundo e outros ensaios** – Schopenhauer
1323. **Epidemiologia** – Rodolfo Sacacci
1324. **Japão moderno** – Christopher Goto-Jones
1325. **A arte da meditação** – Matthieu Ricard
1326. **O adversário secreto** – Agatha Christie
1327. **Pollyanna** – Eleanor H. Porter
1328. **Espelhos** – Eduardo Galeano
1329. **A Vênus das peles** – Sacher-Masoch
1330. **O 18 de brumário de Luís Bonaparte** – Karl Marx
1331. **Um jogo para os vivos** – Patricia Highsmith
1332. **A tristeza pode esperar** – J.J. Camargo
1333. **Vinte poemas de amor e uma canção desesperada** – Pablo Neruda
1334. **Judaísmo** – Norman Solomon
1335. **Esquizofrenia** – Christopher Frith & Eve Johnstone
1336. **Seis personagens em busca de um autor** – Luigi Pirandello
1337. **A Fazenda dos Animais** – George Orwell
1338. **1984** – George Orwell
1339. **Ubu Rei** – Alfred Jarry
1340. **Sobre bêbados e bebidas** – Bukowski
1341. **Tempestade para os vivos e para os mortos** – Bukowski
1342. **Complicado** – Natsume Ono
1343. **Sobre o livre-arbítrio** – Schopenhauer
1344. **Uma breve história da literatura** – John Sutherland
1345. **Você fica tão sozinho às vezes que até faz sentido** – Bukowski
1346. **Um apartamento em Paris** – Guillaume Musso
1347. **Receitas fáceis e saborosas** – José Antonio Pinheiro Machado
1348. **Por que engordamos** – Gary Taubes
1349. **A fabulosa história do hospital** – Jean-Noël Fabiani
1350. **Voo noturno** *seguido de* **Terra dos homens** – Antoine de Saint-Exupéry
1351. **Doutor Sax** – Jack Kerouac
1352. **O livro do Tao e da virtude** – Lao-Tsé
1353. **Pista negra** – Antonio Manzini
1354. **A chave de vidro** – Dashiell Hammett
1355. **Martin Eden** – Jack London
1356. **Já te disse adeus, e agora, como te esqueço?** – Walter Riso
1357. **A viagem do descobrimento** – Eduardo Bueno
1358. **Náufragos, traficantes e degredados** – Eduardo Bueno
1359. **Retrato do Brasil** – Paulo Prado
1360. **Maravilhosamente imperfeito, escandalosamente feliz** – Walter Riso
1361. **É...** – Millôr Fernandes
1362. **Duas tábuas e uma paixão** – Millôr Fernandes
1363. **Selma e Sinatra** – Martha Medeiros
1364. **Tudo que eu queria te dizer** – Martha Medeiros
1365. **Várias histórias** – Machado de Assis

lepmeditores
www.lpm.com.br
o site que conta tudo

IMPRESSÃO:

PALLOTTI
GRÁFICA

Santa Maria - RS | Fone: (55) 3220.4500
www.graficapallotti.com.br